数霊《かずたま》

弥栄三次元《いやさかさんじげん》

祝 諏訪大神建御名方刀美恵美須尊《スワオオカミタケミナカタトミエビスノミコト》

深田剛史
Fukada Takeshi

今日の話題社

数霊　弥栄三次元　　目次

その6　祭りがすんで陽が暮れた……けど

カバーイラスト　中野岳人

数霊

弥栄三次元

第五章　大神祭ベルト地帯

その2　トップ・オブ・ザ・ピラミッド、途中から

『赤き人
黄の人　共に手を取りて
険しき山の　頂《いただき》に
祭られおりし　日の神に
伏して祈りを捧げんと
十十《とうとう》登りて来られしか

空を舞う鳥　輪を描く
お日の舞《まい》　舞《ま》う人々よ
大地踏みしめ　輪になりて
お日に捧げん　寿《ことほ》ぎの
祈りの舞よ　喜びに
魂《たま》はふるえん　今ここに
天地《あめつち》を
貫く光　柱となりて
鳴り鳴り響く
和合の鈴音《すずね》』

クフ王ピラミッドの頂にて降りたこの御言葉から新たな展開が生まれた。大きな大きな流れである。

まず、「赤き人」とは中南米の人を指しており、この時点ではそれがメキシコであり、さらに具体的にはチェチン・イツァーのククルカンピラミッドに関することだということまでは判った。

66がメキシコとククルカン双方を示し、横配色で赤・白・緑の国旗はメキシコだった。

ただし、イタリアについても同じ配色のため大き

なつながりがあるのだろう。また、配色が反対で、赤が少しオレンジがかっているアイルランドもケルト文化と日本のつながりを考えると無関係ではなさそうだ。

　しかし、今回は「赤き人」とのことなのでメキシコに限定して考えてもいいのではなかろうか。

　また、これは余談だが、メキシコ国旗の配色を日の丸カラーに、つまり緑の部分を赤にすると、中央の紋章の違いこそあれペルー国旗に変身する。マチュピチュペルーだ。

　南北回帰線の話が『天地大神祭』にて出てきた。エジプトもメキシコも回帰線に挟まれた地域の内にあるが、どちらも北半球である。とすると、赤道よりも南側で鍵となるのがペルーなのだろう。

　閑話休題。メキシコの首都メキシコシティーは名古屋と姉妹都市提携を結んでおり、メキシコにも〝52つながり〟がたくさんあった。

　ククルカンピラミッドは斜角が52度であったりとか、メキシコの面積は日本の約5.2倍であるとか。

　ついでなので付け加えておくと、メキシコの面積はペルーの1.52倍でもある。

　このあたりの数字は、言納がナイル川で見せられた年表の〝2009年9月9日〟に関わってくるのであろう。

　〝52つながり〟のあるところに七福神の乗った宝船が降りる、というあれだ。

　宝船は名古屋のオアシス21、エジプトのギザにあるピラミッドエリア。あのピラミッドも化粧石が施されていた頃は斜角が52度だったからだ。そしておそらくはペルーのどこかにも降りるのでは。

＊

　頂上から降りる途中に何人かの警官らしき男たちがピラミッドを見上げたが、彼らの視界に言納ら四人の姿は映らなかったようで、誰一人として賄賂をせびりに来る者はいなかった。不思議である。

これも神々による計らいで、四人の姿を人間の肉眼には映らない波動領域に変えてしまったのだろう。それとも見えなくしてしまうシールドで包んでくれたのか。

ともかく、次々とやってくるであろう輩《やから》たちの目に触れることなく地上に降りてくることができた。

ただ、後になってから気付いたことだが、言納のスネ、ヒザ、腰まわりは青アザだらけになっていた。

まあ、それも仕方あるまい。

いくら神々に許されたからとはいえ、本来は人間が行くべきでないところへ行ってきたのだから。

待ち合わせの9時半、チケット売り場前ですでにジョーが待っていた。

言納たちが近付いていくと彼は胸のポケットからピラミッドの絵柄が入ったチケットを取り出し、左手でO・Kサインをつくって見せた。クフ王ピラミッドの内部へ入ることのできるチケットだ。

実はパピルス会社の社長マデル氏から、もし希望ならばピラミッド内部の王の間に泊まることも可能だと聞かされていたがそれは止めておいた。

なんでも裏ルートがあるんだなあ。

ところで誰がそんなところに泊まるんだ、と聞いてみると、

「霊と話をする人たちが時々泊まる」

とのことだった。

大丈夫だろうか。

さて、午前午後、それぞれ百五十人ずつ、一日計三百人に入場が制限されているチケットも手に入ったことなので、食事は後回しにして早速入ってみることにした。

それに、10時10分には王の間に到着していないといけない。

入口はピラミッドの北面にあった。

本来の入口はずっと上の方にあるらしいのだが現在そこはふさがれており、地上から五メートル石段を上ったところに鍾乳洞の入口のような穴が開いていた。高さは約二メートル、幅は一メートルといったところか。

当然のことなのだが上下左右巨大な石に囲まれているので少々不安が過《よぎ》るが、これを作ったのは日の民、かつての自分たちなので無事を信じるほかない。

ガラベイヤの男にチケットを見せると、すかさずカメラを置いていくよう指示された。

「大丈夫かしら、置いていっても」

那川が躊躇していると、

「心配ない、僕が預かっておくから」

と、ジョーがウインクをした。

三〇メートルほど進むとまっすぐに伸びた登り坂になった。

地面には板が敷かれ、歩幅に合わせて角材が打ち付けてあるので足を滑らせることはなさそうだが天井が低い。なので体をかがめて登らなければならず、腰痛持ちにはキツいかもしれない。

「イテッ」

先頭の生田が天井で頭を打った。

「イテーッ」

生田の声に反応して頭を持ち上げた健太も同じことをした。

「なーにやってアイター」

前方で何が起こったのかを確認しようとして言納が二人に続いた。

このグループ、すごいのかアホなのかよく判らない。

頭打ちごっこの上昇通路を抜けると急激に天井が高くなった。正面に女王の間への入口がある。が、入ることはできない。

巡路は女王の間への通路脇から伸びる大回廊を登

っていく。

　この大回廊がすぐれもので、いや、すべてすぐれているのだがここは特にすぐれており、八・五メートルある天井まで両壁の石が少しずつ内側にずらして積み上げられているため上部へ行くほど幅は狭くなっている。

　階段の幅は人がすれ違うのに充分ではないため、上から降りてくる人を待っていなければならなかった。

　この大回廊はまっすぐに王の間へと伸びている。

「あれが入口だろうか」

　生田の目前には茶室の入口のような四角い穴があるだけで、他はすべて石の壁だ。

　再び頭を打たぬようにと全員四つん這いになって通り抜けた。

「あっ、ここテレビで観たことある」

　角の一部が欠けた石棺を目にした言納が声をあげた。

　ここがクフ王ピラミッド内部にある王の間だ。広さは10.8メートル×5.2メートル。

　出たぞ、またた。10.8。十、八で戸開きだ。

　もうひとつの5.2はもういいだろう、説明しなくたって。

　時計を見るとまだ10時前だ。

　頭を打ちつつ登っても10分で着いてしまうのだから急げば五分程度か。

　約束の10時10分までまだ時間があるため四人は各々室内を物色したが、あるのは石棺だけで、触れると開くような秘密の扉などはどこにもなかった。

　ただ、傑作だったのは、蓋のない石棺にもたれていた言納が全く出し抜けに後ろへひっくり返り、石棺の中へ尻から落ちてしまったことだ。

　何がどうゆう訳でそうなったのかは判らないが、言納はお風呂で溺れかけた子供のように手足をばたつかせ悶えていた。

これには皆が笑った。本人もギャーギャー叫びながら笑っていた。

が、こんなことでさえちゃんと訳があった。

お清めだ。

見えず感じずのエネルギーで浄化させられたのだ、肉体細胞が。こちらの世界でのお風呂のようなもので、だから本当にお風呂に入ったような姿をさせられたのだろう。やっぱり神はからいというものはすごい。

金星へ行った人たちに話を聞くと同じことを言っていた。〝人たち〟としたのは、それが一人じゃないからなのだが、彼女らは金星へ連れて行かれた際、玉し霊、というのかそれとも意識だけと言うべきなのか、とにかく本体が完全に肉体から抜け出た状態ではすぐに金星に入れたという。

ところがエーテル体と呼べばいいのか、肉体のカタチをした霊的な体を持って行った際には金星の波動が清らかすぎて入れなかったのだそうだ。〝微〟なる波動領域だからであろう。

そこで連れて行かれたのがエネルギーのシャワー室。何をするのかと尋ねたところ、

「お風呂とトイレを一度に済ませるようなものだ」

と教えられたらしい。

多分言納も同じようなことをさせられたのであろう。大切なお役を果たす前に。

けど、本当は石棺も人間自らの意志では決して入るべきではないと思う。

それに、勝手に入ったとしても何も起きないので真似しないように。

ところでこの石棺だが、絶対に棺桶ではない。今までの説ではピラミッドがファラオの墓であり、石棺はミイラが納められていた棺桶ではなかろうかとされていたが、今までどこのピラミッドであっても内部からミイラは発見されていないし、言納がお風呂にした石棺に限っていえば大人が横たわれるほど

の長さはないのだから。

それはさておき、高さが一メートル弱のこの石棺はピラミッドの中心軸上にあるのではとの見解があり、真上には重力軽減の間があることから、やはり何かエネルギーを変換する大掛かりな装置なのだろう。

それを太古の人たちは使いこなしていた。

誰のことだ。

古代エジプト人。

そうともいうが、そうでない。

日の民だ。

日の民こそがそれを使いこなしていた人たちであり、現代の日本人は奥深くにその記憶があるはずだ。なので、欧米諸国の一部の政府は躍起になって日本民族の覚醒を妨げる。

「お供え物が何もないけど、何か持ってきた方がよかったかなあ」

「大丈夫でしょう、地神に挨拶するんじゃないんだから」

「それもそうですね」

言納と那川の会話をよそに、健太は鈴を振り振り王の間を時計回りに三周した。音の大きさも気にする必要ない。

幸いにも他の観光客が大回廊を登ってくる気配はなく、

「よかった。ここで人払いの停電とか地震とかがあると、ホント日本へ帰れなくなりそうですもんねえ」

実感のこもった健太の思いに生田も〝うん、うん〟とうなずきながら腕時計を見た。

「あっ、健太君。10時10分まであと40秒だぞ。どうしたらいいんだい、ボクたちは」

「えー、判んないですよ」

すると言納が呼んだ。

「ねえ、みんなこっちへ来て。生田さんはそこ。健太はこっち。由妃さんはあちら側で私がここ」

石棺に背を向け四方に四人が立った。それぞれが東西南北のいずれかを向いたかたちになっている。

『ジジ、ジジジ、ザー、ジジ、ザ――――』

何かラジオのノイズのような音が聞こえてきた。

「何？　今の」

健太が聞くと言納が答えた。

「音楽よ」

「音楽？」

「そう。後で説明するから今は黙ってて。何か始まったみたいだから」

言納は電磁波のノイズのようなものを音楽といった。

どうもそれは本当らしく、宇宙空間は地球上と違って空気が振動することで音が伝達されるわけではないので、肉体を持たない高次元の生命体が奏でる音楽はあのようになるという。

けど、当事者たちにとってはあれがちゃんと音楽に聞こえるのだろう。

「ラ――――――――――」

言納が言霊を発した。理由は判らないが勝手に体がそうしたのだ。普段とは違い、低く太い声だ。

健太はその声を生田が発していると思っていたほどだ。

言納が〝ラ〟の言霊を発し始め41秒が経過した瞬間、足元がフニャッとゆるんだ……ような感覚を覚えた。

実際に地面が柔らかくなったわけではないのだが、なんだか弾力性を持った雲の上に立っているように感じる。

周りを見ると王の間全体もグニャーとゆがんでいる。直線であるはずの石の継ぎ目はうねり、人の体もねじれている。

時間軸に乗ったのだ。

この状態を科学的に解明し、人がコントロールできるように製品化すれば世間はそいつをタイムマシンと呼ぶ。

「ねえねえ、私たちどうなっちゃうのよ」
ふらつく体を何とか維持し、那川がぼやいた。誰もが同じ気持ちだ。

「いつまで続くのさあ、これ」
当人たちにとっては長く感じたのだろうが、実際には10秒か、せいぜい15秒程度だ。

「あれっ」
うねりが終わりホッとする間もなく健太はあることに気付き、思わず声をあげた。

ほぼ同時に他の三人もそれに気付いた。
なんと、目の前に人が立っているのだ。四人の正面にそれぞれ一人ずつ、別々の人物がこちらを見て立っている。

どうも古代エジプト人らしく、健太だけはそれが誰だか判った。

アブ・シンベル神殿で見せられた映像の中に出てきた男、スバヌーだ。

彼らはつまり、かつての自分である。
那川の前には例の少女が、生田の正面には剣を手にした若き兵士が立っており、言納を見つめるのは鋭い眼光の老いた爺だった。

そしてさらに状況が変化した。
気がつくと不思議なことに言納たち四人の視界に映っているのは目の前に現れた古代エジプト人ではなく、自分自身の姿だった。

つまり、意識が過去の自分に移り、そこから現在の自分を見つめていることになる。

これはなかなかできない体験だ。
というのも、自身の姿を鏡に写したところで意識は元の自分の中にあるため、他人の目で自分を見ていることにはならないし、いくら内面を深くまで見つめたとしても必ずどれだけかは主観が入ってしまうため、自身のことを完全な客観的視点からは見られない。

が、言納たちはたった今、そんな状態にある。それにより、過去の自分がやり残したことや悔やんでいること、新たに挑戦したいこと、人々に伝えていきたいことなどがまるで自分のことのように……いや、自分のことなのだが、顕在意識としてはっきり認識することができた。そして同時に、かつての自分が今の自分に何を望み何を求めているのかもはっきりと感じ取った。

その思いとは、今生《こんじょう》、生まれ出ずる前に玉し霊が自らに課した課題であり、世に対しての使命であり、そして玉し霊の本願なのである。

那川の前に立つ少女は六千年以上も昔、聖婚儀礼によって神々のメッセージを受けていたあの少女だ。

那川の意識が少女に移ったことにより、現在の那川が抱える玉し霊の奥底の孤立感や恐怖といたものが何なのかが判った。それに少女は名は〝セフィ〟だったことも判り、六千年前の自分と現在の自分双方が喜んだ。

かつて兵士だった生田は、自らの玉し霊の声に耳を傾けることなく体制に流されていたことを悔やみ、生まれ変わることができるのならその時こそ悪しき流れに飲み込まれぬよう生きることを誓っていた。

それがあってのことだろう、現在の生田は徒党を組まず、常に内なる声にしたがって生きることができていた。

ただし、生田の場合、必要とあらば行動を共にする仲間が全国におり、彼らも生田を篤く慕っているので正当な〝一匹狼〟と呼べる。

これが、自分では一匹狼のつもりでも、実は誰からも相手されないがために一人でいるようでは一匹狼とは呼べない。

では何と呼ぶ。

そいつは〝はぐれ狼〟だ。

自身の玉し霊が定めた道からはぐれ、世間からもはぐれてしまった〝迷い狼〟なのだ。


言納の前に現れた爺の目つきはただ者ではない。通常、俗世間に流されたいわゆる〝フツー〟の生活をする者ではこれほどまでに刺すような眼光・眼力は身につかない。

が、爺の思いの中に入って判ったことは、この爺、当時は自分さえ悟ればそれでいい、自分が覚者となることが最大の目的であり、他の者を導くことなど無駄なことだと一般大衆を見下していた。

つまり小乗仏教的であり、それが質の悪い小乗だったのだ。

爺は晩年それを恥じ、悔やんだ。

言納は爺のそんな思いに触れ、というよりも過去に犯した自らの過ちを知り涙を流した。


そして、悟っていく過程において〝愛情〟〝思いやり〟〝調和〟というものもちゃんと学ぶことで「小乗」への道ではなく「大乗」に生きることこそが玉し霊を成長させることになることを知った。

前作『天地大神祭』で玉し霊を正二十面体にまで育てることが目的であるという話が出てきた。

最も安定した形「正三角形」を手足の指の数と同じ二十個組み合わせることで、最も完成した形「球(円)」を玉し霊で表すのだと。

そうしていく上でもう一つ大切な要素があった。

それは、たとえ美しい正二十面体にまで玉し霊を成長させても、そこに弾力性、柔軟性がなければいけないと。

硬すぎると一見強そうだが実は壊れやすく、人とも交わりにくく、発する気が尖っているのでそばにいても心地よさをあまり感じない。

言納の過去である爺はそのあたりが極端に片寄っていたのだろう。

現代でも密教は、

「内側の究明と外側の救済をバランスよく行うことが必要である」

と教えている。

全くそうだと思う。

そもそも自分だけが悟ることを目的とし、世間に対しては無関心ということでは〝アレ〟が抜けているではないか。

そう、アレだ。

〝ごめんなさい〟と、恩知らずであったことを知り詫びる心。

〝ありがとう（ございます）〟と、恵まれていることを知り感謝する心。

〝お願いします〟と、神仏・大自然・人の力なしでは何もできないことを知り今後にいどむ謙虚な心。

この「運気を確実に向上させる三大要素」以前の、生きる大前提となるアレさ。

もうお判りだろう。


そうだ。〝三次元が好きー〟だ。

〝三次元大好き〟〝超愛してる、三次元〟〝面白すぎるぜ三次元〟〝感じすぎちゃうわ、もう、三次元〟。

いくらでも出てくる。あまりエスカレートするとそろそろジイが出てきそうなのでこのあたりで止めておくが、三次元を称賛する言葉ならどれだけでも知っている。

だからますます毎日楽しいことだらけにもなっちゃう。

讃えよう、三次元を。

〝弥栄《いやさか》、三次元〟だ。爺にはこれが抜けていた。

これからはもう宴会やパーティーなどで〝乾杯〟と盃を乾《ほ》すのはやめよう。

音頭は〝乾杯〟ではなく、

〝八坂弥栄《やさかいやさか》〟〝八坂弥栄三次元〟にしよう。

で、ごめん。話が逸れたので戻す。

言納だった爺の話だ。違う、逆だ。爺だった言納の場面だった。

爺は言納に〝食《しょく》〟を学べと伝えてきた。

言い換えると過去の自分から現在の自分へのメッセージだ。

爺は言納に、食を学べば自分がお主《ぬし》を導くという。

そしてこのメッセージが言納の進むべく道に大きな影響を与えることになる。

健太の場合はすでにアブ・シンベル神殿にて気付いたかつての大きな過ちについてを深く詫びていたためスバヌーの姿はすぐに消え、直後別の人物が姿を現した。

別の人物に変わっても健太の意識は対面する相手の中にいた。スバヌー以後の別の過去の自分だろうか。

しかし、それにしても違和感がある。

(これは誰?………オレじゃないぞ、この感覚)

そう思った瞬間健太の意識は自分の肉体に戻り、健太は健太として壁側の人物を見た。

(えーっ)

本気で鼓動が停止するかと思うほど驚いた。

ツタンカーメンがそこにいる。

もちろん黄金のマスクなど被ってはいやしない。

生前の姿だ。

その顔はミイラを元に専門化が肉付けをして復元されていたので健太も見たことがあった。ナショナル・ジオグラフィックの表紙にもなっている。あのままの顔だ。

健太の意識は、対面する相手がツタンカーメンであることを認識すると再び肉体を離れツタンカーメンの意識の中に入った。

そして次々と彼の想いを汲み取っていった。

まずは宗教改革。正確に言えば宗教体系の改革ではなく、宗教に対しての意識改革である。

『天地大神祭』でも出てきた〝内側第一信仰〟のことである。

アメンヘテプ四世が突如行った多神教国家から一

神教国家への宗教改革は、内容的にもタイミング的にも方法からいってもデタラメなものだったため、息子トゥトがそれを正そうとした。

自分の外部に唯一絶対の神を見い出し崇拝する〝外側唯一信仰〟から人々の意識を成長させ、まずは自分自身に宿る内なる神を目覚めさせるための〝内側第一信仰〟へと人々を導くというものだ。

〝内側唯一〟だと争いが起こる。〝第一〟であることが八丁味噌だ。〝八丁〟が余分だってか。そうね。けどツタンカーメンは八角形や〝八〟と縁が深いものに降りるというんだから丁度いいじゃん。

そうか、今気がついたけど京都の八坂神社にも降りるんだろうな。

〝乾杯〟の代わりの音頭〝八坂弥栄〟の八坂のことであり、つまりはスサノヲ尊を表している。語源はヘブライ語の〝イヤサカ〟。

神を呼ぶときの言葉らしい。

それでもってさらに気付いてしまったのだが、ツタンカーメンは再立《さいりゅう》してアマテラスになった。トゥトアマテラスだ。

日本においてのアマテラスとは誰のことだったか憶えておられるかね。

そう、ニギハヤヒ尊だ。そのニギハヤヒ尊はスサノヲ尊の第五子。

白山菊理媛・十一面観音連合に引き続き、出雲軍団も結びついたな、古代エジプト黄金連盟と。

祝　日之本の正当なる神々と古代日の民の神々の
　産霊《むすび》

結んだのは白山神界であった。

それで、また脱線していることにもやっと気付いたので戻る。

ツタンカーメンはなぜ〝内側第一信仰〟へと人々を導きたかったのか。

それも健太にはありありと観えた。

その目的とは、

〝内面の平安と安定により導く世界平和〟

〝内側の尊重と調和で体現する世界平和〟

だったのだ。

これぞまさに二十一世紀に必要な意識改革だ。

当時の彼は〝世界平和〟というよりも〝国造りと人育て〟のためという認識だったが、アマテラスとなった現在においては過去の意識にまで変化が出ており、見つめる先が〝一国家〟から〝地球全体〟へと発展していた。

（確かツタンカーメンは十九歳で世を去ってるはず。ということは大学生の年でこんなこと考えていたのか、すっげー）

健太がそんなことを思っていると、

『アンケセナーメンのおかげさ』

と伝えてきた。

なんて素敵なカップルなんだろう、ツタンカーメンとアンケセナーメンって。

よし、二人のお守りを作って売り出そう。

そのご利益は？

生涯愛し合うことができる、だ。

売れるぞ。色はもちろん金と銀さ。


さて、ちゃんとやろ。

先ほどの
〝内面の平安と安定により導く世界平和〟

〝内側の尊重と調和で体現する世界平和〟

とはどのようなことであろう。

実に大切なことなので脱線してでも詳しく話す。

人間は一人一人が大宇宙を凝縮させた小宇宙であることは以前にもどこかで触れたが、その小宇宙には大宇宙のすべてが詰まっているので当然一人一人の中に仏陀やキリストもいるし、アインシュタインや手塚治虫の感性や想念だって存在する。

地球が誕生してから現在に至るまでの過程は同じ

ことが毎日腸の中で摂取した食べ物を消化するのに行われているようだし、地球を飛び出し宇宙の果て、あるいは中心とされるところがあるとすればその中心までの遥かな空間というものさえ同じだけの奥行きが内側にもある。

内側へずーっとずーっと入って行くとそれはどこまでも続いており、周りの景色は全く宇宙空間そのものなのだ。

ということは、世界がおだやかであるには地球を内蔵する一人一人の心がいかに平安であり安定しているかに懸かってくるのだ。

物質的及び物理的な外側への救済をどれだけしても内側の尊重と調和、これが抜けていると残るのは自己満足かむなしさのどちらかになってしまう。

本気で人類の未来を案ずるならばひとつ上の次元から挑んでみよう。

怒りを発しつつ世界平和を叫べば、世の荒々しさを増幅させるだけなのだから。

では、内側からの世界平和は誰もが即実践できるかといえば、それはちょっと難しいのでまずは先進国から発信する。

衣食足りて礼節を知る。

毎日が生きるだけで精一杯の国の人々、あらゆることを損得勘定で考える拝金主義時代にある国々の民衆に理解を求めるには無理がある。

なので物質的に充分満たされている国家と、貧しき中にも大きな気付きを持った人たちで全体をカバーする。きっとできると思う。

その中で最も重要なポジションにいるのが〝世界の雛型〟である日之本なのだ。

ツタンカーメンが日本人に想いを託してきたのもそれを知っているからだ。

二〇〇七年、九州が元気よかった。が、九州はアフリカ大陸の雛型だ。九州が元気よくても残念ながらまだアフリカは揺れている。

二〇〇八年はパリ・ダカールラリーが中止になったが、危険な地域を雛型で見るとそこには長崎県がある。二〇〇七年十一月、佐世保で不可解な悲劇がスポーツクラブのプールで起きている。これも開闢前夜か。

だが、必ずや大きく開くことと思う。宮崎、佐賀、福岡に続き長崎も。

中東地域は相変わらず不安定が続いているが中東安定の鍵を握るのは誰あろう関西人である。特に大阪。責任重大である。

が、その大阪もなんだが生まれ変わりそうな兆しがある。弥栄大阪！だ。ゴロがいいじゃん、イヤサカオオサカって。

パキスタンのブット元首相が二〇〇七年末に暗殺された。

パキスタンは雛型日之本のどこが対応しているかというと、愛知県である。

『数霊』の三二〇ページを見ていただくと判るが、名古屋が中心の愛知県尾張地方はイランあたり、愛知県の東部三河地方と静岡県の一部がパキスタンの位置にある。

ということは、ブット元首相暗殺は愛知県人の心の乱れによるものでもある。

逆説になるが、愛知県人のどれだけかでも心に大きな安らぎと平安を持っていればあのテロは防げたかもしれない……。

正直に言うと、実際には判らない。しかし、そのように考えることで各自が内側の尊重と調和の重要性を自覚することができればそれでいいのである。

その人数がある一定の数にまで達し、集合意識となる臨界点に到達すれば、それまで気付かなかった人も集合意識に触れることで連鎖的に気付き始め、その時こそ本当にテロや戦争へ向かう流れを食い止めることができるのではなかろうか。

いや、できると信じている。

だから世界中に発信しよう、この日之本から。

実は、どの地域がどこの国にあたるかというのもこだわる必要はなく、ある程度を知ればあとは全体を見るようにしたほうがいい。何しろ小宇宙なんだから。具体性があった方が実感しやすいと思い取り上げただけだ。

だからブット元首相の暗殺は東京都民の心の乱れでもあり、パレスチナ情勢の不安定は愛知県民の内面的不安定の表れでもあるのだ。


もし本気で全世界、全人類の平和を望むのなら、日之本の国民がまず第一にすること。

それがツタンカーメンの望みであり教えでもある、

〝内面の平安と安定により導く世界平和〟

〝内側の尊重と調和で体現する世界平和〟

の意義を知り実践することなのだ。


だからもう止めようよ、世界平和や環境保護をうったえる人たちよ、憤怒《ふんぬ》の形相でプラカードかかげ、シュプレヒコールあげつつ怒りを撒き散らしながら行進するのは。

言ってることには賛同するけどそこに加わりたくはないもの。

それと、これはすべての人に言えることだと思うのだが、起きてもいないことを勝手に想像して不安に思ってみたり怒ってみたりとか、「いーっか」過ぎ去った過去をまた引っ張り出してきてくやしがったり人を責めたりとかも、世界を乱す要因になるんだからもうおしまいね。

パキスタンの安定は我が内の安定による、みーんながそう思おうよ、ね。

ところでさあ、世界地図を見ていただければありがたいのだが。

日之本の姿は昇り龍と下り龍が合わさった姿であることは見ればすぐに判るであろう。

スリランカのことを〝インドが流した涙のしずく〟と表現した人がいた。なるほど。確かにそう見える。

では次にパキスタンを探してね。どうです、ティラノザウルスにそっくりでしょ。

もっと詳しく言うと、ウルトラマンに角《つの》を折られ尻尾を切られたゴモラ。そのままだ。発見した時は笑えたが、今でもやっぱり笑える。大阪城を破壊した後、そこにいたのか。てっきりウルトラマンにアーッ、イッター。

「お前なあ、それが言いたくてわざわざ読者に地図帳開かせたのか」

「まあ、そうだな。息抜きだよ、息抜き。冗談ひとついわずに難しい話ばかりしてきたから、ここらでひと息ついてもらー、苦しい、苦しいって」

「せっかくなんだから地図帳開きついでに回帰線の持つ働きについて話してみたらどうだ。そうすりゃ読者も納得するだろう。そうは思わんか」

「う、うん。確かにそうだとは思うんだけど……」

「だけど何だ」

「それが、まだよく判らないから……」

「やれやれだなあ、まったく。よし、判った。お前はとびきりのアホだからワシがひとつ教えてやろう」

「…………」

「お前、現人神《あらひとがみ》としてのアマテラスはニギハヤヒ尊と捉えておるだろう」

「えっ、違うの？」

「違わん。いいからちゃんと聞け。では、現人神としてのアマテラス以前のアマテラス、つまりは自然神としてのアマテラスとは何ぞや」

「そりゃ太陽でしょう。あまねく照らす太陽なんだから」

「そうじゃ。しかしな、よく考えてみろ。本当に残すところなくあまねく照らしておるのかを」

「ん？」

「影ができる。影は照らされておらん」

「…………」

「アマテラスの本当の働きはな、真上から照らすところに最大の力が発揮されるんじゃ。人は誰もが自らの真上を目指すようにな」

「何が言いたいの？」

「アマテラス太陽が影をつくらず真上から照らす位置に来る限界が回帰線なんじゃ、判るな」

「判るけどさあ、木は真上から照らされても枝が真下に影をつくるじゃん」

「天地大神祭の主役は〝木〟か、おい。このたびの立て替え立て直しは〝木〟にやってもらうのかってこと。このアンポンタンのオタンコナスめが。影ができぬ時期を持つ土地、つまり南北回帰線に挟まれた地域こそが真っ先に清まらねばならんのだ」

「なるほど。けどあの地域は暑いから人は労働意欲を失うし、実際先進国と呼ばれる国はひとつもないじゃん。衛生面だって地球上最も問題あるし」

「その通り。ならばどうすりゃあの地域が清まると思う」

「各国の軍事予算をすべてあの地域につぎ込むことによっ……」

「やっぱりお前は最大級のアホじゃなあ。ほんの数ページ前、人は小宇宙だと書いたろうが。その小宇宙には地球もあるんだろ」

「ある」

「だったら小宇宙で回帰線地域を整えればいいだろう」

「意味は判った。けど方法が判らない」

「地球もひとつの生命体であるならば、回帰線地域は人間で言うとどの部分に当たると思う」

「人間で言うと……腹かなあ」

「そうじゃ。では聞く。お前の腹は穢れておらんか」

「えっ…………」

「何事においても腹黒いことは思わんのかと聞いておるんじゃ。それに大行事天地大神祭を迎えるにあたって己れの成すべきこと、腹を決めてことに当たっておるのか。日の民の腹がすわっておらんようじゃ、あの地域に自浄力は生まれん」

「うっ……すごいことを言い出したなあ、ジイ」

「日の民が腹黒いままでどうして人類の未来に光を射すことなんぞできようか。そのことをしっかり腹に落としておけ、いいな」

「はい」

「それとなあ、今の話は想念の話だが、肉体としてはそこに何がある」

「肉体的にって、臓器のこと？」

「そうじゃ」

「腸。あとは女性の場合、子宮とか」

「腸は長いから〝ちょう〟と言うんじゃがな……おい、少しは笑え」

「あー、びっくりした。うん、面白いよ」

「バカにしよって。まあいい。とにかく腸を整えることじゃ。現代人は腸の働きが弱りきっておるぞ」

「そうだね。今の日本みたいな情報社会は頭の使いすぎとストレスで消化器系が万年血液不足を起こしてるからね。女性の場合は頭の疲れが婦人系の働きも悪くするし。だから子宮の病気が多すぎる。若い女性に」

「子宮の言霊数、いくつか知っておるか」

「突然いわれたって。ちょっと待って。いま計算する」

「言納や健太は瞬時に計算するというのにお前はいちいち計算機か」

「うるさいなあ……げっ、66だ。こんなところにも……」

「回帰線地域を整えぬことには人類にとって新たなエネルギーが生まれぬぞ。いいか、あの地域はな、地球人類全体の生命エネルギーを生むところだ。そのエネルギーは地球生命体自体にも影響を与えるんじゃ。このまま弱り続けると人類の行く末に悪影響を及ぼしかねんぞ。早急に己れの腹の内と腸の働きを整えることじゃ。そうすりゃ丹田に留まる力が回帰線地域に力を生む。そのことをしっかりと腹に据えておけ、いいな」

話が逸れすぎてもとの話が何だったのか、完全に忘れてしまった。

調べてみてやっと思い出した。王の間だった。まだ続くのだ、王の間の話は。

ツタンカーメンは去り際、

『66は222に結ばれています
そちらにも目を向けるように

十十《とうとう》しるし　見てとりし
旋回いたすイーグルの
鋭き眼光　授けよう』

と伝えてきた。

天を優雅に舞いつつ鋭き眼光で地を見下ろす鷲《わし》の眼力を健太は授かったということか。

この力を発揮するには〝情〟に流されず、常に人を生かすことを優先する智恵を身につけなければいけない。

吉野山中桜本坊の良仁院主から「まずは情が大切だ。情なき智恵は冷酷になりかねないからね」と教わっていたが、以後健太は成長したのであろう。〝情〟の使い方を身につけたことで次のステップ、「情・智・意」から「智・情・意」へと一段登った。

健太の玉し霊は着実に正二十面体に向かい進化しているようだ。

ところで、〝66〟の次に〝222〟が現れたことについてだが、王家の谷のツタンカーメン王墓はNo.62。

クフ王ピラミッドの王の間へ至る上昇通路の勾配は26度。

ギザの第3ピラミッド、メンカウラーのそれは内部へ入ると玄室の下にもうひとつ「最終的な玄室」というものがあり、広さは6.6メートル×2.6メートル。

エジプトの面積は日本の2.6倍。

エジプトでは「体を動かす生命力＝玉し霊」のことを〝バー〟と呼ぶ。〝バ〟の言霊数はズバリ66。

何で2と6ばっかり出てくるのだろう、エジプトは。〝222〟はまだ判らないが。

けど考えてみれば日之本開闢は平成20年2月26日だったし、同じ日に開闢した滋賀も、シ＝15、ガ＝51で66だった。

二〇年に一度行われる伊勢神宮の遷宮。次回は二〇一三年なのだが、62回目の遷宮だ。

22は「基礎」「安息」「砂金」など。

26は「開始」「安定」「三角」「開国」「感性」。地名としては「愛知」など。それに、一日の海の波の回数は約2万6千回。フォトンベルト突入の大周期、約2万6千年。

62は「握手」「暗示」「祈願」「音楽」「協賛」、それに「佐賀」「奈良」「アジア」など。

66は「調印」「覚悟」「慈愛」「菜食」「滋賀」「メキシコ」など。

天地大神祭の始まりに相応しい数霊だ。その数霊力が表に出る際に働くエジプトでの代表選手がツタンカーメンなのだろう。

さて、王の間ではまだまだ神々と触れ合いが続くのだが、ここで章を改めることにする。次はなるべく脱線せずちゃんとやろうと思う。

その3　インサイド・オブ・ザ・ピラミッド
――〝ラー〟の使い――

王の間に現れた太古の自分自身やツタンカーメンが消えると時間軸によって起こされていた〝ゆらぎ〟は収まったが、同時に感電したかのような〝しびれ〟が全身に走った。

（おいおい、また何か始まったのかよお）

健太は反対側にいる生田の様子を窺うために振り返ろうとしたが体が動かない。

(これって金縛りなのかしら)

言納も体が動かないことに気付いた。

しびれが少し強くなったかのように思えた次の瞬間、王の間全体が真紅の光に包まれた。もの凄い明るさだ。

「わー、眩しい」

「目が、目が……」

体は動かずとも声は出るようだ。

「足ももう限界」

太陽を肉眼で直視したような光と足元から突き上げてくるしびれに言納は耐えられなくなってきた。

「お願い、もう止めて」

するとどうだろう、目を閉じていても眩しかった光はやわらぎ、しびれも徐々に軽くなってきた。しかしまだ目を開けても光で何も見えない。

「うわっー、何、何、何、何」

「おいおいなんだよ、今のは」

健太と生田が思わず声をあげた。

石棺を囲み背中合わせに立つ四人の頭から肩にかけ、何かが触れたのだ。目を閉じたままなのでよけいに恐い。かといって無理に目を開けたところで眩しくて何も見えやしない。

が、しかし、言納と那川には観えていた。

肉眼では見られずとも心眼で観ることができたのだ。このあたりの能力は女性の方が優れている。かれこれ一万数千年もの間、ずーと巫女をされてきたんだもんねえ。

「大きな赤い鳥」

「火の鳥です」

四人に触れたのは火の鳥だった。

ピラミッドの南斜面に設けられた通気孔のような穴を抜け王の間に降りた火の鳥は、静かに翼をたたみ石棺の中に収まっている。

火の鳥が通った後にはハトシェプスト葬祭殿のときと同じように金粉が舞い、言納たちの頭上へと雪のように降り注いでいたが、不思議なことにその金粉は積もることなく溶けて体内に吸収されていった。王の間全体が異次元空間となった今、三次元の物理学は通用しないようだ。

『〝ラー〟の力を感じなさい　日の民よ』

〝ラー〟とは太陽神のことだ。日本流でいえばアマテラスということになる。

『お日の祭りに日の民よ
〝ラー〟への想い　呼び起こしなさい
ここ（ピラミッド）を造ったのは
あなたたち　日の民です
もう忘れましたか

ハトホルを自由にしたのも
あなたたち　日の民です
憶えていますね

多くの日之本日の民が
この地に意識を運んでくれています
水の惑星の運命は
火《ひ》の素《もと》火の民《たみ》あなたたちの
意識に委《ゆだ》ねられているのです

日之本開闢させたる次は
ガイアを開闢させて下さい

今こそ覚醒いたすとき
目覚めよ〝ラー〟の御子たちよ
霊《ひ》ノ元霊《もとひ》の民《たみ》　思い出しなさい
〝ラー〟への誓い　思い出しなさい』

〝ラー〟の力を感じ、〝ラー〟への想いを呼び起こし、〝ラー〟への誓いを思い出せ。

それはいったい何のことなのであろう。

日の民と呼ばれる玉し霊たちはかつて太陽神〝ラー〟に何を感じ、何を思い、何を誓ったというのだ。言納にも健太にもこのときはまだそれが何かを知ることはできなかった。

また、これまで「日の民」の解釈については、太陽信仰民族であり日之本の民であるとしてきたが、どうもそんな程度のことではなさそうである。

「日之本日の民」「火の素火の民」「霊ノ元霊の民」、玉し霊の奥深くに流れる〝忘れることが許されず、逃れることができない〟何かがあるのかもしれない。


火の鳥が翼をはばたかせ、南斜面へと通ずる通気孔から飛び立った。

その直後、那川の体がドスンと音たててその場に座り込んでしまった。体は石棺にもたれることで何とか倒れずにはすんでいるが、頭はうなだれている。

「由妃ちゃん、大丈夫かい」

「どうしたんですか、由妃さん」

金縛りが解けた生田と健太が駆け寄った。言納も心配そうに那川の顔を覗き込んだ。

『心配いりません
私たちと少し出かけてきます
責任をもってお預かりしますから
しばらく待っていて下さい
あなたたちにも間もなく来客があることでしょう』
(あなたはどなたですか)
『もう忘れてしまったのですか

だーれーが
うるわし女《め》を　出ーすのやらー

いーざないにー
どんなことばを　かけるーやらー』
（ハトホル神……）
『そうです
ですからお仲間のことは心配されませんように
よろしいですね』
（は、はい。判りました）

言納はすぐにそれを生田と健太に伝えた。

「ということは、由妃ちゃんは火の鳥に乗ってハトホル神とどこかへ行っちゃったってことなのか」

まあ、そうゆうことになるな。


「あっ」

言納が天井を見上げた。

「どうしたの」

「また何かメッセージが来たみたいだけど瞬間的すぎて何も判らなかった。さっきまではちゃんと理解できたのに」

そりゃそうだ。通訳がいるから言葉になる。

今まではハトホル神が間に入り通訳をしてくれていたのが、今はもういない。

そこで登場したのが言納に罹《かか》ってくる守護者だった。

もとの想念の出所は同じでも翻訳者の特徴がよく出て面白い。

『人々よ
人の輪（和）こそが　これよりの
険しき峠　越えゆくに
大なる救いとなりたるぞ

日の民よ
お胸にお日を　抱《いだ》きつつ
互いに手を取り　これよりの

厳しき日々さえ　乗り越えよ
そこに〝ラー〟のお力宿る

人心ますます荒廃し
信じ合う
互いの絆も　ほどけゆく
人々よ
心の闇を　さまようは
まこと切なきことなるぞ

人々よ
輝く日々は　今ここに
己れのお胸のその中に
未来永劫ありという
その真実を　忘るるな
それが〝ラー〟への想いなり

人々よ
暗き想念　持つまいぞ
互いの鏡　照らし愛（合い）
笑顔で暮らせよ　日の民よ
それが〝ラー〟への誓いなり

ピラミッド
つくりたもうた日の民が
お次は楽園つくるのぞ
そを忘るるな　日の民よ

十十十と　なりたるぞ
✡　示しにまいる』

〝ラー〟の力、〝ラー〟への想いとはそのようなことだったのだ。〝ラー〟への誓いだが、何か恐ろしげな約束でもしたのかと心配したがそうではなく、笑顔を絶やすことなく自らが太陽のようになり、周囲を照らして生きるということらしい。難しいことでなくてよかった。けど、それさえできてない。

日の民の玉し霊は太古の昔、人として生まれ出ずるにあたり、太陽神とこのような約束をしていたようだ。

そして太陽の光を真上から受け、何事においても影をつくらないと誓ったので回帰線内の地域の働きを知らされたのかもしれない。

おそらくは、自らの体で〝影〟をつくるということは、太陽神に対して隠し事をすることであり、心に思うやましさが玉し霊を傷つけているのであろう。

かっこ悪いことや恥じていること、情けなく思うことまで全部さらけ出してしまえばいいのだ。肉体人間は不完全であるのが当たり前であって、その不完全さを知った上で精一杯生きている姿が健気であり、いとおしくもあり魅力的なのだ。

例えて言うなら、肉体的なものをはじめとしてコンプレックスを一切持ってない人にはあまり魅力を感じない。

三次元世界での人の魅力、それは不完全さの中にある。

だから太陽神にはもう何も隠さずともよいのだ。


王の間へ入り約束の時間を迎えたとき、言納が自然に発した〝ラー〟の言霊は太陽神ラーを迎えるためにそうさせられたのだったのだ。

そして石棺で清められたのはラーを呼ぶための禊《みそぎ》のようなものだったのであろう。

ラーは数霊で「41」「105」「210」などに宿る。41や105については何度も触れたので省略するが、210とは「アマテラスオホミカミ」の言霊数だ。

210を持つ何かを見聞きしたら〝ラーへの誓い〟を思い出すといい。

神奈川県川崎市には郵便番号が210の地域があるし、立春から数えて210日目は最も台風が発生しやすい時期であり、稲の開花期にも当たる。

名古屋界隈にもアマテラスオホミカミを表す象徴的なものが出現した。

　東京には東京タワーがあるように名古屋にもテレビ塔がある。が、二〇一一年七月二十四日、これまでのアナログ放送が終了し、デジタル放送へと切り替わることでそのお役を終える。

　代わりに建てられたのが瀬戸タワーだ。

　ニギハヤヒ尊の復活祭、愛・地球博の会場ともなった愛知県瀬戸市郊外の小高い丘にそびえるこのタワーが高さ210メートルである。

　天照大御神の正体、ニギハヤヒ尊の復活祭が行われたその地に別の姿で現れた210。

　まさしく太陽神アマテラスの神ハタラキだ。

　このようなことはおそらく全国各地で見つけることができると思う。


　火の鳥が飛び去った後、四方の壁に黄道十二星座がプラネタリウムのように映し出された。

「あっ、スフィンクスが走ってる」

「ホントだ」

　十二星座をスフィンクスが駆け抜けているのだ。雄たけびをあげ一目散に。

『……獅子のおたけび聞こえぬか……』とはこのことだったのか。

　と、突如みずがめ座の前に老婆が現れた。

　先ほど出現した大昔の自分自身やツタンカーメンは立体映像のように向こうが透けて見えたが、この老婆はちゃんと肉体を持っている……ように見える。

　驚いた言納たちは思わず後ずさりした。


『示しにまいったぞ』

「は、はい。こんにちは」

　老婆が言うにはイスラエルからやって来たという。イスラエル上空には地球上最大のポータルがあるらしく、そこから出入りしているようだ。

だから言納の守護者が翻訳した〝ラー〟からのメッセージには、最後に『✡　示しにまいる』とあったのだ。

六芒星〝✡〟はイスラエルを表していたのか。

『いよいよみずがめ座の時代に入った』

これまではうお座の時代であった。キリストはうお座の申し子である。なのでうお座時代に入った直後、この世に存在を示したのであろう。そんなうお座時代もこれで終焉を迎え、これからは永きに渡り地球はみずがめ座の影響下に置かれることになるのだ。

『うしろを見よ』

みずがめ座の反対側はしし座だ。

「あれ、獅子がいない」

『いま駆けておるのがそれじゃ
祝いじゃの
みずがめに相対《あい》して獅子も動くんでな
うしろの正面が獅子じゃ』

毎年十一月十九日ごろになるとしし座の流星群が夜空を賑わしていることをご存じだろうか。

33年周期で太陽を回るテンペル・タットル彗星の置き土産が地球の大気圏に突入する際、燃え尽きる前に最後の輝きを放つのだが二〇〇一年には一時間に五千から六千個の流れ星が夜空に光った。

二十一世紀に入り、いよいよみずがめ座時代の幕開けを祝い、そして獅子の発動の合図としての〝しし座大流星群〟だったのだ。

また、前作でも触れたが、シリウスの高次元生命体はネコ科の動物の目を通して世の中を観察しており、獅子・ライオンもネコ科に属するためスフィンクスの視線の先にあるものすべてシリウス人に届いているのだという。

　この話を聞いて以来健太は、猫がジーッとこちらを見ているとつい「シリウスー、そうだろー」と無意識に口をついて出るようになってしまった。

〝ラー〟からのメッセージには『……十十十と　なりたるぞ……』とも出ていた。

　三つある〝十〟のうち、二つは以前から出ていた。王家の谷のツタンカーメン王墓内で伝えられた、

『眠れる獅子よ　目覚むれば
　おたけびあげて　黄金の
　………

　十十《とうとう》しるし　見てとりし
　………』

というツタンカーメン本人へ向けてのメッセージの中に。

　そこに〝十〟がひとつ加わった。これは何を意味するのだろう。


　年対称日を結ぶラインと直角に交わるラインを四半対称線と呼ぶ。

　対象とする日を2月26日とすれば年対称日は8月の26日。それに対する四半対称日は5月26日と11月26日ということだ。

　つまり、太陽を挟んで地球が反対側にいる日が年対称日で、中間に当たる約三ヶ月前と約三ヵ月後が四半対称日になり、対面同士を結べば地球の軌道内に〝十〟ができる。

　そのような〝十〟字が王の間の十二星座内にも現れた。

　みずがめ座と一体化した〝みなみのうお座〟の代表的な星フォーマルハウトと、しし座のレグルスが直線で結ばれ、四半対称星座に当たるさそり座のアンタレスとおうし座のアルデバランも結ばれたことにより王の間に光の十字ができたのだ。

『めでたいことじゃの

獅子は十二星座ネットワークを駆けめぐる使者ぞよ
獅子が番人になれば邪も寄りつくまい

この十字はな
人々の運命に関わる十字じゃ
よいか
地球人類の運命はすでに決まっておる
悪しき事、次々起ころうとも〝膿《うみ》〟を出しているだけじゃ
新たな〝産み〟のためのな
お前たち人類の行く末にはミロクの世
待っておるぞよ、安心せい

十四万四千の者が大きな気付きを持ち
二百八十八万の者を導く
やがて二百八十八万の民により億を越す者が大輪の花、咲かせることになる

己れの魂《たま》の大輪をな

しかして
決まっておるとはいえ手を抜くでないぞ
手抜きは運命変えるぞよ』

イスラエルには触れたくなかったけど婆耶《ばあや》がそこから来たというので仕方ない。

ユダヤの婆耶は人類の行く末がすでに決まっているという。人々の気付きと努力がミロクの世へ導くことになると。

それはすばらしい。

が、婆耶が続けた。

『全体はそれでいいんじゃ
問題は個々にある
地球が新たな次元へと突入する際に一種の摩擦熱のようなものが発生する

それにより、意識に芯なき者は道を外し　堕ちてゆくであろうな
すでに始まっておるんじゃ　それが

よいか、お前たち
知ったものの使命として民に伝えよ
運命とはどういったものかをな』
（運命とはどういったものかを……）
『縁によって絆が生まれる
絆の力こそが愛じゃ
〝縁と絆にて命を運ぶ愛の運河〟
それが運命じゃ』
（〝縁と絆にて命を運ぶ……愛の運河〟）
『そうじゃ
愛の運河をな
〝縁と絆によって運ばれる命の方舟《はこぶね》〟が渡って来るんじゃよ』

少々付け足しておく。

ユダヤの婆耶は運命というものを〝縁と絆にて命を運ぶ愛の運河〟と表現したが、その前に〝縁〟を左右する内面のあり方に触れておかなければならない。

一般的には、

〝想い〟が変われば〝態度〟が変わり、

〝態度〟が変われば〝行動〟が変わる。

〝行動〟が変われば〝習慣〟が変わり、

〝習慣〟が変わることで〝環境〟が変わる。

とされている。

この〝環境〟を変えることが〝縁〟を変えることであり、〝縁〟が変われば〝運命〟が変わり、ひいてはそれで〝人生〟を変えることができるのだ。

なので、〝縁〟を良きものにしようとするなれば、普段の〝想い〟〝行い〟を修正しないといけない。

それなくして〝縁〟を悪しきものから良きものへ変化するよう望んでも叶わない。

〝類友〟の法則だ。

「玉し霊の望み」は、心が望むことと必ずしも一致するものではない。

心が〝これは正しい〟と思っていても玉し霊はそれを望まぬこともあるのだ。

心が正しいと思うことと玉し霊の望みが同じだと考えているうちは、玉し霊の叫びが意識に届かず、努力してもなかなか実らず人は苦しむ。

心に思うことは一旦置いといて、玉し霊の叫びに耳を傾けること。

その叫びを意識がキャッチし、〝想い〟〝行い〟が変われば確実に運が良くなる。

それはイコール縁が良くなるということ。

常識や世間体に流されているうちは多分無理だ。開け、マイ岩戸。

常識とは〝その時期その地域に暮らす凡人の共通したものの考え方〟。

抜け出した者は婆耶の教えを生かすことができる。

婆耶は最後に、

『〝✡〟にもいろいろある
どれもこれも同じにするでないぞ』

と言い残し、壁の中へ消えていった。

ユダヤの婆耶が去ると、王の間に静かな琴の音が響き、十二星座が映っていた壁は青く染まってゆらゆらと揺らいでいる。まるで竜宮城のようだ。

そこへ何か光のメッセージが届いた。おそらくは〝ラー〟の分身か、古代エジプトの神々からのものであろうが、これも瞬間的だったため言納の守護者がいつもの調子で通訳した。

どうも四人はそれぞれ御言葉と共に、何かを授かったようだ。

まずはどこかへ行ってしまっている那川のものだ。那川が一番初めというのは、ハトホル神をはじめ多くの神々が彼女を案じてのことであり、これこそが思いやりである。

『いかにても
人の歩むる道なるは
学びの道と知りたもう
過去に痛むるとがのあり
過去に悲しき痛みあり
しかして時は流れ由妃（ゆき）
今ここ生くる　己れとな？

流れ去りたる過去なるも
いまだ放さずここに持つ
いかなる故《ゆえ》に　ここに持つ？
今ここぞ
己れ居《お》りたる輝ける
無限なる刻《とき》　何故《なにゆえ》に
よろこびうれしと楽しまぬ

いつの世も
人々己れの罪とがに
しばられ生くる　悲しやのう
せつな刹那の輝きを
うれしたのしとよろこびて
生くることこそ　弥栄《いやさか》ぞ

今今を
連ね連ねて　今今の
無限の海に輝く汝《なれ》ぞ

今今今今今今今……』

最後の〝今〟は連続して真横一列に並んでいた。
それぞれの〝今〟がくっつくことにより、〝今〟という文字の〝〈〟の部分が左右連なり波のようになっているのだ。おそらく『無限の海に輝く汝ぞ』の波なのだろう。

注目すべきことは波の下、つまり水面下に連なる〝ラ〟である。

ラララララララ……

「ラ」の言霊数は41。41は神。

ハミングも「ラ」を使うのが一般的だ。他の言霊に比べ「ラ」は最も人を愉快にさせてくれる。「ミ」や「ド」のハミングは変だ。

那川へのメッセージ。それは「荒々しく感じる波＝つらく苦しい〝今〟の連続」の下にも神の支えはあり、ハミングを口ずさみたくなるような玉し霊の成長があるのだよ、ということなのだ。

神々の思いの深さは海より深い。

そして鏡が授けられたので代わりに言納が受け取った。

後にそれを言納から手渡された那川が鏡に自分の顔を映すと不思議なものが現れたそうだ。

この鏡は両面ともが鏡になっており、一方を覗くと自分の顔ではなく母の顔が映し出された。

（あれ、お母さん）

すると母の姿が二人の祖母に変わり、さらに四人の曾祖母、八人のもう一代前のお祖母ちゃん、十六人の……と、次々に血縁ある女性たちが時代を遡って現れたのだ。

鏡を裏返した。

今度は見知らぬ顔が次々と現れ、中には歴史上で名の残る人物もいた。もちろん会ったことなどないが、なぜか懐かしさを感じる。

龍や天狗も現れた。そしてハトホル神も。

ハトホル神の次には宇宙空間が映り、遠くになつかしの銀河が見えた。

この鏡は「脈鏡《みやくきよう》」と呼ばれるものらしく、一方には血統・血脈の流れが、もう一方には霊統・霊脈で縁のある者たちが現れるようになっていた。

なぜそのような鏡を那川は授かったのだろうか。
それは彼女が古代エジプト時代から持ち越している孤立感や恐怖心を消すためなのだ。
あなたのことをこれだけ多くの人が大切に思っていますよ、と伝えることで。
血脈側に女性ばかりが出てきたのは、今の那川が心の底で望んでいるものが〝自分をやさしく包み込んでくれるような母の愛〟だからであり、もしも充分な愛を受けていると実感して和らぎを得られれば次には父や祖父の姿が現れることになるであろう。
それは那川が、自分を誤魔化すための強さではなく、自分を育てるための強さと智恵を求めるようになるからだ。
生田にも心の奥底にあるわだかまりを砕くようなものが降りた。
『人々よ
己れの道の真実を
貫き歩むというならば
何ぞ恐るることはなし
今ここで
人との別れありとても
己れの道の真実を
知りて為《な》されしことならば
嫌わることさえ恐るるな

人々よ
己れの道の真実は
己れこそ知る　他の者に
知りて欲しくも　望むはむなし
ただひたすらに　黙々と
己れの道を歩むのみ

お人の出会い
お人の別れ

仕組みの中でなされしことを
よくよく知りて下されよ

ただ淡々と　黙々と
己れの道を歩むべし
己れ信ずるその道を
祈りと共に歩むべし』

『人との別れありとても』は那川とのことなのであろう。もちろん那川に限ったことだけではなく、今後永きに渡ってのことなのだが、現時点では那川との別れについてと考えていい。

それにしても行者生田にピッタリの教えだ。

そして生田は古代の剣を授かった。

日本の神々からも剣を授かっているが、この剣は少々性質が違っていた。性質といっても素材の話ではない。

この剣、かつてはファラオが所持していたものだ。美しさも仕上がりも当時としては最高だったに違いない。


『この剣、正しく使いたもう』


かつては使い道を間違えたのであろうことが推測される。

よく切れる包丁は、より人を刺しやすくするために作られるものではない。剣も同じだ。

剣は己れの歪みを正すためのもの。

緊張感と腹づもりをもって事に当たる際に智恵を生み出すもの。

剣は神と人をつなぐもの。

表と裏を貫き、二面性をひとつの真実に集約するもの。それは揺るぎない不動心を生む。

『どうか使い道　違えぬよう
心して扱いたもう』

生田に新たな使命が課せられた。

しかし、その課題はやがて生田にさらなる成長をもたらすことになるであろう。


次は健太だ。

『己れのみ
たのみにするは　己れのみ
真我をたよりに生くる者
真に目覚めし者なりき

人々よ
己れのお胸に手を当てて
己れ抱《いだ》きし　志《こころざし》
いかなるものか　問いたれば
これより先の分かれ道
己れの進む道すじは
おのずと見えてくるよのう
いかに生くるか思案よのう

〝陰極まりて陽となり〟
はてさて思案のしどころぞ
己れの生の使い途《みち》
いかに大事か知りたるのう

よくよく思案ぞ　これよりは』

健太へのものだ。これが一番厳しいかもしれない。いよいよ社会人として歩み始めた若者へ、厳しくも期待の込められた教えであった。

たとえ厳しく当たられようが、期待されているうちが華だ。

健太は金《キン》を受け取った。といっても〝延べ棒〟ではなく、金の持つ波動だ。

物質はすでにツタンカーメンから金のアンク十字

をもらっているので今回はエネルギーだけだった。
使いこなせとのことなのだろう。
そして最後、言納の番だ。

『決定《けつじょう》は　自らでせよ
いかにても
人の囲いに入りては
己れの道は　定まらぬ
いかに厳しき道たるも
己れ定めし　旅の地図
いかに険しき道なるも
己れ定めし　天の道

たれに恥じることもなく
たれに求むることもなく
己れの足で一歩ずつ
歩み進めてゆくがよし

いかに小さき歩巾《ほはば》でも
歩むる道の　そこここに
気高《けだか》き蓮華《れんげ》　咲きほこる
そを信じよの　人々よ
歩むる道は　清まりて
遥かな山の　彼方《かなた》まで
蓮華の道は　続きゆく

孤立無援を嘆くなよ
己れの道は　己れのみ
歩みておると思うがの
我らも共に　歩みおる
そを忘るるな　いとし子よ』

泣けてくるような御言葉だ。中盤までは健太のよりこっちの方が厳しいぞとも思ったが、最後の最後は泣かせてくれる。

誰も助けてくれないと嘆いてはいけない。

自分ひとりが苦しんでいるように思えても、守護者はいつでも共にあり、だ。

要領がいい親と悪い親、どちらが子育てに苦労するだろう。要領の悪い親だ。

経済力がある親とない親、どちらが子育てに必死になる。経済力のない親だ。

先祖・守護者も同じこと。

あの人はちっとも努力しないのにいつもうまくいく。なのに私は苦労ばかり。どうしてなの？　ちゃんとした先祖さんがうちにはいないんじゃないかしら。どうして私のことは護ってくれないのよ、と嘆きたくなるのはよく判る。

しかし、その前に判らなければいけないことがある。

力のない守護者ほどあなたを護るのに必死になっているということを。

そして守護者はあなたが苦しむたびにこう思う。

〝申し訳ない。私に力がないばかりに、お前に苦労させてしまって〟と。

守護者はあなたが悲しんでいるその中で、いつも悲しい思いであなたにこう詫びる。

〝その悲しみ、代わってやりたいがそれさえ私にはしてあげられない。すまんことだ〟と。

『我らも共に　歩みおる
　それを忘るるな　いとし子よ』

ありがたい話だ。

我が守護者の想いを知ること。それが守護者の開眼につながる。間違っても人の守護者をうらやむでない。

どうしてもモンクがあるのなら、先祖にああしろこうしろと望む前に、自らに問え。

自分は先祖の成長のために何をしてきたのかと。

それで、言納には思わぬ授かりものがあった。櫛とかんざしだ。

和風のものとはやや異なっている。かといって古代エジプトのものでもなさそうだ。素材は木製のようでもあり金属製のようでもある。見たこと触れたことのない材質だ。

『M57からの贈りものです』

M57とはこと座にある美しいリング星雲である。

『ベガとアルタイルに橋をかけて下さったお礼です』

（えっ、では織姫様から……）

例の木曽御嶽橋渡しの儀で言納たちは、こと座の織姫ベガとわし座の彦星アルタイルを隔てる天の川に橋を架けた。櫛とかんざしはそのお礼だという。

ということは贈り主は織姫であり、櫛とかんざしはこと座のものなのだろうか。

そいつはめずらしい。けど、なんでも鑑定団に出してみたところで誰も信じまい。

いや、それ以前に物質化されてないものなので応募ができなかった。

言納が櫛とかんざしを授かったのは女性だからということだけではない。

櫛は髪をすく。からまったり埃がついた髪を綺麗に整える。

その意味するところはこうだ。

神への想いがからまったり汚れたり、あるいは歪みが出たり邪のモノに惑わされたりせぬよう心をすくためだ。

つまり髪をすく櫛とは、自身の神への想いの濁りや汚れをすくものなのだ。

そして、かんざしは〝神刺し《かんざ》〟だ。

神をブスリと刺すのではないぞ。

心に神の想い、智恵を刺し込むということだ。髪飾りひとつとっても深いぞ。

また、かんざしは〝神34《かんざし》〟。

34は〝奇跡〟〝姿勢〟〝聖域〟〝皇帝〟の言霊数だ。

〝神の御心　我が内に刺し　奇跡を起こせ〟

とのことであり、

〝姿勢を正し　自ら聖域の皇帝であれ〟

なのだ。

かんざしは言霊数にすると、
カ＝6、ン＝1、ザ＝56、シ＝15で、78になる。
78は祭政一致で〝櫛〟につながってくる。
94《くし》。
94は〝まつり〟だ。
〝祭〟もまつり、〝政〟もまつり。〝政〟は「まつりごと」と読む。
そして〝奉〟や〝祀〟もまつりである。
〝奉〟は「たてまつる」で、〝祀〟も（神々を）「まつる」だ。

さらに、まつりの後の「直会（なおらひ）」も94になる。「なおらい」だと69。

直会は神と人が交わる大切な儀式なので、言納も神々と共に大いに楽しめばよいのだろう。

まつり、交わり、楽しむ。言納の歩む龍の道なのだ。

あれは健太と出会う直前、雪の鞍馬寺奥の院でのことだったか。

『神遊び
神の味覚は感性ぞ
神の宴が芸術ぞ
神の喜ぶ技と芸
身につけてみるが神遊び』
（『日之本開闢』五二ページ）

＊

那川が帰って来た。

時を同じくして他の観光客の声も響いてきた。間もなく王の間まで登ってくるであろう。

それにジョーが心配しているといけないので四人は王の間に別れを告げることにした。


出口ではジョーがカメラを構えて待っており、ガラベイヤ姿の男も交えて記念撮影をしてくれた。するとと、男が突然健太に向かって切実なことを訴えてきた。

「子供が病気なんだ。助けてくれないか」

「…………何、何言ってんの、この人」

驚くって、藪から棒に。

おそらくはジョーから聞いたのだろう。

しかし、それにしたっておかしい。なぜなら、ジョーは知らないはずだぞ、健太や生田が不思議な力でエジプト人の病気治しをしたことなんて。

本当はちっとも不思議な力ではないが、彼らにとっては奇跡のようなものだ。


それはまあいいとして、何でジョーが知っているのか。

ミモだ。ミモが話したんだ。

ガラベイヤのチケットもぎ係がミモから直接聞くことは考えられないし、聞いたとしてもそれが健太だとは判らないはずだ。

とすると、ミモからジョーに、ジョーからガラベイヤに伝わったと考えるのが妥当だ。

しかし、ミモとはルクソールで別れ、ジョーはカイロで待っていた。

どんなネットワークがあるのだろう、ガイド同士の間には。

きっと各国の諜報機関へ筒抜けなんだろうな、情報が。ここも東京と同じでスパイ天国って訳か。

生田はすぐにピンと来たようで、ピラミッドの真下にある逆ピラミッドの話や、スフィンクスの地下を走る通路などについては絶対に話すな、と言納に念を押した。

「あなたなら私の子供を治せるかもしれない。頼む、診てほしいんだ」

「何とかしてあげたいけど……とにかく本人を診ないことには何もできないんだ。申し訳ない」

仕方ないので、健太はお土産用にと大量に持ってきた四色ボールペンを差し出した。

「お子さんにどうぞ」

「おお、ありがとう。けど、うちは子供が三人いるんだ」

ときた。

はい、はい。あと二本ね。

百円ショップへ行けば二本セット、三本セット、共に百円で売ってる。お安いご用だ。

これでよければいくらでもあげよう。

だってこの人たち、ひょっとしたらかつての自分の子孫なのかもしれないんだから。

それに、今回の旅でエジプトの神々から受けた教えや授かりもの、金額にしたらどれほどの値がつくのか想像もできない。さらに連日のVIP待遇。なので、現地の人々に何かお返ししてでないと帰れない…………ということに、健太たちは帰ってから気付いた。もう遅い。


昼食はピラミッドが目の前に見えるレストランでだったが、どれもこれもスパイス入り。

仕方なしに言納はコーラを注文したら涙が出るほど美味しいと喜んでいた。確かに。

何年かぶりに飲むとホントおいしい。


午後からは世界最古といわれるサッカラの階段ピラミッドを見学したり、メンフィスにある巨大ラムセス二世像などを見てまわった。

興味深かったのは、三社祀りのカタチをとっていたということ。実際に、古代エジプトでも神々を祀る際に、三社祀りのカタチをとっていたということ。

ジョーによればメンフィスが中心に栄えた時代に

は〝ブタハ神〟〝サハメット神〟〝ネフェルトン神〟を祀り、ルクソール時代には〝アモン・ラー〟と〝ムート〟と〝コンスー〟を祀ったのだという。

〝アモン・ラー〟と〝ムート〟は太陽の神、〝コンスー〟は月の神だそうだ。

さすが国家公務員、よく勉強している。

けど、ツタンカーメンの前のファラオはアメンヘテプ四世だと言っていた。

「その間にスメンクカラーがいただろ」

「聞いたことないよ、そんな名前」

「いたの。知らないの、ガイドのくせに」

「ちょっと待ってて。先生に確認してみるから」

それで本当に〝先生〟に電話した後、きっぱりとこう言った。

「アメンヘテプ四世の次のファラオはツタンカーメンに間違いないさ」

やれやれ、君も先生も資料至上主義か。日本にもいるぞ、たくさん。同類項が。

「資料に残ってないことは史実になかった」ってわけだ。

で、「資料に残っていることはぜーんぶ本当にあったこと」になっちゃうのだ。

するとどうなるか。

こうなる。

実在したニギハヤヒ尊や菊理媛《ククリヒメ》の存在をあやふやな立場にするためニニギ尊なる人物を兄弟として登場させたり、捉えどころのない月読尊が出てくることでスサノヲ尊も実在しなかったような、つまりスサノヲ尊を自然神として描くことでその存在を消すことに成功した記紀を鵜呑みにする。

完全に見失っている。我が国の真なる歴史を。自然神と現人神をごちゃ混ぜにしたからだ。

二〇〇八年。日之本では奇稲田姫《クシイナダヒメ》が立った。日之本開闢に際し菊理媛の働きが必要不可欠なように、女性性の解放に向け現人神奇稲田姫の力も必要で…

…必要なんだけど、どうして日之本の神々の話をしてるのでしょうか？

そっか。資料至上主義の話だった。

しかしジョーは国家公務員。本当にあったかどうかがまだ証明されてないような歴史は安易に話すべきでないかもしれない。

ジョー、君は立派なガイドだ。

けど、ミモは全部教えてくれた。隠された真実を。ミモ、君はあまり立派じゃないかもしれないけど最高に魅力あるガイドだ。

バスに揺られているうちに誰もが眠ってしまい、気が付いたときにはホテルに着いていた。

ジョーとはここでお別れだ。

健太がジョーの手を握り〝君のことは忘れないよ〟と言うと、ジョーは〝ぼくもさ〟と返した。

長かった〝お日の祭りツアー〟もいよいよ最後の夜を迎える。

その4　トゥトよ、さらば

「あっ……これよ、この味……うんうん。間違いなく同じ味だわ。ねえ、言納ちゃん。このジュースどうやって作ったの？」

「イチゴとマンゴー混ぜたんですけど……」

「だんだん思い出してきた……そうだ。私、このジュース四杯飲んだんだわ。もっとスマートなグラスだったけどね……あー、おいしかった。ごめん、全部飲んじゃった。それにしても超うれしいー。だって、地球にもあったんだもの、この味」

「……あのー……由妃さん、さっきから一人でなに言ってんですか……」

あまりにも那川がはしゃぐので言納たちばかりか、隣のテーブルに陣取る英国の紳士淑女班までこちらを見ている。いったい何事が起きたんだね、という顔をして。

どうやら那川は一時的に記憶を失っていたようなのだが、言納がミックスしたフルーツジュースの味が何かを思い出させたらしい。

火の鳥に連れられてどこへ行ってきたのかを。


夕方、ジョーと別れて部屋に戻った四人は、誰から言い出すわけでもなく全員ベッドに倒れこんでそのまま寝てしまった。

早朝からピラミッドに登ったり王の間でユダヤの婆耶《ばあや》が現れたりと、日常生活だと三ヵ月分ほどの刺激をわずか一日で体験したのでもうヘロヘロなのだ。


七時を過ぎたころ生田が気を効かせ、女性陣をどこか洒落《しゃれ》たレストランへ連れ出そうと誘ってみた。最後の夜なのだから。

「由妃ちゃんは何が食べたい？」

「私、もう疲れちゃったからどこでもいいわ」

「言納ちゃんは？」

「んー……きのうのイチゴジュースがいい」

「………」

なんとも色気のない女たちだ。まあ、その方が余分なお金を使わずに済むから助かるけど。

というわけで、昨夜に引き続きＶＩＰ客用無料ラウンジで最後の晩餐となった。

ワインもあるしオードブルも盛り沢山。なのでここだけでも充分こと足りる。

まともに宿泊費払ったら一体いくらするのだろうか。


話題は必然的に王の間での出来事になった。

「由妃さん、あの時どこへ連れていかれたんですか」

「それがね、残ってないのよ、記憶の中に。ただね、感覚だけは体に残ってて、確かにどこかへ行ったとは思う。何がどうなったのかは判らないけど、すごく気持ちが良くって心底解放された、って感じだった」

　那川はそれ以外に憶えてないらしい。なので、その間のピラミッド内での出来事を言納たちが那川に聞かせていた。

「そういえば、イスラエルのお婆ちゃんは〝✡〟にも色々ある、って言ってたわよねえ。どれもこれも同じにするでないぞ、って。どうゆうことかしら」

　健太はソファーに深くもたれたまま話した。

「すべての六芒星《ろくぼうせい》をユダヤやイスラエルに結びつける必要はない、ってことなんじゃないの。昔から各地にあったはずだからさ、あのマーク。日本だって竹を編んだ籠《かご》の目なんてそのものじゃん」

「確かに。健太君の言う通りだと思うよ。何年か前のことだけど、岡山市にあるオリエント美術館っていうところへ行ったんだよ。そこにたしか二世紀のものだったと思うんだけど、ペルシャの皿が展示してあった。これぐらいのやつ」

　生田が両手を広げ皿の大きさを示した。

「三〇センチぐらいですか?」

「大体そんなもんかな。その皿にさあ、六芒星が描かれてたんだよ」

「へー、今では考えられないですね」

　健太は理解しているが言納は判ってない。

「何で二世紀のペルシャのお皿に〝✡〟が描いてあっちゃいけないの?」

　それはですね。

　ペルシャとは現在のイラン。反イスラエル国家の代表のひとつだ。そのイランで今となってはイスラエルの象徴ともいえる〝ダビデの星〟＝六芒星を工芸品に描こうもんなら、即非国民扱いを受けることになるであろう。

　が、二世紀にはそれが許された。なぜか。

　答えは簡単だ。

　当時はまだ六芒星がイスラエルの専売特許ではなかった。本当は今でも違うけど。

それでは、いつから六芒星＝イスラエルになってしまったのだろう。

おそらくは一九四八年、イスラエル国家独立以降ではなかろうか。

日本では終戦を迎え、幾分かは平安を取り戻しつつあるその頃、イスラエルが建国を宣言した。五月十四日のことだ。

翌日、エジプト、シリア、レバノン、イラク、サウジアラビアがイスラエル国家を承認せず攻撃を開始した。これが第一次中東戦争だ。独立戦争と呼ばれている。

以来、一九五六年にはイスラエル軍がエジプトに侵攻して始まったスエズ動乱や第二次中東戦争、一九六七年の第三次中東戦争、そしてオイルショックにより日本中で起きたトイレットペーパー争奪戦の元となったのが一九七三年十月の第四次中東戦争、通称ヨム・キップル戦争など、中東は不安定の一途をたどってきた。

が、そんな憎しみ渦巻く中東に真なる勇気を持った政治家が現れた。アンワル・エル・サダト　エジプト大統領である。

サダト大統領はアラブ各国から「裏切り者」扱いされる中、アラブ側の人間としては初めてイスラエルの国会を公式訪問した。

一九七七年十一月十九日のことだった。

サダト大統領の勇気ある決断がきっかけとなり二年後の一九七九年、イスラエルはエジプトと和平条約を結んだ。

それから二年後、一九八一年十月六日のことだ。勇気ある大統領が帰らぬ人となった。

大統領によるイスラム原理主義弾圧政策に対する報復として暗殺されたのだ。

中東の歴史を語り出すと近年だけでもあと百ページぐらいは必要なのでもうやめておくが、中東も状況が変わり現在では反イスラエルとして最も力を持っているのがイランである。アメリカ、イスラエル共に次は確実にイランを攻撃する。今はその口実作りのため、あらゆる方向から作戦を進めているであろう。

しかしだ。日本とイランとのつながりは深い。歴史的にも霊統的にもだ。

だから悪の枢軸連合からイランを守る義務がある、日本政府及び国民は。

けどいったいどれだけの人がそれに気付いてくれるであろうか。

ひとつだけ付け加えておこう。

三種の神器のうちのひとつ、神宝草薙剣《くさなぎのみつるぎ》は一説によると「亀茲《くちゃ》」から来たものだとされている。充分考えられる話だ。

「亀茲」とは、ペルシャのことである。

ついでなのでもうひとつ。

自作自演の911テロでスケープゴードにされたアルカイダに引き続き、悪の枢軸連合はイラクを空爆した。ありもしない大量破壊兵器を製造していたとして。

言いがかりも甚《はなは》だしい。

我が国の政府はよくもまあそんなやつらに肩入れできるもんだ。けど、今はその話ではない。アメリカ及びイスラエル政府がイラクを攻撃した目的だ。

その理由は複数あり、最大の理由はイラクの石油利権の確保であったり、イスラエルを拠点とした中東全域の支配などであろう。

そんなことは端《はな》から判ってたことで、あきれてしまったのは、バグダッド陥落直後どこの建設会社が街を復興するかを発表していたことだ。まだ現地では戦いが続いているというのに。

で、それもちょっと置いておく。

もうひとつの理由を聞くと驚くぞ。

アメリカ軍がバグダッドへ攻め入り真っ先に向かったひとつがイラク国立博物館なのだ。

通常相手国を占拠した場合にまず向かう先は軍事施設や空港、そしてテレビ局やラジオ局などメディア関連の施設であろう。

なのにイラクでは博物館が狙われた。十七万点の所蔵がある巨大博物館で貴重なものばかりが片っ端から持っていかれたそうな。

間違えないでほしい。

これは市民が混乱に乗じて換金目的に略奪したのではない。

ちょっと長くなるがそのまま抜粋させていただく。

〝NHKの「クローズアップ現代」は六月十一日の放送の中で、略奪が組織的、計画的に行われたことを指摘していました。イラク戦争開戦が秒読みに入ったとき、イラクでは博物館の展示品を守るために、特に重要な展示品を地下室に運び込んだといいます。しかし略奪は、秘密裏に運ばれた展示品の隠し場所を正確に突き止め、何重もの鍵のかかった扉を開錠して行われていました。しかも、貴重なものを選んで盗みだし、その資料を焼き捨て、何を盗んだかわからなくするなど、内部に詳しい人間が関係した組織的犯行の可能性が高いとされています。イラクの文化財は九一年の湾岸戦争後の政情不安下でも略奪されており、一部が二〇〇一年にロンドンで見つかった他は、ほとんどが今も行方不明のままです〟（『世界はなぜ、破滅へ向かうのか』中丸薫著、文芸社）

いかがですか。市民が金欲しさに奪ったものなら市場にもどれだけかは出回るはずだ。なのに出てこない。どうしても隠したいんだな、歴史の真実が表に出ては困る連中は。

もし本当のことが世界中に知られたら、宗教の起源から領土問題に至るまで、それまでの主張が覆され、国家及び民族の存亡さえも危ぶまれる状況に陥るのであろう。

前出の著者によると、それは古代シュメール人の遺産隠滅が目的だ、とある。

〃イラク政府関係者によると、フセイン大統領は古代シュメール遺跡の碑文解読を指示していたといいます。そして、ユダヤ教成立までの歴史を検証し、シオニスト過激派の主張する「ユダヤ人」の欺瞞性を裏付ける証拠を握っていたといいます〃

（前出同書より抜粋）

というわけだ。またやるぞ、次はイランで。やつらが行動を起こす前に何とか〃喜びのエネルギーで作る地球規模の元気玉〃を臨界点までもっていこう。でなきゃ、やつらを止められない。

追伸。

2008年1月11日、111の日の朝、バグダッドに雪が降った。午前六時ごろから降り始めた雪は、九時ごろ雨に変わってしまったが、とにかく六十歳の男性も、男性の父も生まれてこの方初めて雪を見たと言っていた。

清めの雪であらんことを。

それでだ、言納も少しは世界情勢を理解しただろうから話を戻すことにする。このあたりの切り替えは、自分で書いておきながらなかなか大変だ。頭がよくないとできなイテッ。

「アホだからまとまらんのじゃ。話があっち行ったりそっち行ったり。読みづらいったらありゃしないぞ、ったく」

確かにそうだな。

言納だよ。

「あのお婆さんはイスラエルから来たんでしょ。なのになんで六芒星はイスラエルだけのものではないなんて言ったのかしら」

「多分だよ。古代ユダヤの人々のミタマと現在のイスラエル政府を牛耳ってる連中のミタマでは霊統が違うんじゃないの。ビル・ゲイツは古代ユダヤのミタマを持つ代表の一人らしいよ」
「それ誰に聞いたんだい、健太君」
「厳龍さんです」
「先生がそんなこと言ってたのか」
「どうしてですか?」
「いや、実はね、ビル・ゲイツがお忍びで四国の剣山に来てたって聞いてたんでね。確か二〇〇六年だったと思うけど」
「生田さんこそ誰に聞いたんですか、そんなすごい話を」
「四国の山仲間さ。修験道のね。やっぱり剣山には何か隠されてるんだな」

おい、もう止めておけ。一〇〇%の確率で盗聴されてるぞ、海外の名のあるホテルは。

それに言納は退屈しはじめた。

「私、ジュース注いでくる」

今夜もこれで三杯目。

「ん、これもおいしい。私ってミックスの天才かも。由妃さんも飲んでみて」

というわけで、言納ミックスのジュースがパスワードとなり記憶が蘇ってきたのだ。

那川は大はしゃぎだ。

「由妃さん、ねえねえねえ。地球にもあったんだってどうゆうことか教えて下さいよ」
「そうだぞ、由妃ちゃん。言ってることがさっぱり判んないよ。いったいどこへ行って来たんだい」

生田も身を乗り出し興味を示した。健太だけは席を立ち、イチゴとマンゴーミックスを注ぎに行った。

那川は笑いながら答えた。
「ごめんごめん。あのね、太陽」
「たいよーっ」

言納の大声で大英帝国の紳士淑女が一斉に振り返った。

那川は調子に乗って彼らにグラスを持ち上げ見せた。

「これは太陽のジュースよ」

「太陽という名前なのか、そのジュースは」

「ノー、ノー。太陽へ行くとこのジュースが飲めるの」

「太陽ってゆう店があるのか?」

「違うってば。太陽って言ったら太陽よ。ほら、お空に輝く太陽よ」

紳士らは身を寄せ合って何かひそひそ話をし、その後二度とこちらを振り向くことはなかった。多分、気が狂ってると思ったのであろう。

誰でもそう思うって。突然そんなこと言われたら。

「まずね、火の鳥の胸のあたりに入ったまま月へ行ったの。竹の匂いがしたよ。かぐや姫が竹から生まれて月へ帰ったのって、エネルギー的には的を射てるなって思った」

「確か宮沢賢治だったと思うけど、月は青リンゴの匂いがするって書いてあったぞ」

さすが生田、よく知っている。色んな匂いがあるのか、それとも人によって感じ方が違うのか。いずれにしても興味深い話だ。

「けど月は通り過ぎただけ。それでね、太陽に行くには順序があるってことで、金星のエネルギー圏内に入ったの。そしたらエアーカーテンみたいなのがあって五秒ぐらいその中にいたの。体中がビリビリ痺れたけど、出てからはすっごく軽くなって全身から金色のオーラが出てるのが判ったわ」

「それって浄化?」

「うん。調整って言ってた」

『日之本開闢』にも書いたけど、荒々しい波動領域から〝微〟なる領域へ行くための準備であって、山登りでいうところの高度順応のようなものであろう。

「金星には降りたんですか」

「降りなかった。今回の目的ではないからって。金星は地中に生命体が暮らす世界があるんだって。地表は外からの侵入者を防ぐ防御壁の役割りもあるそうよ」

お隣席の淑女が聞いたら失禁するような話だ。

「で、次は太陽へ？」

「まだ。太陽へ行く前に水星へも寄った。それも順番なんだって。水星でも汚れ落としがあったの。クリスタル・シャワーって呼んでた。海のように広い水槽の中をね、火の鳥に抱かれたまま通過したの」

「えっ、火の鳥が水の中を通ったら、火が消えちゃうんじゃないんですか」

「…………言納ちゃん…………」

生田と健太も苦笑していた。

どうしたもんだろう、この娘。

「三次元の物質じゃないから大丈夫よ。水槽の中には小さな泡がたくさんあってすっごく綺麗だった。なのにずーっと先まで見えてたから、きっと空気の泡ではないね。水の中に水の泡って感じ」

「なんか性質が違うんだろうな」

「多分ね。泡だけが体に染みこんできた。そしたら全身が水になっちゃったみたいな感覚がして、気持ちよかった。それで気がついたら透明になってたの」

「それまでは見えてたんですか」

「うん。半霊半物質て言えばいいのかしら」

「金星では金色のオーラ、水星では水のような透明に。なるほどね」

生田が腕を組み感心していた。

「それで次こそ太陽へ行けたんですか」

言納が身を乗り出して聞いた。

「そう。やっとね。そうしないととても人が行けるようなところじゃないんだって、太陽は。よっぽど荒々しいのね、地球三次元って」

そうだ。荒々しい。

が荒々しいがゆえに楽しくもあり、不確実性の中にいるからこそ面白いのだ。そんな駆け引きがたまらない。特に男女間での……今はいいか、そんな話。

とにかく、駆け引きのないストレートな世界は面倒くさくないけど退屈だ。

言納が席を立った。

「私、太陽のジュース作ってくる」

「私も」

「あっ、ぼくも欲しい」

「ではではオレも」

全員かよ。

かくしてラウンジのジュースコーナー、イチゴとマンゴーはすべて四人に飲み尽くされた。

那川は目を閉じ、太陽の様子を思い浮かべながら話し始めた。

「草原が広がってる……太陽はね、一面緑色の世界だった」

赤の補色じゃんか。拡大写真で見る太陽の表面は必ず赤くプリントされているため、想像することのなかった世界だ。肉眼に映る世界ってどの部分なんだろう。

「はじめはそこが太陽だとは思わなかった……ニュージーランドかどこかの草原かなって……知らないうちに火の鳥が私を降ろし、自分の足で立ってた……ここも綺麗な世界。空から見たときはね、草が風になびいているのかって思ってたけど、実際は光の波だった。緑色の光の波が柔らかくうねり、流れて行く……波の中にはラメのようにキラキラ光る小さな……なんて言えばいいのかしら……フィラメントのようなものが無数にあって発光してた……よーく見るとひとつひとつのフィラメントに幾何学模様があるの…………しばらく見つめてたんだけど、何気なく手を入れたらね、波紋になって輪が広がって綺麗だった。池に石をポチャンって投げたときみたいにね………そうそう、それで、今度は光の波をすくってみようと両手を入れたのよ。そしたら……

……」

「………そしたら、どうなったんですか」

「吸い込まれちゃった。体ごと波の中に」

「落っこちたんですか」

「そうなの。キューって吸い込まれちゃったんだけどね、その瞬間は体が熱で溶かされてしまったような感覚があった。はっきり憶えてるわ………けどね、何ともなかった」

「なーんだ、よかった」

「景色はますます地球そっくりだったのよ。だって、大地があって海もあって風が吹いてるんだもん。そしたらね………」

那川は突然話すことを止めた。そしてあることを試みたのだ。

「ねえ、みんな目を閉じて。そして私に意識を合わせてみて………あっ、健太君。力んで集中しては駄目。肩の力を抜いて丹田に気を降ろすの。それで、ホワーンとした気持ちで私に意識を合わせるの。いい、いくわよ」

那川は太陽での体験を思い浮かべ、言納たち三人の眉間《みけん》に見たままの映像を送った。

言納はすぐに反応した。

「わー、綺麗。これって本当に太陽なんですか?」

やがて生田も健太も那川からのヴィジョンを受け取り、太陽の世界へと入って行った。眉間スクリーンには那川の視線そのものが映っている。

那川が空を見上げた。

当然なのかもしれないが、空にはどこにも太陽がない。なのに明るい。ここは太陽そのものなので空全体が光を発しているのだ。

するとそこへ、

『太陽神殿へお連れしましょう』

（えっ、誰？）

『ここは宇宙の天幕の中です』

（宇宙の……天幕って……）

次の瞬間、広い空間が現れた。那川の体は空中に浮かんでいる。

（あっ、人がいる）

空間の中央には直径二メートルほどの乳白色をした半球のドームがあり、そのドームを囲むようにして人が何人か立っていた。

（一人、二人、三人、四人……）

西洋人東洋人合わせて十二人おり、うち三人は女性だ。

十二人のうちの誰かが那川に意識を向けた。

すると、瞬時に那川の体が彼らの中へ移動した。

（げっ、何で私がここにいるわけ）

恐る恐る周りの人の顔を伺うとテレビや教科書などで見たこのある人物が何人もいる。

（あの人、マザー・テレサ……）

そう思った瞬間、彼女はドームを見つめたまま那川に愛の意識を送ってきた。

それがまた何とも心地いいもんだから全身から力が抜けてしまい、フラリとよろけ右肩が隣に立っている男に触れた。

「ご、ごめんなさ……」

隣にはアインシュタインがいた。

しかし彼は気付いてないのか、それとも気に止めてないだけなのか、向こう側にいる男と小声で何か話し続けていた。

相手の男が東洋人っぽかったので気付かれないように覗いてみると、

「何で……うっそ……」

出口王仁三郎だった。

アインシュタインと出口王仁三郎、すごいカップリングだ。

もし突然その二人が目の前に現れたなら、きっと多くの人は心臓が停止するか鼻血が出る。

マザー・テレサから「ドームの中を覗いてごらんなさい」との思いが届いた。

乳白色のそれは半透明で雰囲気はオパールに似ているが、内部は流動的で液体のようであり気体のようでもある。その中に青と白の球体状のものが浮かんでいた。

（地球だ）

地球が乳白色の何かに柔らかく包まれており、まるで宇宙の母乳の中にいるようだ。それとも母なる宇宙の羊水の中に地球がいるのか。

『裏切られても
傷付けられても
何事が起きようが愛に抱かれているのですよ
この星も　そして人々も』

マザー・テレサが那川に視線を向け微笑んだ。と

すると、今の声は彼女の声か。

これが高次元から見た地球の姿なのであろう。ミルキーはママの味、だ。

『何も心配する必要がないということ
これで判りましたか』

（……はい）

那川は言葉につまり大粒の涙を流した。

涙は美しい真珠に変わり、見る見る掌にあふれていった。

『恐れ　不安　孤立
すべてを溶かす涙ですよ
もがき　苦しみ　うろたえ
それでも答えを求め続けてきたからこそ流せた
涙

もう　大丈夫ですね

信じたかったのです
そのために疑っていたのです
それとも　まだ何か足りませんか……』

直後、那川はマザー・テレサに抱きしめられていた。

疑うものほど信じたがっている。信じきりたいからこそあらゆる角度から疑ってみる。

そして信ずるに値《あたい》することが疑わしきを大きく上回ることで安心して信じられるようになるのだ。神の存在も自分の人生も。

大きく信じたいがために大きく疑う。

これを「大疑大悟」という。

王仁三郎がドーム内の地球に向かって〝フーッ〟と息を吹きかけた。


（何をしてるんだろう……）

那川の興味がそちらに向けられたとたん火の鳥が現れ、那川の体を包み込んで飛び立った。

『今はまだそれを知る時期ではありません。もう充分に学べたはずです』

（ごめんなさい。つい……）

『さあ、少し休んでから戻りましょう』


それで連れて行かれたところが大きな玉が空中にたくさん浮かんでいる空間だった。

澄んだ水色の世界に巨大なシャボン玉が無数に浮かんでいる。

火の鳥がその中の一つに入った。

中にはバーのカウンターほどの高さの丸いテーブルがあり、そこで飲み食いできるようになっていた。喫茶店の太陽版だ。

それぞれの玉がこんな個室喫茶になっているのだろうか、それとも玉によって内容や役割が違うのか。床屋とかうどん屋とか。

ともかく、那川はここでグラスに注がれたジュースを飲んだ。飲み終え、もっと欲しいと思った瞬間、空《から》のはずのグラスはジュースで満たされたため、調子に乗って四杯飲んだ。そのジュースこそが言納ミックスのイチゴとマンゴーを混ぜた味だったというわけなのだ。

「だいたいそんなところ」

那川は言納たち三人に映像を送ることをやめ、目を開けた。

「由妃さん、すごーい」

健太が羨望《せんぼう》のまなざしを那川に向けた。

「マザー・テレサからの愛の念っていうのかしら、それを受けたときの気持ちよさは今まで経験したことのない快感だった。深い深い慈《いつく》しみの愛を受けることって、人にとって一番の快楽なのね。精神的にも肉体的にも。人が愛を求めて止まない理由がよーく判ったわ。その愛の確認作業が男女の交わりってこと。ねっ、言納ちゃん」

言納は昼間の疲れが出たのだろう、ソファーにもたれ気持ちよさそうに寝息を立てていた。

＊

健太は朝から落ち着かなかった。が、言納と那川は朝食後、二人でホテル一階のショッピングモールへ買い物に行ったまま帰って来ない。

生田はパピルス・マデル氏と最後にもう一度会うことにしており、健太も昼食に誘われたが断った。というのも、健太には一刻も早く訪れたい場所があったからだ。

（いつまで買い物してやがんだ………もういい。一人で先に行こ）

健太はメモを残し、大急ぎで部屋を飛び出した。

〝11時に入口付近で待ってます〟

ホテル裏門へと続く広い中庭を通り抜け、ボディーチェック用のゲートをくぐると小走りで一分、エジプト考古学博物館正面入口に着いた。通称カイロ博物館である。

アブ・シンベル神殿の時と同じように鼓動の高鳴りを感じ始めていたが、健太は深い呼吸で自分を落ち着かせ、なるべくゆっくりとした足取りでチケット売り場へと向かった。

外国人用料金の五〇エジプシャンポンド、日本円でちょうど千円を支払うころには、お釣をもらう手まで震え出していたが、

（ヤバイ、まただ。落ち着け。落ち着くんだ……そう、大丈夫。落ち着いて……）

本当は走り出したいのを必死でこらえ、平静を装っていた。

赤レンガ造りの建物は予想よりも小さなものだったが中へ入ると重厚感があり、決して近代的ではないが歴史を感じさせてくれる。

ここは所有するコレクション総数が十二万点を越すくせに、何しろ狭い。そのため実にもったいないことに宝物同士の間隔はわずかしかなく、並べ方も無造作だ。

これだけのコレクションを満足に展示するにはこの十倍のスペースが必要であろう。それと、もし日本だったら入場料は三千五百円ってところか。

「エクスキューズ、ミー。トゥッタンカモンの黄金のマスクはどこにありますか？」

制服姿の案内係らしき男に尋ねた。

「あの階段を登り一番奥にトゥッタンカモンのコーナーがあります。中へ入るとすぐに……」

もう抑えられなかった。

健太は係の男が話し終わらぬうちから階段めがけ走り出し、一段飛ばしで駆け上がっていった。

「あった、あった」

早い時間とあってそれほど混雑していなかった館内だが、ここだけは別だった。

厚いガラスで仕切られた専用コーナーには入口に〝トゥト・アンク・アモン〟と大きく記されている。

（ここにあるのか、トゥトのマスクは……）

警備員の前を通り中へ入った。

「あっ……」

探すまでもなかった。

（あれが本物のツタンカーメンの……）

健太は他の見物客をやや強引に押しのけ、黄金のマスクの真正面に立った。

（何て美しいんだろう……）

それ以上の言葉は出てこなかった。

とにかく〝美しい〟の一言に尽きる。けど、君はもっと美しいテテテテッ、判った判った。

三百兆円。

黄金のマスクの資産価値だ。矛盾してて申し訳ないけど、多分エジプトよりも高い。だって三百兆円ですぜ。

まあ、ひとつしかないのでその値が付けられるのだろうが、仮にこれが三つあれば日本は借金をほとんど返せてしまう。

エジプトのGNPなんて日本の百分の一なんだから、いざとなればこれ一つが本当に国家を救う。

黄金のマスクは国王の象徴ネメス頭巾を被《かぶ》った姿でかたち作られ、額《ひたい》にはハゲワシの頭部とウラエウス蛇と呼ばれるコブラが正面を見据えていた。

ハゲワシはネクベト女神、コブラはウアジェト女神を表していて、それぞれが上エジプトと下エジプトの王の象徴だ。この部分だけでも持ち帰りたい。

計っていたら一人平均四十秒。黄金のマスクの前で立ち止まる時間だ。

最も短時間で立ち去るのは西洋人のバカ者、じゃなかった、若者。十秒だ。興味ないのね。

逆に三分四分動かず見入っているのは五十代から六十代の日本人だった。

健太は他の人の邪魔にならぬよう気を使いつつも正面から、斜め前から、真横から、そして後ろ側からとジロジロジロジロジロジロとすでに三十分。その場を離れられずにいた。

警備員が〃いつまで見ていやがるんだ〃という顔で健太を見たが、別に悪いことをしている訳ではないので咎《とが》められることはなかった。ケータイでマスクの写真を取ろうとした西洋人の若者たち数名は叱られてたけど。やっぱりバカ者だ。

マスクは真正面から見るよりも少し斜めからの方が表情が現れ、特に右斜めからだと日本人っぽい顔付きになった。

しかし、その微《かす》かな表情を感じ取るにはどれだけかの時間を要す。

というのも、美しさと同居した無表情さにはじめはとまどい、健太は通じ合ってると思っていたツタンカーメンとの間に、実は少し距離を感じてしまっていた。

団体客が次々とやって来た。仕方ないので健太は他の展示物にも目を向けようとして始めて気付いた。

「あっれー、そうか。ここはマスクだけじゃなかったんだ」

マスクの数メートル後ろには黄金の棺《ひつぎ》が二体、それぞれガラスケースに入れられて横たわっているではないか。

これがまた見事な工芸品で、その美しさったら、欲しい。君も美しいから欲しいけどウー、苦しい苦しい、ちゃんとやるから。あー、苦しかった。

黄金のマスクが被《かぶ》されたツタンカーメンのミイラは発見当初三重の棺に入れられており、一番外側の第一棺は現在ルクソールの王墓にて実際にミイラが入れられている。

ここにあるのは第二と第三の棺だ。どちらも冥界を支配する神オシリスをかたどった人型棺になっている。

第三棺は純金に近い純度の金を厚さ三ミリの板から叩き出しで製造されており、職人の技術の高さは世界最高水準である。やはり彼らも〝日の民〟か。これ、マジ欲しい。

第三棺よりも一回り大きい第二棺は赤、青、紺の色ガラスが規則正しく埋め込まれており、どうしよう、本気で欲しくなってきた。

まあそれはいいのだけども、実はこの第二棺が大問題なのだ。あー、頭痛くなってきた。

けど、話す。トゥトよ、いったい何があったのだ。

ツタンカーメン王墓が発見された当初、狭い玄室には部屋いっぱいの大きな金箔の厨子が収まっていて、厨子の中にはまた金箔の厨子が、その中にもまた厨子が、といった具合に厨子だけでも四重構造になっていた。

四番目の厨子にはピッタリ石棺が納められ、石棺を開けてやっとこさ第一棺、そして第二棺、第三棺へと続き、ツタンカーメンはロシアのマトリョーシカ人形になっていた。

さて、本題に入る。

第一の棺と第三の棺、そして黄金のマスクは明らかに同一人物を表しており、その人物こそツタンカーメン本人なのだが、第二の棺だけは別人なのだ。

いま健太の目の前にある棺は仰向けに横たわっているため正面から顔を見ることはできないが、絶対にツタンカーメンではない。

たまたま第二棺を製作した職人があまり上手ではなかった……わけはなく、棺自体は天下一品である。ラーメン屋の話とちゃうで。

これほど緻密な技を持つ職人たちはそんなへまをしないし、もしファラオに似てないものを作ってしまったとしたら当然やり直しをさせられるに決まっているではないか。相手はファラオですぞ。

では第一棺、第三棺、黄金のマスクの人物と第二棺のモデル、どれぐらい違うかというと、相本久美子と貴乃花親方の違いに等しい。

ツタンカーメンはちょっと相本久美子っぽい。あっ、若い人は知らないか。だったら……んー……麻木久仁子は知ってるだろう。そっくりってわけではないけど雰囲気が似ている。なのに第二棺は貴乃花だ。

麻木久仁子と貴乃花親方を間違えることはない。

第二棺を真正面から写した写真を見ると骨格自体まるで違う。頬《ほお》の出方もエラの張り方も違うしアゴの角度も全く違う。唇なんて〝なんでやねん〟だ。

もしこれが同一人物なら柄本明とチェ・ジウは同じ顔だ。竹中直人と長澤まさみも見分けがつかない。阿藤快と加藤あいなんて顔も名前もそっくりじゃん、ってことになる。

では第二棺は誰なんだ。

おそらくはスメンクカラーではないか、との説がある。充分考えられる話だ。

スメンクカラーはアメンヘテプ四世とツタンカーメンの間に存在した在位わずか一年の若きファラオである。

ツタンカーメンにとっては妻アンケセナーメンの姉婿なので義理の兄であり、父アメンヘテプ四世の異母兄弟なので、えー、叔父でもあるわけか。

そしてツタンカーメンの母キヤを抹殺した張本人ともされる人物。それがスメンクカラーだ。エジプト人ガイドのジョーが知らないファラオである。ジョーの先生も知らない。

この棺、トゥトが自らの意志で奪ったのか。それともトゥトの死後、側近たちがそうしたのか。今となってはもう判らない。

が、きっとトゥトの玉し霊はそんな奪い合いについても悔悟の念を持ち続けているのではなかろうか。

そして、自分たちの過ちを繰り返さないでほしいと願っていることだろう。

第二棺は左側から見ると柔らかな表情を浮かべ微笑んでいるようにも見える。

許し合っているのか。そうあってほしい。

彼らが生きた時代から三千数百年。今度は生きている間にそれをやる。現在の人類に与えられた課題だ。

よし、世界中のみんなでやってやろうじゃないか。それにはまず日の民が〝内面の平安と安定〟〝内側の尊重と調和〟に本気で取り組むことなのだ。

健太は第三棺の虜《とりこ》になっていた。

左側からの顔付きは男らしさが見て取れるが、何といっても右側からの美しさには心奪われる。

あっちから眺めこっち側でメモを取りと夢中になっていたため、言納たちとの約束の時間はとうに過ぎてしまっていた。

「やっぱりここにいた。ずっと待ってたのに、入口で」

「あっ、忘れてた。ごめんごめん」

「もー」

このコーナーへやってきてから早1時間と15分。健太はここぞとばかりに解説をはじめた。気が付いたことを片っ端から言納と那川に聞かせているのだ。

しかし彼女らも10分が限度で、

「他も見てくるね」

と、行ってしまった。

その後、生田もやって来たがやはり同じで、しばらくは健太の解説を興味深そうに聞いていたが知らぬ間にいなくなっていた。

帰りの集合時間まであと25分。

黄金のマスク前の人波が途絶えた。チャンスだ。

健太はマスクの正面に走り寄り、約50センチほどのところまで顔を近付けた。

『66』

（ん、一火？）

『〝66〟はメキシコやククルカン・ピラミッドについてだけではないよ』

（一火じゃない。誰？）

『いつも一緒って言ったろ』

（えー、ひょっとしてツタン、じゃなかった。トゥト？）

『「覚悟」、それが〝66〟さ』

（覚悟？）

『そう。覚悟』

（なんだか怖そうだね。覚悟を決めなきゃいけないほどの厳しい行が待ってるってことなの？）

『…………』

（あれっ、聞こえてる？）

『…………』

おかしい。問いかけても答えてくれない。自分で考えろということなのだろうか。

『おい、もう時間だぞ。いつまでここにいるつもりなんだ』

（……一火？）

『もうみんな集合してるぞ』

（判ってるって。そんなことより、覚悟しなきゃ耐えられないほどのことが起こるのかって）

『違う違う。後で説明してやるからとにかく帰れ。あっ、迎えのバスがホテルに着いたぞ』

（判った。帰る）

健太はもう一度黄金のマスクを正面から見た。

（では帰ります……行くね、トゥト・アンク・アモン……日本でもきっと会えるよね。名古屋城や熱田神宮で。〝金〟〝八角形〟、それに〝8〟を見たらいつも思い出すよ。うん……いつかまた来る。必ず来るからね、トゥト……）

『おい、早く行けってこと』

（判ったってば、ったくう。ごめん、トゥト、一火がうるさいから行くね。さよなら、ツタンカーメン王。そして……本当にありがとう）

後ろ髪を引かれる想いで健太は部屋を出た。最後にもう一度振り返ると、正面のただ一点を静かに見つめるトゥトがそこにいた。

そして健太は誓った。

トゥトが見つめるその先を、自分もしっかり見定め歩もうと。

結局二時間以上ツタンカーメンの部屋で過ごした健太は、他の展示物を何ひとつ目にすることなく出口に向かった。ツタンカーメンとアンケセナーメンが仲睦まじく一足の草履を片方ずつ履いた絵が描かれている玉座や、黄金の厨子もすぐ近くに並べられているというのに。

けど、これでいいのだ。

「あのー」

急ぎ足で階段を駆け降りた健太を呼び止める声がした。

「あのー、ちょっとだけいい？」

「……あー、さっきの」

声をかけてきたのは二〇代半ばの女性だった。もちろん日本人だ。

この女性は、黄金のマスクの前に立つ健太を見た瞬間ハッと息を飲み、健太の頭上に視線を移したかと思うとしばらく固まっていたので憶えていた。それからもチラチラと健太を意識していたが、大勢のグループで来ていたためか、言葉を交わすようなことはなかった。

が、その女性が出口近くで声を掛けてきたのだ。

「いつまでこっちにいるの？」

「えっ、もう帰らなきゃいけないんです。夕方の便で」

「そうなんだ、残念。あのね、私、小夏。もし神戸に来ることがあったら電話して。小さなお店やってるの」

女性が差し出した和紙の名刺には、手書きで描かれた黄色い花の横に店の名前と電話番号が書かれており、右下の隅っこに〝小夏〟とあった。

「私も行かなきゃ」

一度は走り出そうとした体を止め、振り返りざまにこう言った。

「あなた……今のあなたの玉し霊、22%、ツタンカーメンの意識が入ってますよ」

「………」

「手紙書くから連絡先教えて下さい」

健太があわてて名刺を差し出すと小夏も仲間の方へと走って行った。健太も急がねば。バスはすでに待っているのだから。

＊

カイロ国際空港へ向かうバスは、途中ハン・ハリーリへ寄った。

ハン・ハリーリは街中が商店街になっており、雰囲気としては原宿の竹下通りに似ている。

世界各国からの観光客が買い物をする名所で、多種多様の店がひしめき合っているため活気があって楽しい。

アクセサリー、スパイス、Tシャツやスカーフ、香水、民芸品、それに山積みにされたパン。路上に文具を並べる店もある。

もうこれでエジプトと触れ合うのは最後だと思うと人も街もいとおしい。

どうかこの街がいつまでも平和であってほしい。こうして人々であふれるハン・ハリーリでいてほしい。

健太はそんなことを思いながらエル・モスキ通り

を歩いていた。

「ヘーイ、ヤーマモートヤーマー」

「安いよ、どうぞ。ヤーマモートヤーマー」

エジプト各地でこの言葉をかけられた。どうやら日本語の〝いらっしゃいませ〟と思っているようだ。

誰かが意図的に教えたのか、それとも日本人観光客が持ってきた海苔がおいしかったからなのか。経緯《いきさつ》は判らないがとにかくエジプト全土に〝ヤーマモートヤーマー〟は広まった。

ということは何年後かには各地で〝イクゼ、ヤロードモ〟が流行っているかもしれない。

頼むぜ。ミモ。


「健太君、どうする」

生田が通りの角で立ち止まった。

「もっと先まで行ってみるかい」

「いいえ、もう充分です。お土産も足りそうですし」

「ねえねえ、まだ三十分以上あるから私たちもうちょっと買い物してるね」

やや疲れ気味の男二人を残し、言納と那川は細い路地へと入って行った。

一方、健太と生田はカフェやレストランの並ぶエル・フセイン広場に戻り腰をおろせる場所を探した。

どの店の前にもテーブルと椅子がところ狭しと並べられており、店内にいる客よりも青空の下で通りを眺めつつくつろいでいる人のほうが多い。

「あそこ、空いてますね」

「じゃあ、あの店にしよう」

やっと空席を見つけた二人の隣では西洋人の若い女性が一人で水タバコをふかしていた。

「あれ、やりますか」

健太が横目で水タバコの女性を見つつ生田に聞いた。

「いや、いい。ビールにする。エジプト最後のビールだな」

「では、ぼくも」

それから二人とも無口だった。

生田は目を閉じ何か物思いにふけっている。

健太も缶ビールを飲みつつ長かった旅を振り返っていると、そこへ一火が現れた。


『覚悟について判ったか』


あまりにも突然だったので健太は飲みかけたビールを吹き出してしまった。

『くつろいでいるところ悪いな。けど、こちらにいる間に答えを出しておくんだ。この地だからこそ感じ得る答えがあるからな』

(考えてはいたけど……ごめん。実は忘れてた。けどさあ、〝覚悟〟って、つまり腹をくくれってことなんでしょ。いかなる状況下に置かれてもそれに耐え得るだけの。それとも想像を遥かに超えるような厳しい試練が待ち受けてるから覚悟しろよ、ってことなの？)

『その意味が含まれない訳ではない。けどなあ、神々も大自然も不必要に厳しい行は与えない。人が勝手にそう思ってるだけだ』

(そうなの？)

『苦しい状況に直面すると人は〝きっとこれは神様が与えた試練だ〟ってな。そう思うことで苦しい状況を乗り切ることができるのであれば、それはそれでかまわない。けどな、そいつは神がわざわざ与えたんではなく自らが呼び込んだんだ。そこのところの判断が甘いからいつまで経っても宇宙のエネルギーの法則が読めない』

(うん。判るけど……)

『いいか。神は試練を与えるんではなく、人が自らの歪みで呼び込んだ困難を克服するために智恵を与えるんだ。だから神として存在できる』

（なるほどお。じゃあ、ツタンカーメンが伝えてきた覚悟ってのは何についての覚悟なの？）

『彼の想い、彼の望み、お前は知っているはずだぞ』

（う、うん、まあ………）


ツタンカーメンの想いと望み、それは外側唯一信仰から脱却し、内側第一信仰へ移行する意識改革だ。

それができないことにはこの世に三次元的六次元、つまり〝ミロクの世〟を現せられないし、天地大神祭も成功へと導くことができない。

ツタンカーメンが目指す国造りのための第一歩、それこそが、

〝内面の平安と安定〟

〝内側の尊重と調和〟

だった。

大切なことなのでくり返す。

もし人々が本気で人類の行く末に光を差したいのならば、

〝内面の平安と安定により導く世界平和〟

〝内側の尊重と調和で体現する世界平和〟

これをせずしてミロクの世は来ない。


『覚悟とはな』

（覚悟とは？）

『神々から与えられるかもしれぬ厳しい試練に耐え抜くためのものに非ずだ。憶えておけよ』

（はい）

『己れを信じきるつもりがあるのかどうか。信じるのであれば何事があろうとも最後まで己れを信じきる。そのための覚悟だ』

（己れを信じきる覚悟）

『そうだ。それが神を信じるということだ。自分自身を信じてないものが外の神々を一点の疑いもなく信じきることなどできないぞ。そうだろ』

（えっ、まあ、そう……なの……かもしれないけど

……）

『内側の神、つまり己れを信じきってこその内側第一信仰だろ。創造主から直接つながる分けミタマの己れを信じられぬ者、どれほど立派な神社仏閣参ろうとも、神を信じているつもりになっているだけだ。〝つもり〟ってのはなあ、できてないってことだ。メシ食ったつもりだけじゃ空腹満たされないだろ。お前はすでに自分自身を信じきることが出来るだけの力を持った。やれっ』

（やれって……やるけどさあ……）

覚悟。それは自分自身を信じきるつもりがあるかどうかということ。

『それが66の数霊力だ。〝慈愛〟も66だぞ。内なる〝慈愛〟をいかに外側へ出せるかどうかも〝覚悟〟次第だ。内側の成長なくしてメキシコも何もあったもんじゃない。地球を人体とすると回帰線は体のどこだ』

（……お腹？……腸とか……）

『肉体の部位で考えるな』

（……腹づもりか。そうか。つまりそれが覚悟ってことか。腹を決めろって）

『丹田が〝虚〟状態になると覚悟したつもりでもブレるぞ。〝実〟にしておけよ』

肩に力が入ってしまい丹田が腑抜《ふぬ》けになることを「気が上がる」というが、それが〝虚〟の状態だ。

肩、あるいは上半身の力を抜き、丹田に力が籠《こも》っていてこそ〝実〟の状態でいられる。

人は〝虚〟状態だと意気込みが空回りし、物事を客観的に判断できなくなってしまうのだ。

それにしても一火、健太に出された課題の回帰線と腹づもりを結び付けて教えとするなんて、なかなかやるじゃん。

（腹黒いこと考えてるうちは南北の回帰線内を浄化するどころか汚してしまってるってわけか）

『判ってるじゃないか……あっ、お前のパートナーに降りるやつ、またお前に来たぞ。彼女たち、まだ買い物に夢中だろうから代わりに受け取っておけ』

（う、うん……）

『岩戸開きと云《い》いたるが
天の岩戸はあまたあり
伝承に
ありと云うては　岩戸と名付け
今やあまたの岩戸あり

どの岩戸
訪《おと》ないたりとも
「外は内なり」
「内は外なり」
すべて己れに帰結する

岩戸開くは己れなり
己れのみ知る　己れの岩戸
長き時空の間《ま》に
ひとつふたつと岩戸を立てて
〝光〟閉ざしてきたよのお

今ここで
ひとつふたつと岩戸を開けて
ひとふたみよと　岩戸を開けて
ひとふたみいよ　ここのたり』

すばらしいです。

古き時代に閉じられた岩戸を開いていくことが現代人に与えられた使命だと思っていたが、

『長き時空の間に
ひとつふたつと岩戸を立てて

〝光〟閉ざしてきたよのお』

だったのだ。

やはり今必要なのは〝マイ岩戸開き〟でしかないのだろう。

健太も改めて〝マイ岩戸開き〟の必要性を知ることができた。

『というわけだ』

（伝えておくよ、言に）

『それとなあ』

（うん）

『子孫が喜んでいたぞ。本人たちは気付いていないが、彼らの玉し霊がな。お前、先祖としていい仕事したな』

（…………）

『彼らの玉し霊はかなり安心を得てたぞ。先祖と直接触れ合えて。お前も嬉しかったろ』

（ねえ、何言ってんの？　さっきから）

『……やれやれ。判ってると思ってたのに……。あのなあ、お前はかつてこの地で何度か生きてたわけだろ』

（うん、そうだよ）

『そのとき子孫を残した。お前が整体した者たちのうちの何人かはお前の子孫だ』

（えーっ）

『ということは彼らにとって見ればお前は先祖だ。つまり彼らは先祖に整体してもらったというわけだ。だからお前は先祖としていい仕事したって言ったんだよ。これで判ったろ』

（判ったけどさあ、そんな風に考えたことなかったから、ちょっと驚きだよ）

『三次元的四次元だ』

（自分が彼らの先祖であることと三次元的四次元がどう関係あるの？）

『過ぎ去った過去の人と思っていた先祖が今、肉体を持って目の前にいた。ずーっとずーっと先、自分が死んでからこの世に現れると思っていた子孫たちも、すでに肉体を持ってこの三次元に生きていた。そうだろ』

（うん）

『ということは、何千年もの過去と何千年もの未来が〝今〟という瞬間に同居してるわけだ』

（確かに。〝今〟という一瞬の連続の中に大昔も未来もあった。これって日本でも起こり得ることなの？）

『当たり前だろう、そんなこと。たまたまここでは三千数百年の時を越えての先祖と子孫だった。日本でのお前は数百年から二千年に渡っての先祖、子孫と共に生きてるんだぞ』

（なーるーほーどー。ということは、いま目の前にいる人を大切にすることが先祖供養にもなるわけだ。恩返しも直接できるし）

『その通り』

（それに、ずーっと先のことだと思っていた子孫も〝今〟にいながら育てることができるわけだ、肉体を持ったままで）

『そうだ。よく理解できたな。お前はまだ子供がいないが、子を持った親の気持ち、孫を持った祖父母の気持ち、どれほど可愛くいとしいかは判るな』

（大体は判る……と思うけど）

『目の前の人に対し、そんな思いで接してみろ。すべての人々が我が子孫、とな。神は人々をそのように見ている』

（それも天之浮橋《あめのうきはし》に立って世の中を見るということなんだね。三次元的四次元って、ただ未来や過去にまどわされず、今を楽しく生きるってことだと思ってた。けど、よーく判った。過去も未来も〝今〟という瞬間から広がっているってことが）

『…………』

（あれっ、一火？）

『帰って来たぞ。オレは先に行く。白山に用があるんでな。じゃあな』
（あっ、おい……白山か……）
言納と那川が大きな袋を提げて帰ってきた。
「いっぱい買っちゃった。だって、このスカーフ全部四〇〇円なんだもん。Ｔシャツも五〇〇円にしてくれたから健太の分も買ってきたわよ。ツタンカーメンのＴシャツ」

長く厳しく、けど楽しかった学び多き〝お日の祭りツアー〟は終わった。

天地大神祭《あめつちだいしんさい》に向けての幕も開《あ》いた。

いよいよ本番。

神々と共に大成功へと導く万年一度の天地大神祭。言納も健太も、思い新たに我が龍の道を歩むためのよきツアーであった。


さらばエジプト。

さらばトゥトよ、また会おう。

第六章　新たな言納の龍の道

その1　福岡へ

戸隠神社中社へと向かう登り坂に沿って那川の働く店はあり、今夜そこで彼女の送別会が開かれる。

エジプトから帰ってまだ三週間。

目を閉じれば瞼《まぶた》の裏には彼の地《か》の様子がありありと映し出され、嗅覚《きゅうかく》は風の香りさえ再生可能な、ほとぼり冷めやらぬうちに早くも那川は行動を開始した。

戸隠神社奥社に参拝するたびに聞こえてきた、

『さがしに行け』

は、〝探しに行け〟だけでなく〝佐賀市に行け〟も含まれることに気付いたのはナイルを下っているときだった。それでいよいよ信州に別れを告げることにしたのだ。

故郷を離れ早や九年。そろそろ地元が恋しくなるころだ。そして生田との仲に区切りをつけることも決意に含まれるのであろう。

送別会には言納と健太も参加する。そのために急遽名古屋から呼び寄せたのだが、那川が言納たちを招待したのはある女性を紹介するためでもあった。

＊

中社で参拝を終え、健太は腕時計を見た。

「そろそろ行こうか、由妃さんの店」

「そうね、お腹もすいてきたし。お蕎麦《そば》も出ると嬉しいな」

「うん。お昼、おにぎりだけで済ませちゃったしな」

那川の働く店は戸隠蕎麦の老舗《しにせ》である。

「それにしても長かったわね」

「…………」

健太は黙って頷《うなず》いた。

送別会が始まるまでの時間つぶしに寄った戸隠神社中社で思いもよらぬ教えを受けたのだ。気構えてなかった分、衝撃も強かった。

『いずこにぞ
神はおられし　人はみな
神を捜してさまよいて
神よ、神よ、とすがりつく
山・川・海にも神殿を
立てて神よと閉じこめる

いずこにも
遍在するが　神なりと
知りてもなおさら特別に
神を仕立ててみるのよのう

今ここに
己れ居られし生かされし
それこそ神の御業《みわざ》なり
己れの周囲　めぐらして
見よやすべてが御業なり

そこここに
あまねく神は臨在し
我れをも包み浸透す
己れこそ　神の御社《みやしろ》　人よみな
その真実を知りたもう

人々よ
万生万物　己れの周囲
愛《め》でよ　讃《たた》えよ　尊《とうと》べよ

人々よ
神を求めて旅の果て

はてさて何を見つけしか
己れの居る場を放り置き
神の探索《たんさく》されしとは
足もと暗しということぞ

人々よ
まずは己れのそばに立つ
近しきお人を慈しみ
愛を広げてゆくがよし

人々よ
己れの場こそを光で満たせ
しだいに光は輪となりて
広がりてゆく　この星に
輝き満つる　この星に
くるくると
光輪広がり　くくるくる
満ち満ちてゆく　龍体に

地球《ちたま》こそ
愛しき星ぞ　人よみな
かけがえのなき　この星を
尊《とうと》み抱《だ》きてはくれぬかのう

人々よ
ひととき己《おの》が目を閉じて
この星抱《いだ》き　撫でさすり
慈愛の光で包みたれ
深き謝罪と感謝と共に
おひとりひとりの光の息吹
この星包んで輝きて
広がりてゆく　ますますに

人々よ
おひとりひとりが種びとと
なりてこの星　慈しみ

調和の星へと導きなされ
響きやさしく調和して
奏でよ　光の協奏曲を
咲きほこれ
人の魂《たま》にて百《ひゃっ》花《か》繚乱《りょうらん》
八三花一八三花　三次元』
どうでしょうか。
以前からくり返しておりますが、そうゆうことなのでございます。ツタンカーメンの伝える〃内側第一信仰〃と彼の望む国造りへの想いがそのまま戸隠の神からも伝わってきた。
自分自身の存在、それこそが神の御業であり、どこに居りても神は臨在しているのだと。
そしてこの愛しき地球を抱きしめ、撫でさすって欲しいと。さらには人々が慈愛の念にて調和して、『奏でよ　光の協奏曲を』って。
何てステキなことをおっしゃるのだ。
教えの途中「地球」を〃ちたま〃と呼んでいた。ドクター・スランプに出てくるニコちゃん大王もしかそう呼んでいたが、すると奴の正体は高次元の神ってことになるのか？……まあ、いいや。そんなことは。
最後の
『八三花一八三花　三次元』
は、もちろん〃八坂弥栄《やさかいやさか》　三次元〃である。

＊

五〇年の歴史を持つ仁王門屋の暖簾《のれん》はすでに下ろされていた。中社が「神社」になる以前はこのあたりも参道が伸びており、ちょうど店の前に仁王門があったためこの名が付けられたそうだ。

外から店内の様子を窺う健太に気付いた店の主人

が二人に手招きをした。

「由妃ちゃんから聞いてるよ。名古屋から大切なお客さんが来るってね」

健太は言納の背を押して店内に入り、自己紹介と招いてもらったことへの礼を述べたので言納もゆっくりと会釈した。

と、そのとき主人が二人の肩越しに視線を移した。

「よー、生《いく》ちゃん。さぁ、入んなよ」

生田が入口に立っていたのだ。

「いやね、ひょっとしたら来ないいんじゃないかって心配してたんだよ」

主人は三人に二階へ上がるよう促した。階段を登って行くと人数分の取り皿を並べる那川がそこにいた。

「おっいしーい」

言納が仁王門屋名物梅干しの天麩羅をひと口かじり叫んだ。生田も大好物だ。


生田はこれが食べたくて鬼無里《きなさ》から頻繁に通っているうちに那川と親しくなったので、エジプト組の四人は梅干しの天麩羅による縁といっても華厳の滝ではない。あれ、違うか。過言ではない。

ということは、ルクソールのハトシェプスト葬祭殿でハトホル神の封印を解くことができたのも梅干しの天麩羅のおかげということにもなる。

よし、では今度行ったときは種を持ち帰り神棚に祀ろうかイタタタタ。げっ、ジイだ。やばいやばい。ちゃんとやろ。

えー、何だっけ。あっ、そうか。

言納と健太が待ちわびていた蕎麦が出てきた。二人は大喜びで啜《すす》っていたが、那川はしばらく箸をつけようとはしなかった。

おそらくは食べ納めとなるであろう主人の打った蕎麦、感慨深いものがあるのだろう。

宴たけなわとなりつつあるころ、遅れて到着した幾人かがドヤドヤと階段を登って来た。

市街地にある支店の人達だ。営業時間が本店よりも長いため遅くなってしまったのだ。

みんな手に手に花束や贈り物をかかえている。その中に麻理《まり》もいた。

那川が言納たちに紹介しようとしているのが彼女である。

というのも、言納はこの春に学校を卒業したが、まだ就職先を決めていなかった。

一度は本気で就職活動をしてみたものの、どうにもＯＬという柄ではないし、勤めてみたところで他のＯＬと話が合うはずもない。なので止めてしまった。正解。

言納の能力があれば今でいう〝ヒーラー〟とか〝チャネラー〟としても充分やっていけるだろうし、望むのなら〝ベムラー〟とか〝ザンボラー〟とかにもなれるかもしれない。あれっ、ちょっと違うか。

が、言納本人は自身の特殊な能力を商品にすることをできれば避けたがっていたし、那川も同意見だった。

「言納ちゃんは綺麗すぎるから無理」

言納が照れた。

「違うわよ、今は心の話。純粋だって言ってるのよ」

顔のことだと思ったのだろう。おめでたい娘だ。

「純粋すぎると人から受けた重たいものを全部背負っちゃって、しんどい思いするだけだから止めた方がいいわ。それより、他に何かやってみようと思ってることないの？」

「実はですねえ、まだよく判ってないんですけど……

……」

言納はここ数ケ月、ある方向へ進むようにと大きな力に導かれていることを感じていた。

始まりは祖母が芝居を観に行って不在のため、代わりに食事の準備をしている晩のことだった。

冷蔵庫から肉のパックを取り出したちょうどその

とき、火にかけておいた鍋の味噌汁が吹きこぼれた。言納はあわてて火を止めようとしたのだが、その際に持っていた肉のパックをまな板の上にポンと軽く放った。

その瞬間、

『その食材
元の姿のときには
名前で呼ばれておったのだぞ』

言納にはその意味がすぐに理解できた。肉となる前、元の姿をしているときには名前を与えられ、大切に育てられたその肉を、たとえ味噌汁が吹きこぼれようとも放り投げるとは何事だ、この恩知らずめ、というわけだ。

(名前で呼ばれてたなんて……考えたことなかった……そんなことも知らず……ごめんなさい)

言納はガスコンロの前で膝をつき泣き崩れてしまった。

だが、このことについては何も言納だけが恩知らずなわけではない。多くの人がそうなのではなかろうか。お金さえ払えば自分のものだ。あとはどう扱おうが自由だ、と。

しばらくの後、言納の気持ちが落ちついてきたころ続きがあった。

『人々よ
御身活《おんみい》かせよ　人のため
御身活かせよ　世のために

食物と
なりてその身を捧げたる
野菜も魚も動物も
命つなげし循環の
役割りされし　尊しや

互いの命　尊重し
感謝の思いで手を合わせ
含んで４１４１味わいて
己れの力と為すがよし

人々よ
御身活かせよ　己れのために
食物と
なりたる命　身に納め
日々に活かせよ　８１に変えよ』

判りやすく言い換えれば、

〝私は食材としてあなたに身を捧げます。あなたは何に命を捧げて下さいますか〟

ということなのだ。

途中に出てきた、

『含んで４１４１味わいて』

は、複数の意味がある。


ひとつめ、そのまま〝ヨイヨイ〟と読む。つまり、喜んでいただけということだ。

ふたつめ。

41は〝神〟でもあった。カ＝6、ミ＝35で41だ。これは神々の思いやりをよく味わえよ、ということなのだが、

『含んで噛み噛み味わいて』

なのだ。己れの玉し霊活かすために。

最近「噛み合わせ」の大切さがやっと世間に広まってきたが、「噛み合わせ」は「神合わせ」であり、天の神と地の神が合わさることなのでこれが狂っていると体調も狂う。

最後の行の、

『日々に活かせよ　８１に変えよ』

も、そのまま
『日々に活かせよ　ハイに変えよ』

で、食材の栄養分を素直な心に変えよ、ということでもあり、

『日々に活かせよ　光に変えよ』

だ。

今さら説明するまでもないが、ヒ＝30、カ＝6、リ＝45、で81。

人々が光となるための食材であることを認識せよ、ということであろう。

調理し終わって、いよいよ食するというときにも続きが来た。

『ひととき己《おの》が　目を閉じよ
食物なりたる　そのものの
元なる姿に　思い至れよ

鶏卵《けいらん》は
母なる羽毛の下《もと》にあり
命のぬくもり　暖かき

鮭なるは
清き流れを　泳ぎいる
うろこ輝き　生き生きと

ごぼう大根　根のものは
地中深くに　育《はぐく》まれ
地の滋養
その身に受けて成育す

ありがたきかな　その姿
地養でふくるる　その姿
拝して食すが　人の礼なり

御葉《おは》なるは
太陽《ひ》の恵み　雨の恵みと身に受けて
輝く緑となりたるや

米なるはこれ　おしてはかれよ

我らがすべての元なるぞ
一粒一粒　命なり
おしいただいて　食すべし

日之本の
真の人民なりたるは
天然自然の霊々《れいれい》と
共に手を取り　生くること

感謝の厚き人々よ
日々正食　心がけ
神人《かみびと》たるを　忘るるな』

実はこの日、言納は例のパック肉を使うことができなかった。生きているときの姿を思い浮かべ、飼育者から名前で呼ばれている姿を想像したら自分のしてしまった行為があまりにも申し訳なく、とても調理などできなかったからだ。

なのでゆうべの残りの鮭の切り身をあたためなおし、幾種類かの野菜と卵を使った料理を用意した。教えの中に出てくる食料はすべて言納の目の前にあるものばかりだ。

「御葉」というのはキャベツやレタス、シソなど葉のもののことを指しており、やはり食卓にはほうれん草の御浸《おひた》しが並んでいた。

といった具合で、「食」についてを〝見えない力が伝えてきたため、言納はこれが守護者からの導きであると感じていたし、クフ王のピラミッド内部では大昔の自分であった爺からも「食」を学ぶよう諭《さと》された。というよりも過去の自分が今の自分に伝えた。それでエジプト滞在中に一部始終を那川に話したところ、だったら長野で紹介したい人がいるということになったのだ。

しかしその那川が長野を離れる。なのでその人物と言納を引き合わせるのは今日が最初で最後のチャンス。

健太は生田や店の主人と楽しそうに酒を酌み交している。なので那川は言納だけを手招きして麻理を紹介した。

「麻理ちゃんって凄いのよ。去年、戸隠の九頭龍さんのために101日間毎日奥社まで通ったのよ」

「奥社って、戸隠神社の奥社のことですか」

「そうよ。言納ちゃんも行ったことあるんでしょ」

「はい、一度だけですけど。大変でした。あそこまで101日間も毎日通ったんですか。すごーい」

言納は畏敬の念を込め麻理にそう言った。

「私もはじめはどうなるんだろうって思ってたけど、みんなが協力してくれたから何とかやり遂げることができたの」

「麻理さん、かっこいい。私だったら三日で止めてると思います。ところで、どうして100日ではなくて101日なんですか」

「そこのところが判らないの、まだ。101日が何を意味してるのかが」

「あっ、言うの忘れてた」

那川が二人に割って入った。

「あのね、麻理ちゃん。言納ちゃんは数霊のプロよ。聞いてみたらいいわ、どんな意味があるのかを」

その通り。言納の超得意分野だ。

那川と麻理、二人が言納に視線を向けると同時に解説が始まった。

「日之本龍神界の体制を立直《たてなお》したんですよ」

「えっ？」

「〝日之本〟を数字にすると101になるんですけど、〝日本〟は〝二本〟。101に横棒を二本付け加えると〝日の丸〟になるでしょ」

「なるほど」

「それに101は〝和合〟。龍神界と人間界を和合させたんです。乱れてましたから、共に。といっても乱した原因の多くは人間側にあるんですけどね。科学が発展することによって大自然の恩を忘れてしまっていましたから」

そうなのだ。何でも科学的に解決できると錯覚し傲慢になっていたのだ。が、それもそろそろ終焉を迎える。そして今後ますます発達するであろう高次元科学と呼ばれる分野は、化学式にプラスして大自然の意志というものが含まれることになる。そうならないと進歩とは呼べない。ありがたいことに日之本はすでにその流れの中にある。つまり科学と神仏の想いの融合だ。


「和合することで何かが誕生してるはずです。例えば〝子供〟が生まれるとか」

「子供？」

「はい。101は〝子供〟も意味します。子供の言霊数は101ですし、和合することで二人の間に玉のような子供ができるという形霊でもあるんですすよ、101って……それに〝節分〟の言霊数も101なんですよ。だから101日間の行が終わったことで〝節〟を〝分け〟ることが……どうかしましたか、麻理さん」

言納の話を聞いていた麻理の目が急にうつろになり、心ここにあらずといった様子だ。

那川もそれに気付き声をかけた。

「麻理ちゃん、大丈夫？」

「う、うん。ごめんなさい」

「どうしちゃったの？」

「あー、びっくりした」

「えっ、何が？」

麻理は意識して肩の力を抜いてから訳を話し始めた。

「信じてもらえないと思って黙ってたけど、101日間の行が終わったら生まれたのよ、赤ちゃんが」

「麻理さんのですか」

言納が尋ねた。

「私じゃないわよ。九頭龍さんの」

ふつう判るだろう、それぐらい。

「九頭龍さんに子供が生まれたの。だからさっき言納ちゃんが〝子供〟って言ったとき心臓が止まりそうになるぐらい驚いちゃったの。101日間は子供を生んでもらうための意味もあったんだって」

なるほど。そうだったんだ。自分で書いておきながら自分でも驚いてしまったぞ。

麻理が続けた。

「元はといえば九頭龍さんの怒りを鎮めるために始めたんですけど……けどよかった。最後まで頑張ってみて」

「和合したんですね、人の想いと九頭龍さんの想いが。きっとその赤ちゃん、日之本開闢の申し子ですよ。麻理さん、超かっこいいですよ。ねぇ、由妃さん」

言納が那川に同意を求めた。

「そうね。そんな話聞くともう少し長野にいようかなって思えてきちゃうわ。けど……」

那川がまわりを見渡し

「これって私の送別会だもんね」

言納と麻理が大声で笑った。

＊

翌日のお昼、十一時に言納と健太、それに那川の三人は麻理の店で待ち合わせをした。麻理は長野の中心街から少し離れたところで小さなオーガニックカフェをやっている。

十人も入ればいっぱいになってしまう店内に置かれたイスやテーブルはどれもこれも不揃いなものばかりだが、ひとつひとつに麻理の愛情が染み込んでいて、まさに手作りの店だ。

麻理特製のランチは、オーガニックの店のわりにボリュームがある。これは男性サラリーマンにもある程度満足してもらえるようにとの想いでそうしているのだが、確かに一般的なオーガニックの店で出てくるランチは平均的サラリーマンにとって、値段的にもボリューム的にもキツい。

いくら有機野菜であっても苦しくなるほど満腹に

食べれば意味ないじゃーんだが、かといって少なすぎるのも慣れてないと辛い。でもって、やっぱり足りないやってことになりコンビニ寄ってちゃ、もっと意味ないし。

他の客が数組入って来たので一日外に出た言納たちが、頃合《ころあい》を見計らってから店に戻ると後片付けを済ませた麻理が麻の実入りのデザートを用意して待っていた。麻理の出す料理の特徴は麻の実がふんだんに使われていることだ。名前からして「麻」の「理《ことわり》」なのでちょうどいい。

嬉しそうな顔をしてデザートを口に運ぶ言納に麻理が聞いた。

「ゆうべ言納ちゃんは〝食〟の道に進みたいって言ってたけど、具体的に考えてることは何かあるの」

「いえ、それがまだ漠然としてて全然定まってないんです。ひと言で〝食〟っていっても様々な分野があるし。だからそれぞれの道で活躍する人と会って色んなお話を聞きたいんです。今はそれが一番の勉強なので」

「若いのにしっかりしてるわね」

「えへっ。麻理さんはどうしてこのお店をやろうと思ったんですか」

「そうね……。んー、まずね、〝食〟の分野を大きく分けると、ひとつは生産者としての分野ね。何をどう育てるのか。どのような環境で育て、どのような方法で育てていくのか、ってこと。自分たちだけが食べる分なら楽しくできるだろうけど、それを本職としてやっていくにはすごく大変なことでしょ。だからこの分野についてはお手伝いする程度にしてるの」

言納は黙ってうなずいた。

「次に、どう調理するかという分野ね。どの食材を、いつ、どのような方法で調理するのか。どれぐらいの量を、あるいはどんなバランスで出すか。これは食事を提供する立場になることでしょ」

「ええ」

「けどね、この分野だって色々あってね、病気治しのための一人一人に合った食事を指導したり提供したりってことから、お店に来る人全員にある程度健康でいてもらうための食事作りまで様々なの。それによ、健康的であることを重視するか、それとも楽しむことを優先するかでも食事の内容が変わってきちゃうわけ。健康的であったとしても、あまりに味気も色気もないもの出してたってお客さん来てくれないからね」

「そーっかあー、深いですね」

どれほど高き理想をもってしても、三次元でカタチにするには何かを優先し、同時に何かを捨てなければ実際商売などやれたもんじゃない。言納にとってはこのあたり、いい勉強になる。

「あとは、どんな想いで食べるかよね。けどその分野は言納ちゃんたちは専門だもんね。ゆうべ話してくれたでしょ」

言納は那川に神々からの教えを話していた。

『人々よ　御身活かせよ　人のため……』

などのあれだ。

「健太君は健太君の立場から見た〝食〟についての健康法があるでしょ」

「あ、えー、はい」

突然振られたので健太は少々たじろいだ。

「ぼくの場合、まだまだ間に合わせの食事が多くて、だからなかなか〝身土不二〟とか〝医食同源〟っていうのが実行できないんですよ」

「それは仕方ないわ、これだけ流通が発達して季節感もなくなってしまえば。私だって〝身土不二〟についてはもう妥協してるもの」

麻理があきらめ顔で言った。

「けど、師匠から教わった三つのことについては心掛けるようにって人に伝えてます」

「どんなこと？」

「まず、これは絶対といってもいいことなんですけど、健康でいたければ、腹いっぱいまでは食べるなってことですね。まあ、育ち盛りの学生にはそんなことといっても無理でしょうけど」

「そうね」

皆が笑った。

「あと、非日常……例えばパーティーとか旅行先なんかは仕方ないと思います。それを楽しみに行きますからね。けど、日常生活では止めるべきですね、腹一杯まで食べることは。確実に病気になります」

それを聞いて言納はデザートのお代りを頼もうとしていたが、止めた。今日は非日常で旅行先なのでいいんじゃないの。

もっとも、腹七分、腹八分といったところでインスタント食品やファーストフードが食事の中心では話にならないが。

「次に、食事と食事の間にどれだけか〝空腹を感じている時間〟をつくることです」

「なるほど。確かにそうね」

麻理が相槌を打った。

「今は身の回りにいくらでも食べ物があるので、少しお腹がすいたって感じるとすぐに何か食べてしまいますよね。あれが駄目なんですよね。特に甘いもの」

そうなのだ。甘いものを二口《ふたくち》三口《みくち》食べることで空腹も満たされるし血糖値も上るので元気が出たような気になる。精神的にも落ち着くし。が、砂糖や果物、蜂蜜など単糖類の甘味は急激に血糖値を上げる分、短時間で急激に下げる。すると今度はもっとダルかったり頭がボーッとしてしまう。

一方、多糖類の穀物は吸収がゆっくりで血糖値上昇も緩やかなので、本来甘味も穀物や野菜で摂ることが好ましい。午後二時、三時になると眠くなり、甘いものを体が欲しがるようなら低血糖症と考えていい。

「最後にもうひとつあるんですけど、これについては自分でも全くできてません。よく噛むこと」

「私も。食べ終わってから思い出すニャン」

言納がおどけた。大丈夫か？

実はこれが大切だ。

最近では噛む努力をせずとも飲み込めてしまう柔らかな食べものが多くなっているため、国民を賢くしたければ政府はそのことを認識すべきなのだが、無理だろうな。だから民間でやる。

〝国家が自分に何をしてくれるのかを求めるのではなく、自分は国家のために何をなしうるかを問うて欲しい〟

あのＪＦＫのスピーチは今でも我が日之本に有用だ。心ある政治家がアメリカ支配からの脱却を試みようものなら、あらゆる手段で政治生命を絶たれてしまう。すると他の国内問題さえも改善する機会を奪われてしまうので、アメリカ政府の目論む「食支配」については触れられないのが現状だ。だから民間でやっちまうぞ。

熱く語ってしまった。話を戻して〝噛む〟ことだ。

「〝噛む〟ということはまず精神を落ち着かせます。それに、目の疲れもある程度取れるので一日中パソコンの画面見てる人は絶対に必要ですね。噛まないので目の疲れがたまり、それがやがてはうつ病や精神異常を招いたりもしますし」

「えー、そうなの？」

麻理が目をパチクリさせ健太に聞き返した。

「はい」

「じゃあ、ブルーベリー食べるだけじゃ、追っつかないわね」

店内に笑い声が響いた。

「それに発癌性の食品添加物もだいたい三十秒ぐらい唾液につかることで毒性は消えていくともいわれてます」

「それ、私も聞いたことある」

今のところ唾液に含まれる成分には二十種類の酵

素とホルモン十二種類が発見されているが、今後さらに新たなものが見つかるであろう。唾液は神が万人に与えた魔法の万能薬なのだ。ありがとう、唾液。

「あと、これはあまり表に出ない話なんですけども、咀嚼《そしゃく》回数が……」

「〝そしゃく〟って何？」

話の途中で言納が口をはさんだ。

「噛むこと」

健太は冷たい視線を言納に向け、そう言い放った。

まぁまぁ、そんな目で見ないであげなさい、大好きなんだから。

というよりも、麻理や那川に対しての自己弁護的な心理の現れだけど。自分の彼女がアンポンタンだと自分がカッコ悪い。彼女はアンポンでも僕は違いますよって。まあいいや、それはそれで。

「咀嚼がある回数を越えたあたりから急激に膵臓《すいぞう》からインシュリンの分泌量が増えるっていうことが発見されたんです。つまり、糖尿病の特効薬は〝よく噛む〟ことなんですよ」

この研究結果は学会でも発表されている。

「ねぇ、健太君。どうしてそんなすばらしい研究の成果があまり表に出て来ないの？」

那川の疑問はもっともだ。

健太は那川を横目で見ると、ニヤリと不気味な笑みを浮かべた。

「なぜだか判りませんか」

那川は感付いていたが黙っていた。

「〝よく噛む〟ことが糖尿病の特効薬とあっては誰も儲からないからです。製薬会社も病院も」

「…………」

麻理はそれを聞いて頭をかかえた。

だから国民よ、政府に頼らず自ら学べ。でないとアメリカ合衆国同様、おたんちん国家になってしまうぞ、神国日之本も。

〝カム〟という言霊は「噛む」だけでなく「神《カム》」でもある。アイヌ語でも神はカムイという。「噛み合わせ」も「神合わせ」で、天の神と地の神が触れ合う大切な行為なのだ。したがって「神合せ」が悪ければ肉体的にも精神的にもズレや歪みが生じるのは自然の摂理である。

また、食べものを体内に入れてからは〝噛む〟ことだけが唯一意識して消化する行為だ。飲み込んでしまってからは体まかせ神まかせ。胃も腸もその他の臓器の働きもすべておまかせするしかないのだ。なので唯一意識してできる〝噛む〟ことが大切というわけである。

ふー、長くなった。

「そっかあ。人それぞれに違った食の道があるのね」

麻理は新たに入れたハーブティーをひと口すると、すでにあれから三十分近く過ぎてしまった言納からの質問に答えた。「どうしてこの店を始めたのか」という。

「結局私にとって一番楽しくできることがこの店だったの。大きなお店を大勢でやるのではなく、少しの人しか入れないけどお客さん一人一人の顔が見えるところで心を込めて作るの。売り上げはそんな多くないわよ。けど、私にはこのスタイルが楽しく、無理なく、喜んで続けられるから」

「楽しいっていうことが一番の理由ですか」

「そう。始める前は〝どんなスタイルでやるべきなのか〟とか〝どうやれば使命を果たせるのだろう〟なんて考えてたけど、最も大切なこと忘れてた。一番楽しくできるのは何なのかって」

今の言納にとっては麻理の経験がそのまま自分の疑問への答えとなる。やはり説得力があるのは現場の声なのだろう。考えてるだけでは疑問が堂堂巡りをするばかりだ。

話がひと段落したところで、壁面の棚に並べられたオーガニック食材などの商品を物色していた那川が麻理に問いかけた。

「このへんの商品って全部麻理ちゃんが仕入れてく

るの？」

「ああ、それですか」

麻理も立ち上がった。

「仲間と共同で仕入れるんです」

「仲間？」

「はい。同じようなお店をやってる人たちでネットワークがあって。同じ商品をたくさん仕入れてもうちの店だけでは販売できる数は知れてるでしょ。かといって一袋単位では売ってもらえないし。仮に売ってもらえたとしても単価は高くなる。だから箱単位を何人かで仕入れて仲間で分けるの」

「へー、近所のお店の人達なの？」

「いいえ、全国にいます、仲間が。あっ、そうだ。この冬、みんながうちの店へ来てくれたんですよ。二月はみんなわりと暇だから、毎年二月はどこかの店に集まるんです。それが今年はうちの店だったんですよ。スキーとかもできるし」

麻理はレジの横から一冊のアルバムを取り机の上で開げた。健太も覗き込むようにしている。

「この人は山梨だからお隣りさんなんだけど、こっちの白いセーターの人は神奈川から来てくれたんですよ。九州からの人もいてね、えー……」

「ねぇ、麻理ちゃん。この人って」

那川が一人の女性を指さした。

「あっ、そうそう。九州から来た人ってその人です。ミキさんっていうんですけど、すっごく面白くて……」

「ひょっとして吉村美紀？……福岡の」

「そうです。吉村美……えっ、どうして由妃さん、ミキさんのこと知ってるんですか」

吉村美紀は那川と福岡での大学時代の同期で、共にハンドボール部に所属していた。美紀がキャプテン、由妃は副キャプテンを務め、ミキ&ユキコンビはチームのポイントゲッターとして後輩たちの憧れの的だった。

そんな仲の二人だったが那川は卒業と同時に九州

を離れ、美紀は福岡を中心にレストランや居酒屋をチェーン展開する大手の企業に就職した。しばらくは互いに連絡を取り合っていたが、それも那川が信州の山奥に移り住んだころから途切れ、以来一度も話してはいなかった。


「へー、そうだったんですか。どこでどう繫がってるか判んないですね」

「ほーんと。びっくりしちゃった」

「ミキさんのお師匠さんのこと聞いたことありますか」

「ううん。だって、もう何年も連絡取ってないから」

「すごいんですよ。野菜とお話ができちゃうの」

「…………」

「あのね、野菜が調理法を教えてくれるんですって。だからピザもぜーんぶ野菜で作っちゃうの」

「えー、チーズとかはどうするの？」

「チーズは大豆で作るんですって。笑っちゃったのはエビチリソース」

「エビチリー。エビはどうするの？　まさか野菜でエビはできないでしょう」

「それがですね。エビはヘチマを使うんですって。ナスでも大丈夫って言ってましたよ、ミキさんが」

その話を聞いて那川や健太は笑っていたが、言納は何か感じたようで、一人麻理の顔を見つめていた。

（また何かが始まる。私の歩むべき道……私自身の新たな龍の道が……）


数日後、那川は生まれ故郷の佐賀へと帰って行った。〝さがしに行った〟のだ。

＊

戸隠で麻理を紹介されてから二週間ほどが経ったある日の夜、那川から言納に電話があった。受話器の向こうの那川はめずらしく興奮しており、言納が電話口に出るなり機関銃のようにまくしたてた。

「あっ、言納ちゃん。私。由妃です。あのね、今日、ミキの店へ行って来たのよ。ミキって判る。ほら、麻理ちゃんの店で写真見たでしょ。福岡でお店やってるっていう。そのお店へ今日行ってきたのよ。そしたらミキのお師匠さんがちょうど店にいてね、すごかったのよ……」

こんな調子でしゃべり続けたために あの言納でさえ口をはさむ余地はなく、したがって聞く一方だったのだがその内容に愕然としてしまい、すぐさま福岡行きを決意した。それほどまでに那川の報告には言納が求めていたものがあったのだ。

話によると、まずミキの店はオーガニックの食材を使ったカフェなどではなかった。ミキの師匠、人は彼女を西野のお母《かん》と呼んでいたとのことで、このお母はスーパーで販売されている農薬いっぱいの野菜をさも当り前のように使うという。

「だって、お野菜に罪はないでしょ。農薬まみれでもね、ほら、こうしてお水に15分漬けておくとみんな元気になるのよ。まだ今は駄目。話しかけても答えてくれないわ。けどね、15分も経つ頃には元気ぃにお返事してくれるの」

西野母さんは特別気に入ってる水に野菜を15分浸すことで死にかけていた野菜を再生させてしまうのだ。

那川が訪れた際も西野流の食事を用意してくれたのだが、これがまた驚きの連続だった。

通常西野母さんは野菜のみで調理をするのだが、那川は特にベジタリアンではない。なのでその日は キャベツが〝ロールキャベツ〟を作りなさいと伝えてきたという。

その日訪ねてくる人に合わせ、そのとき冷蔵庫にあるものの中から最も適した調理法が野菜から指示される。なのでレシピはない。

なぜならば、レシピを作ったところでその日その野菜がなりたがっている料理と、人が作ろうとする料理が必ずしも一致するわけではなく、人の望みを優先すれば野菜の想いを無視することになってしまい、それでは野菜も生きないし食べてて喜びを感じない。というのが西野母さんの哲学らしい。だから頼まれても一切レシピは作らないそうだ。

言納はそれを聞いて体が震えだした。

（それよ、それ。それを探していたの……）

しかし驚くのはまだ早い。

西野母さんが調理を始めると、キャベツが「ニッキ飴を用意しろ」と言う。

「えー、ロールキャベツ作ってるのよ、どうしてニッキ飴なのかしら」

しかしキャベツは意見を変えない。

西野母さんは仕方なく茶箪笥の隅からニッキ飴の入った袋を取り出した。

ところで、キャベツはなぜその場にニッキ飴が存在していることを知っていたのだろう。キャベツがそれさえも感じているのか、それとも西野母さんの背後にいる「食の神」がキャベツを通してしゃべっているのか。まあ、いずれにしても面白い。

西野母さんがニッキ飴を用意すると、それを鍋に入れろ、とキャベツ君。

素直に従いひとつ鍋に入れたところ、

「ひとつでは足りない。もうひとつ入れろ」

と言う。

それでどうなったか。

結果としてはスープがシナモンっぽい風味、というかニッキ飴風味になり、春から夏にかけてはこれいいかも、と大好評だった。

いや、話を急ぎすぎた。まだ調理の途中だった。

那川はただただ黙ってその不思議な光景を少し離れたところから眺めていると、突然、まったく出し抜けに桜の花が三つ、まな板の上に現れた。

窓が開いてるわけではない。それに、福岡はすでに桜の時期は終わっている。なのでどこかから飛んで来て偶然まな板の上に落ちたのではない。

ではどこから来た。

だからさっき言ったでしょ。突然現れた、と。これには西野母さんも驚いたようで、目を丸くして桜に見入っている。

よーく見ると塩漬けにした桜だ。やっぱり母さんの背後にいる「食の神」の仕業に違いあるまい。那川はそう確信した。


「あなたたちをどうすればいいのかしら」

西野母さんが桜に向かって聞くと、

「私たちはお肉の毒消《どくけ》しになりますから一緒にお鍋で煮込んで下さい」

と言う。

何とまあ、塩漬けにした桜の花が肉の毒消しになるとは。

言納が心動かしたのもよく判る。

「由妃さん。私、福岡へ行きます。由妃さんのお友だちのお店へ行けば教えていただけるんですか、西野のお母さんからも」

「う、うん。そうだとは思うけど、いま人手が足りてるかもしれないから今度聞いて……」

「今度じゃなくて、今すぐ聞いて下さい。何でも手伝います。お金もいりませんから教えて下さいって、由妃さんからも頼んで下さい。お願いします」

那川にとって今日、何度目の驚きだろう。言納にこんな積極的なところがあるとは気付いてなかったからだ。

「わ、わかったわ。今すぐ電話して聞いてみるから、ちょっと待ってて。折り返し掛けます」


那川との電話を切った後も言納は電話口に座りこみ、折り返しの電話を待った。

そして二十分後、待望のベルが鳴ったのであわてて出ると、受話器の向こうからは聞き慣れぬ声が返ってきた。

「安岡言納さんですね。私、那川さんの友人で吉村美紀と申します。はじめまして」

「あっ、はじめ……まして」

勢い余って出たものの、電話の相手は那川ではなかった。

「由妃からいろいろ聞きました」

「突然ごめんなさい、無理なことをお願いしてしまって」

那川よりもひとつ落ち着いた感のあるミキは充分に言納の気持ちを理解していた。ただ、何も判らぬまま弟子入りするだの引っ越すだのというのははいくら何でも無謀というもの。

「言納ちゃん。あなたの気持ちはよーく判りました。けどね、仕事を手伝う云々《うんぬん》の前に一度遊びにいらっしゃい。それで三日でも四日でもいいから一緒に過ごしましょ。お店を手伝ってもらったりおいしいもの食べに行ったり。それで一旦家へ戻って、ゆっくりと結論を出した方がいいと思うわ」

ほーんと、ミキの言う通り。それがいい。今回のことについては興奮のあまり結論を急ぎすぎた、言納は。

しかし、それだけ求める気持ちが強い証拠でもある。

新たな龍の道、始まるか。

＊

「言納ちゃーん、こっちよ」

空港へは佐賀から那川が迎えに来てくれていた。

木曜日はミキの店が定休日のため、ミキと西野母さんが言納に御馳走を作って待ってくれているという。

約束の時間まではまだいくぶんあったため、ミキの店の前を通り過ぎてすぐ先にある二見ケ浦へと那川は向かった。

ここは朝日を拝す伊勢の二見浦に対し夕日の筑前二見ケ浦として知られており、全国に三十三ケ所ある二見ケ浦の中で唯一沈む夕日に手を合わせる二見ケ浦だ。

二〇〇八年立春、鏡見開きが福岡開きだったこともあり、今ではここ桜井二見ケ浦が表になった。

鏡に写った西日、それはそのまま東から昇る朝日であり、西が東になった。鏡開きとはそれだけのことでないが、西が東になり、裏日本もまた表日本となる。そのまんま東が西にやってきて宮崎、佐賀、福岡と、全国に先がけ西から各地が開闢したので、西がそのまんま東になったわけだ。姓だって「東国原」だし。


夏至が近いため午後六時といえども昼間のような明るさで、沈む夕日は見られそうにもなかったが、波を被る鳥居の下で夫婦岩に向かって笛を吹く青年がいた。

遠くを見つめる青年の目は遙か彼方にのみピントを合わせ、決してすぐ目の前のものには照準を合わせたくないといった、何か頑《かたくな》な意志を言納は感じ取った。

そして言納の推測が正しかったのであろう、人の気配を感じた青年はその瞬間笛を吹くのを止め、顔を伏せるようにして反対側へと歩いて行った。

(何だろう、あの人……)

言納が気にかけていると
「あれ、あの子って……」

那川が首をかしげた。

「たしかあの子、ミキの店でバイトしてる子よ。勇《ゆう》人《と》って呼ばれてたと思う」

「へー」

言納はそれ以上何も言わなかったが、彼のそんな無愛想さとは別に気になることがあった。背後にユダヤの婆耶の面影を感じていたからだ。ユダヤの婆耶とはピラミッド内部、王の間に現れたあの婆耶のことだ。

が、海を見つめているうちにそのことは忘れてしまった。

＊

「あの店がそうよ。ちょっと遅れちゃったけど、まぁいっか」

　那川はそう言って腕時計の表面をTシャツで拭いた。

「何で〝むすび家〟っていうんですか」

「行けば判るわ。さあ、入って。紹介するするから」

　店内に入るとテーブルに料理を並べていたミキが言納を抱きしめた。西野のお母もおむすびを握る手を休め満面の笑みを浮かべて言納を迎え入れた。

「あらー、やっぱり思った通りの人よ。分《ぶ》搗《づ》き米《まい》にしてちょうどよかったわ」

　西野母さんは言納をイメージして米の種類を決めたのだという。言納は玄米を食べ慣れてないことを来る前から見抜いていたのだ。

　ここでミキの解説が入った。

「うちはね、たくさんの人が来てくれるから、いちいち一人一人に合わせて調理するわけにいかないでしょ。だから、せめておむすびぐらいはその人の顔を見て握るようにしてるの。たくさん食べたそうな人には少し量を多めに握ったり、からだが冷えてるなって思う人にはギュッてきつく握ったものを出すの」

「えー、どうして冷えてる人には強く握るんですか」

「圧力をかけることによって〝陽〟のエネルギーにするのよ。からだを温めるためにね」

「へー、すごい」

「けどね、たとえからだが冷えてるなって感じても心が悲しみに包まれてるような人にはそっとやさしく握ったりもするのよ」

　言納にとっては目からウロコだ。

「基本的には胡麻塩で食べてもらうんだけど、人によっては梅干しを入れたり昆布にしたり。とにかくおむすびだけは一人一人の顔を見ながら握るの」

　長野の麻理も同じようなことを言っていた。愛情込めて作るにはそれが基本なのだろう。

「このお煮染《にしめ》、おっいしーい」

西野母さんはニコニコしながら様子を伺ってい
る。

「どうして鶏肉が入ってないのにこんなにコクが出るんですか」

言納の質問にミキが我が意を得たりという顔をし、西野をチラリと見た。

「ピーナッツバターよ」

西野のお母《かん》も得意満面だ。

それも野菜が教えてくれたらしい。コクを出すためにピーナッツバターを入れろと。

他にも里芋が入っていたので旬は秋なのでは、と聞くと、これまた里芋が教えてくれたのだが、おいしい時期が年に二度あるという。

一度は旬の秋。もう一度は植え付けの時期である四月五月だそうだ。芽が出る時期は生命力が強く、うま味はこのときが一番なのだという。

「今度は里芋の皮の天麩羅を作ってあげるわ」

「皮でテンプラー……」

言納は楽しくて仕方がなかった。

他にも西野はこんな話をしてくれた。

「沖縄へ行ったときにね、田舎道を散歩してたのよ。そしたら美味しそうな雑草が生えてたからね……」

「雑草を見て美味しそうって思う母さんって、ちょっと変わってるでしょ」

ミキが茶々を入れたので皆が笑った。

「それでね、その雑草に〝あなたたちはどうやったら美味しく食べられますか〟って聞いたのよ」

「うん、うん」

言納が身を乗り出した。

「そしたら〝私たちは毒があるから食べられません〟って言うのよ」

「えーっ」

「だからね、私、聞いたのよ。何で毒なんて持ってるの、って。とっても美味しそうなのに。そしたらね、〝私たちは先住民を護ってるんです〟って言うからびっくりしちゃって。だってそうでしょ。沖縄にはまだ先住民が住んでるのかって思うじゃない」

　那川が真剣な目で聞き返した。

「先住民って誰のことなんですか」

「それを私も聞いたのよ。そしたらハブですって」

「ハブー？」


　雑草によると、もし自分たちが人間にとって美味しい食材であるならば、当然それを人が採りに来る。そうするとハブの住処《すみか》が荒されるし、また人もハブに襲われる。自分たちが毒を持っていれば人は近寄らず、したがって先住民であるハブも住処が護られる。つまり人とハブの住み分けをさせるために毒を持ち、双方を共存させているのだという。

　大自然ってすごいね。感動する。

「その沖縄でね……」

　西野が続けた。

「畑が少ないことに気付いたのよ。だからね、沖縄は台風がたくさん来るから畑ができないの？って聞いたら何て言ったと思う？」

「…………」

「海の中にも牧場があるから大丈夫だよ、って言うのよ。もう私、てっきり沖縄には海の中にも牛がいるのかと思っちゃったわ」

　言納も那川も腹をかかえて笑っている。

「結局ね、海の中の牧場っていうのは海ぶどうとかのことみたいなの」

「〝農場〟ではなくて〝牧場〟って言ったんですか、その、その雑草でしたっけ」

「その時は道に咲いてた花に聞いたんだけどね、たしかに〝牧場〟って言ったわよ」

　道端の花が〝牧場〟と表現したのは、そこに暮らす多くの魚たちがいるからなのであろう。

　人間って、大自然の営みについてまだ何にも判っちゃいないんだね。

「大自然の声や野菜ちゃんたちの想いを感じ、ここで人と人が結ばれていって欲しいのよ」

「だから〝むすび家〟なんですね。おむすびの〝むすび〟と人が結ばれる〝むすび〟とで」

「それにもうひとつあるわよ」

「もうひとつ？」

「〝産霊《むすび》〟って言ってね……けど、あなたまだ若いからちょっと難しいかしら」

西野が途中で止めようとしたところ、那川が心配ないと伝えた。

「大丈夫です。この子、そっち方面のことやたら詳しいですから。師匠もしっかりした人ばかりですし」

「あーら、そう。若いのに〝産霊〟が判るのね」

「ええ、何となくですけど。天地万物を産み出す神の御力、といいますか、霊妙なる神霊っていうか……」

言納は厳龍の言葉を思い出し、理解せぬまま口にした。

〝産霊〟と〝結び〟と〝おむすび〟。これらひっくるめて「むすび家」だったのだ。

(私、決めた。やっぱりここへ勉強に来る)

言納は決意を固めたが、このときはまだ黙っていようと思っているそこへ、いつものが降りてきた。

『いとし子よ
日々健やかに生くるには
米こそ大事な物実《ものざね》ぞ
ひと粒ひと粒　命なり
ひとつのもみより芽を出して
その芽は十《とう》に分株し
ひと穂ひと穂に百の粒

いとし子よ

ひと粒の米　十株に
さらには千の粒となる
この真《しん》　知りて生くるなら
米こそ日之本神人《ひのもとかみびと》の
大事な力となりたるぞ

いとし子よ
御米《おこめ》の力を知るがよし
身体を活かし　魂《たま》育て
みなぎる氣力　与えたもう
これこそ日之本神人に
神の与えし主食なり
拝《はい》して食すが人の礼なり

生命の
光輝く　八方に
米なる文字《もんじ》　見るがよし
神の御座《みくら》ぞ　その真を
知りて生くるが人の道なり

御《おん》むすび
母の慈愛のやさしき手
心をこめて　愛こめて
掌《たなごころ》
ふわりとのせた神米《しんまい》を
慈しみつつ握りたもう
(米)
これぞ生命《いのち》の光なり
(光)
深き感謝で頂けば
その身は輝く光なり

41
食し　喜び　御力いただき
81となりたもう』

言納は札幌に暮らす母を思い出し、涙があふれてきた。

なので言納が泣いている間に少しだけ解説すると、ここでもまた八角形が出てきた。中には〝米〟と〝光〟の文字。

なるほど、八角形が大事になるというのはツタンカーメン関連のことだけではなかったのだ。確かに二文字とも八角形にピタリと納まる。

「41」は当然〝米〟のこと。コ＝7、メ＝34で41。

「81」は光なので、カ＝6、ミ＝35　計41の神である米をいただき、その力を我が血とし肉として自らが世を照らす光となれよ、ということなのだ。

それが国際番号81番の我が日之本の使命であり、日之本神人《ひのもとかみびと》の歩む龍の道なのである。

おむすびひとつとっても神々の教えは偉大なり。

＊

その夜、言納は佐賀にある那川のアパートに泊ることになった。実家の旅館まで帰れば広々としていて快適なのだが、武雄市まで帰るには時間が遅くなりすぎたため狭いアパートで辛抱することにしたのだ。それに、那川は早いとこビールにありつきたかったので。

缶ビールのプルトップを開けつつ那川が聞いた。

「どうだった、ミキと西野のお母さん」

言納は何も言わず照れた様子でニコリとした。

「そうだと思った。もう決めたんでしょ」

「うん」

那川は缶から直接ビールを幾口か勢いよく飲んだ。

「ねえ、それよりさあ、由妃さんは判ったの？〝探しに行け、佐賀市に行け〟の意味が」

「それねぇ……」

再びビールを口にしてから那川は話し始めた。

「どうも徐福に鍵がありそうなのよ」

「徐福？」

「そう」
「あっ、知ってる。健太と和歌山県の……えー……そうそう、新宮市の神倉《かみくら》神社へ行ったとき何度か名前聞いた。たしかあのあたりから上陸したらしいですよねえ」

一般的には秦《しん》の始皇帝の命《めい》により東海の三神山《みかみ》というところに不老長寿の仙薬を探しに来たとされ、熊野かあるいは富士の麓に定住したとも伝えられる謎の人物である。

しかし研究者らによると探していたのは仙薬、薬草といったものではなく、どうも金脈なのではないかという。また、徐福が金脈を探したであろうとされるそれぞれの場所にはなぜか白髭神社が残っているらしいのだ。何かルーツでつながりがあるのか。

その徐福だが、何度かは日本へやって来ては中国へ帰ったようだが、最後の航海はどうも亡命だったのではなかろうか。

始皇帝にほとほと愛想を尽かしたため、若き男女を大勢引き連れ八十五隻の船団で日本にやって来た。

その上陸先が実は佐賀だったのだ。そして約九年間滞在した。

実際、那川の実家がある武雄市の隣、山内町からは徐福のものだとされる硯《すずり》も見つかっており、中国の故宮博物館に鑑定を依頼している。

また、佐賀県東部で発見された吉野ケ里《よしのがり》遺跡との関係性も取り沙汰されている。真偽のほどはまだ判らないけれども。

「というわけでさ、私が佐賀へ呼ばれた理由で判ったことは、何か徐福とかかわりがあるってことだけ。それ以上はまだ何も判らないわ」

那川はそう言って二本目の缶ビールを開けた。

＊

言納は犬山の家へ帰ると真っ先に健太へ電話を入れた。二人ともまだケータイは持ってない。

「……というわけでさあ、私、福岡へ行くこと決めたの。ねぇ、いいでしょ」

「あっ、うん、もちろんだよ。よかったね、探してたものが見つかって」

「うん、ありがとう。健太も来てよ、休みには。だって名古屋空港からすぐだよ、福岡なんて」

確かに。福岡行きの便はわざわざ中部国際空港まで行かずとも、健太や言納の自宅からほど近い県営名古屋空港から日に何便かが飛んでいる。駐車場だって五日までなら無料だし、すぐ目の前がターミナルだから歩かなくてもいいので何かにつけて便利だ。札幌や仙台行きも飛ばしてくれませんかねぇ。〝とかち帯広〟とか〝いわて花巻〟じゃ駄目だって。札幌、仙台、那覇便だ、求められてるのは。そもそもですぞ、名古屋及び近郊に住む人の六割七割の人がセントレアよりも名古屋空港の方が近いんだから。けどさ、関係ないかもしれない、そんな話。

一時間とほんの数分で名古屋から福岡まで行けるって話だった。

「うん、行くよ。ところでさあ、言。どれぐらい向こうに行ってんの？」

「んー、まだ判んないけど、多分一年ぐらい……あっ、でもね、早ければ半年ぐらいで帰って来るかも」

「半年なんてすぐじゃん」

「でしょ、すぐよね。だからその間だけちょっと我慢してくれる？」

「もちろん」

「あー、よかった。私がいないからって浮気なんてしちゃ駄目よ」

「すーるわけないじゃん」

「ほんとに？　絶対よ」

しかし健太の胸中は複雑だった。そして受話器を置き、こうつぶやいた。

「は――っ、またか」

そうだ、またた。


思い返せばちょうど三年前、岐阜県多治見市に住む当時の彼女、友音と別れたのも〝食〟を学ぶため離れて暮らすことになったのが原因であった。

友音は高校を卒業すると同時にイタリアの大学へ留学した。スローフード専門の科があるため、そこで学びたいと。

やりたいことがあり、その道に進むことを許される環境にあるならば本人にとってそうすることが最も望ましいであろう。健太もそんなことは理解していた。頭では。

しかし、感情がついてこなかったのだ。

当時二十歳《はたち》の健太にとってイタリアはあまりに遠すぎ、四年は長すぎた。それにイタリア男は日本人女性が大好きだ。

以来会うたびに自分を選んでくれなかったことへのいらだちが態度や言葉となって表れ、結局別れた。雪降る鞍馬山で言納と出会ったのはその直後のことであった。

が、しかし、今度はその言納が〝食〟修行のため遠くへ行ってしまう。たしかに二十歳当時のイタリア四年間に比べれば、社会人となった今の福岡一年間は耐えられないほどのことではない。しかし健太から見る言納はとびっきり可愛く魅力的で素直で快活で……。

少々天然なところも含め愛しくて仕方がない。そんな女性を福岡で出会うだろう男どもが放っておくはずがない。健太はそれを思うだけで呼吸が乱れてしまうのであった。


『それもお前の心の反映でしかない』

(ん……一火?)

『他の男が彼女にどう接するか。彼女がそれにどう対処するか。お前の導き出した答えはすべてお前の心の写しであることに気付け』

（何で他の男が言《こと》にどう接するかまでこっちの心の問題なんだ）

『もしお前がいかなる状況であろうとも他の女性に一切恋愛感情や欲望の目を向けることがなければ、他の男も彼女に対し色目を使って見るとはお前自身が考えない』

（…………）

『何らか魅力を感じる女性と出会ったとき、許されるならばもっと近付きたいと望むお前がお前の中にいるだろう』

（うん。いないとは言え……ない……かもしれない）

『愚かな己れをいちいち弁護するな、アホめが。ナイルの船上でだって那川に新たな感情抱いてたくせしやがって』

（…………）

一火の言う通りで、エジプト滞在中健太は那川に対し、言納とは違った魅力を感じていた。が、接するうちに自分の幼さが目立つようになり、結局は憧れに終わったのだった。

『それにだ。お前が声をかければ相手の女性だってそれなりに対応してくれることをお前は自負している』

（……何が言いたいの？……）

『その想いがあるから彼女もそのように他の男と親しく接するであろうとの考えが浮かび、勝手に不安を抱いて苦しむ』

健太はただ黙って聞くしかなかった。

『お前の中から、他の女性を一切色目で見ることをなくし、いかなる状況下でも言納を悲しませるような想い、態度、行動をする己れをなくすことができたなら、お前が他の男に抱く不安や彼女に対する不信感も一切消える。すべてはお前自身の女性に対する想いの問題だ。彼女に対し、疑わしきことを一切せず、ただ〝食〟の修行に専念してもらいたければ、というかなあ、要はお前を不安にしたり悲しませたりしてほしくなければ、お前こそが彼女の想いをいかなるときでも最優先してみろ。彼女に対し一切のやましい想いがなくなったお前からは、何ひとつ彼女への疑いは発生せんわ』

(そうか。そうだね)

健太はうなだれた。

『以前教えた〝天狗の想い〟。憶えてるか』

(ああ、もちろん。〝神仏の力、信じるろよ〟だろ)

『そうだ。彼女に対し、お前は自らの愚かしきところを重ねて観ていた。彼女自身に宿る奥深きところの神仏の光、そこに目を向け信じてみよ』

(わかった。それが課題ってことか)

『そうだ。克服するまでは何度でも同じ状況がくり返される。お前が成長するにあたって必要なことだからな。玉し霊の独立のために』

しかし、このような恋愛感情。頭で理解できたかからといって、それを会得できたかというと、ちっともできてやしない。人類有史以来いまだにくり返しているぞ、この問題。

これは三次元世界でのテーマである。が、詳しくは追い追い話すことにして話を進めることにしよう。

その2　言納のお郷帰り

福岡から犬山のお屋敷に戻った言納は、「むすび家」での修業を始める前に二週間ほど札幌へ帰ることにした。

就職を先延《さきの》ばしにしていたため両親も心配しており、進路が決まったことを報告するためにも一度帰る必要があったからだ。

しかし、懸念されることがある。突然福岡へ行くなどと言い出して、果たして受け入れてもらえるだろうか。

それを思うと気が重くなってしまうため、言納はなるべく温子《あつこ》と行く予定になっている道内旅行についてを考えるようにしていた。

温子は言納がエジプトへ行くことになった直後、アンク十字のペンダントを託してきた女性だ。幼少のころ住んでいた家が隣り同士だったため、十歳年上の温子に言納はよく面倒をみてもらっていた。

そんな温子にはエジプトで特別なおみやげが買ってきてある。それを手渡しついでに二人で道内を巡る約束をしていたのだ。


空港まで迎えに来てくれた父は、車中仕事についての質問を一切してこなかったため言納はホッとしていたのだが、家に入りリビングのソファーに腰を降ろすといきなりこう切り出した。

「それで、福岡へはいつごろ発つ予定をしてるんだ」

「…………」

「お婆ちゃん寂しがるぞ、きっと。四年間一緒だった言納が突然いなくなるんだからなあ」

「えっ…………」

すでに両親は言納の福岡行きを知っている。しかもそれを好意的に受け取ってくれている。言納には何が何だかさっぱり判らなくなってしまった。なぜなら、祖母にもまだ何も話してないのだから。

「ねぇ、お父さん。何で知ってるの、私が福岡へ行くこと」

父はソファからゆっくり立ち上がると、本棚の一番隅っこに挟んであった手紙を抜き取り言納の目の前に差し出した。

宛名は父になっている。

「何、この手紙?」

「差し出し人を見てみなさい」

言納が封筒を裏返すと、そこには健太の名前があった。

「健太ーっ、何でよ」

「健太君が全部教えてくれたよ。〃食〃の道へ進むことになった経緯《いきさつ》をね」

健太は札幌へ遊びに行った際、一度言納の両親と会っている。

父は分厚く折られた便箋を封筒から取り出すと、読むとはなしに語り始めた。

「言納は本気で自分の進むべき道を模索していたことや、福岡ではどんな人から何を学ぼうとしているかということ。そんなことが詳しく書いてあったよ」

「いつ来たの、その手紙」

言納が聞いたが、父はそのまま続けた。

「健太君がな、言納は中途半端な気持ちや就職することから逃げるために福岡へ行くんではなく、ちゃんと自分の人生や社会に対してのあり方を見据えたうえでの決断なのでどうか認めてやって欲しい。電話でもそう言ってくれてたぞ」

「電話もあったの？」

「いや、手紙が届いた日の夜、こちらから掛けさせてもらった。自分も時々連絡を取り、しっかりやってるかを見守りますから許してあげて下さい、ってな」

「えー、そうだったのーっ、全然知らなかった」

父は便箋を封筒にしまうと、母をチラリと見てからひと口お茶をすすった。

「言納、父さんたちはね、正直言うとお前がエジプトから帰って来たら、そろそろ札幌へ呼び戻そうと考えていたんだよ。親として娘をそばにおいておきたいと思うのは当然のことだろ」

「う、うん」

「結婚すればおそらくは遠くへ行ってしまうだろう。だからな、せめて若いうちぐらいはそばにいてもらいたかったんだよ。なぁ、母さん」

同意を求められた母が、ただ黙って相槌を打った。

いつもならどれだけ言納を心配しているか、矢継ぎ早にまくし立てるのだが今日はそれがない。

それには訳があった。

昨晩二人は言納が幼かったころの写真が貼られたアルバムを眺め話し合った。当然母は言納の福岡行きに反対だったのだが、健太との手紙や電話でのやり取り、言納の気性を考えると、反対することは言納の幸せのためでなく、自分たちを悲しませないためのことだ。父からそう指摘され、二人で涙を流した。

父にとっても幼き日の娘の写真を前にしての決断は胸が掻きむしられる思いであったに違いない。が、このとき二人は……娘を信じる勇気を神から与えられた。

「名古屋での四年間、父さんたちは寂しい思いをしたけど、言納は大きく成長した。健太君にしても他の人たちにしても、みんなしっかりした人ばかりということもよーく判った。父さんたちの知らないところで多くの人にお世話になり、多くを学び、大きく育ててもらった。もし親元にいたらきっと甘えてばかりだったんじゃないか」

言納は少し照れ笑いをしたがすぐに真顔に戻った。

「娘が本気で自分の道を歩みつつあるのだから、親であってもそれを止める資格は父さんたちにはない。もう何も言わないから、言納は信じた道をしっかりと歩んで行きなさい。父さんも母さんも、いつだって札幌からお前を応援しているから」

「……ありがとう、お父さん。ありがとう、お母さん……いつも勝手なことばかりして……ごめんなさい。心配ばかりかけて……でも、でも、私、大丈夫だから……本当に大丈夫だから……福岡行ってもちゃんと……」

それ以上は言葉にならなかった。

溢れ出る涙は感謝と喜びの涙。言納は何度も何度もティッシュで頬を拭ったかが、大粒の滴《しずく》は流れ続けた。

＊

「おばさん、お久しぶりです。温子です」
「まー、温《おん》ちゃん、懐しいわ。もうすっかり大人ね」
「やだ、おばさん。もう三十二ですよ、私。言ちゃんが大学卒業する歳なんだから、大人もなにもないですよ」

温子が召し使いを伴って言納を迎えに来た。今日から四日間ほど温子とのんびり旅に出る。

荷物を背負って玄関を出ると、召し使いヒロの車が停まっていた。

ワイン色のワンボックスカーの中は広々としており、温子と言納が乗り込むとヒロは見送りに出て来た言納の母にペコリと頭を下げ、小樽へ向けて走り出した。

札幌から小樽まではそれほど遠くはない。

まずはじめに寄ったのは「忍路環状列石《おしよろかんじようれっせき》」、通称〝オショロのストーンサークル〟だった。

イギリスのストーンヘンジと比べられるとやや辛いが、たしかに山の中腹の広場に石が規則正しく並べられ円を描いている。

言納には淡い青緑色、ペパーミントグリーンに近い色をしたエネルギーが渦を巻きつつ上昇しているのが見えたが、それが何なのかは判らなかったので黙っていた。

「なるほど、正面は192度ってわけか……」

言納たちが到着する以前からそこにいた青年が方位磁石とストーンサークルを見比べながらメモを取っていた。

「昔はね、ストーンサークルの周りにはカシワの木がたくさんあったんだ。それはアイヌの人たちが意図的に植えたんだと思うな。けど、後から来た者がそれを切った。そして代わりに松を植えることで何

「かを封じてるはずなんだ。縄文のころのエネルギーの何かをね」

青年は挨拶するわけでもなく言納たちに話しかけてきた。が、どう対処していいのか判らずにいると、話し終えた青年は別れを告げることもせず山を降りて行った。

しかし、言納の脳裏には青年の発した〝アイヌの人たち〟と〝縄文のころのエネルギー〟という言葉がキーワードとなって、意識とは別のところで何かが動き出した。

そしてただひと言、

『縄文返し』

そのひと言が文字となって眉間のスクリーンに現れた。

(何?　縄文返しって……)

縄文返し、柔道の技か何かか?

次に寄った地鎮山のストーンサークルは先ほどのオショロのものとは趣《おもむ》きが異なり、一メートルほどの立石が直径約一〇メートル程度の楕円形に配されていた。

また、二メートル四方で深さが一メートルほどの四角い穴も掘られている。

言納が覗きこむと召し使いのヒロが、

「かつてここが生活の場として使われていたころは祭祀《さいし》道具が仕舞われていたのではないかという研究者もいます。僕はそうは思いませんけど」

と解説を入れた。

見かけによらず知的なことを言う、言納はそう思った。

そのとき、

『縄文返しで豊かさを取り戻せ』

（まただ……縄文返しって何なのよ……）

言納はストーンサークルの中央に行き、その場で目を閉じた。

すると眉間スクリーンに〝渦〟と〝矢尻〟と〝目〟が現れた。〝目〟は鳥の目のようで、人間のものとは異っている。

言納が手帳に〝渦〟〝矢尻〟〝目〟を書き入れてるところへヒロがやってきた。

「何か感じたんですか」

「そうゆうわけでもないんだけどね、こんな模様みたいなのが現れて……」

言納はヒロに手帳のメモを見せた。

「おっ、これは〝モレウ〟と〝ノカ〟と〝シク〟ですね」

「はあ?」

言納にはヒロの言葉の区切りが判らなかったため〝モレウトノカトシク〟と聞こえた。ロシアの地方都市の名前みたいだ。

「それ、何語ですか」

言納が聞き直すと、ヒロは枯れ枝で地面に絵を描きつつ説明し始めた。

彼によると、〝モレウ〟も〝ノカ〟も〝シク〟もアイヌ語で、それぞれが〝渦〟〝矢尻〟〝神様の目〟を表しているという。

〝渦〟というのはエネルギーそのもので、渦が起こることにより万物が生まれる元となる。

言納の脳が動いた。ガシャッ、ガシャッと。

モレウ。モ＝32、レ＝44、ウ＝3　なので合計79。

（まただ。ホアカリ〔ニギハヤヒ〕、セオリツ、そして金の原子番号が79。今度はアイヌ語で渦が……）

渦はエジプトでも散々現れたし、先ほどのオショロストーンサークルでも見た。それが79とは。

アイヌ語での〝ノカ〟、つまり矢尻は魔を撃退するものでもあり、ただ獲物を捕るためだけのものではない。

〝シク〟は〝目〟だが、これはフクロウの目のことで、神様はフクロウの目を通して人々と見ていると考えたのであろうか。

「どうしてこの三つが出てきたのかしら」

「言納さん、アイヌの刺繍《ししゅう》を見たことありますよねぇ」

「ええ。バンダナとかなら持ってます」

「それです。アイヌはこの三つを刺繍の中に織り交ぜて独自の模様を伝えたり新たに作り出すんです。逆に言えば、〝渦〟と〝矢尻〟と〝目〟を入れれば自由に作っていいんですよ」

ヒロの着ているベストの刺繍にも確かにそれらは入っていた。

「これがモレウ。ほら、渦がたくさんあるでしょ」

「本当だ。気にしてなかったです、今まで」

「この尖ったところはノカ。矢尻です。で、この真ん中に丸い部分があるでしょ」

「フクロウの目ですね」

「そう、シクがこれ」

ヒロの説明通り、言納に現れた〝渦〟と〝矢尻〟と〝目〟はアイヌ民族の刺繍に織りま交ぜるお約束事であることは判った。

しかし、それをどうすればいいのかが判らず言納は再び目を閉じると、

『縄文返しでな、縄文式わらしべ長者を増やしなされ』

アイヌの民族衣装を着た老人が現れた。肌は褐色に光り、白く立派な髭をたくわえている。

『いただいたものにな、少し余分を添えてお返しするんじゃ。人にも自然にもな。するとみんなが豊かになる』

老人はそう伝えてきた。

〝渦〟と〝矢尻〟と〝目〟が現れたのは、それらがアイヌ民族の象徴のひとつであるためで、『縄文返し』こそがアイヌの教えなのだろう。

縄文のエネルギーが復活するとは、アイヌの教えを現代人が実行することを意味していたのだ。

「縄文返し」とは、人から何かしてもらったり、自然から何か恵みをいただいたら、少しだけでいいから何かをプラスしてお返しする。返す相手は他の人でも大自然でもかまわない。

ありがとうの気持ちに添えて品物でもいいし言葉でもいいので、してもらった以上にお返しをする。

すると世の中全部がわらしべ長者になるのだ。してもらった以上に返したらわらしべ長者にはなれないじゃないか、なんてケチくさいことは言わない。与える愛は無尽蔵に湧き出てくるのだから。

そしていつかは大きくなって返ってくる。

これをみんなでやる。縄文式わらしべ長者作戦だ。「縄文返し」をさらに進化させ、お返しをすると同時にそのお返しの仕方が相手を成長させる返し方になると、それは「縄文螺旋《じょうもんらせん》返し」に発展する。

互いが育て合い、日之本全土一斉縄文螺旋返し週間を設けよう。動物愛護週間みたいに。

ただし、「縄文返し」にしろ「縄文螺旋返し」にしろ、プラスするのは金額的なことにこだわる必要はない。

金額をプラスするとなると面倒だ。

お隣さんがゴールデンウィークに沖縄へ行き、もらったおみやげが千円ぐらいだったので、お盆に行った伊豆で千五百円のおみやげを買ってお返しする。するとお隣りさんは正月に志賀高原へスキーに行ったので二千円のおみやげを買い、うちは春に香港へ行き三千円の……。

十年後には五万円ぐらいのおみやげを買ってこなければならず、これではわらしべ貧者になっタタタ、イタイって。

「いい加減にしろよ、調子に乗りおって」

「ジイかよ。いきなり痛いぞ」

「お前なあ、相変らずアホだなあ。せっかくのアイヌの教えが台無しじゃわい。どけっワシが説明する」

「もう帰ってくれないかな――っ、苦しい」


「螺旋返し」についてはともかくですぞ、縄文返しというのは誰にもできるはずじゃ。余分に返すものがないと嘆いていてはいけませんぞ。笑顔を付けてお返しすればよろしい。陰でこっそりゴミを拾うことも世の中へのお返しですぞ。体が不自由ならば祈ることで返せばそれでいい。

何かをしてもらったら、その場で返さずとも心に留めておき、いつか返せばいいんですぞ。すぐにその機会はやって来るはずじゃ。

そよ風が気持ちよければその分を何かにお返しし、金木犀《きんもくせい》の香りにも、釣り上げた魚にも大自然の恩を感じ、次は自分が愛を返す。それがアイヌの教え、縄文返しということじゃ。著者はアホなのでワシがお伝えいたした次第じゃ。さらば。


何がさらばだ、カッコつけやが――イテテテテ、判った、ちゃんとやるって。


フゴッペ洞窟にはちょうどお昼どきに着いた。が、ランチは小樽市内でと決めているのでもう少し辛抱する。

ここは洞窟に数々の壁画が残っており、羽根や角を持ったシャーマンらしき人物なども描かれていた。

ヒロが壁画の一部を指差し、

「この二人の姿は双子座を象徴していると思います」

と、顔に似合わずまた知的なことを言った。

「へー、ヒロさんっていろんなこと知って……」

言納の言葉が途絶えた。

「どうかしましたか」

「あの人、ほら、さっきの」

オショロのストーンサークルにいた研究熱心な青年が入って来た。

彼も言納たちに気付いた。

「やあ、また会ったね。ってゆうか、どこかで会えると思ってたよ」

青年はヒッチハイクで道内を回りつつ、古代の祭祀場やアイヌ民族の文化について調べているという。


「お仕事なんですか?」

言納が尋ねた。

「いや、本職はね、敢えていうなら暦師《こよみし》ってとこかな」

「暦師?」

言納には初めて聞く言葉だった。

「カレンダーを作ってるのさ」

「カレンダーを?」

言納が聞き返すと青年が大きな声で笑ったため、洞窟内の見学者が一斉にこちらを見た。

だが青年はそんなこと意に介してなかった。

「ただのカレンダーじゃないよ。いま君が思い浮かべたカレンダーなら世の中どこにだってあるだろ。そんなんじゃなくてさぁ、もっと宇宙や大自然と人が共存するために有意義な暦を製作してるんだ。あっ、オレ、ヒジリ。聖域の〝聖〟でヒジリ」

するとヒロがボソリと口をはさんだ。

「暦師にはぴったりの名前ですね」

言納にはそれが理解できないのか、ヒロに向かって、〝何で?〟という顔をした。

「暦」が聖なる学問とされ、ついてはそれを聖学《ひじりがく》と呼ぶ所以《ゆえん》は〝日を知る学問〟だからである。日・知・り・学だ。

ヒロからそれを聞き、言納は感激していたが、聖の次の言葉でさなる衝撃を受けた。

「現代人は今日が何月何日かは知ってるけど、今日がどんな日かは知らないからね。昔の人たち、例えばマヤ人たちはその日が何月何日かを知らなくったって、どんな日かは知っていたんだよ」

（うっ……今日が何月何日かを知っていても……それがどんな日かは知らない……何、この人。マヤ？……そうだ、この人、ククルカンのピラミッドにいた。そうよ。そのときも宇宙の運行を人々に伝え、暦を使ってその日すべきことを伝えてた……）

言納は太古の昔、まだマヤの文明が栄えてたころ、その地で聖と縁を持っていた。

六千年前、健太と那川がエジプトの地においてそうであったように。

（そういえば由妃さん、メキシコの国番号は52番だって言ってたし、生田さんはチェチェン・イッァーのピラミッドは傾斜角が52度だと。チェチェン・イッァーのピラミッドってククルカン……聖さんだ。この人が何か鍵を握ってる）

言納は〝ククルカン〟も66になったことを思い出していた。

そして２００９年9月9日、七福神の乗った宝船がメキシコにも降りるのだが、おそらくはククルカンのピラミッドに間違いなかろう。

話は変わるが、同じ日に名古屋のオアシス21にも宝船は降りる。最近気付いたのだが、空中浮港の水の中に、岩のようなモニュメントがあったので数えてみたら七つだった。あれは七福神が降り立つためにあらかじめ用意されたものなのだろうか。発見したときは笑ってしまったが、関係ないので話を戻す。

洞窟から出たところで聖が大きなリュックサックから細長い筒を取り出した。

「球暦《きゅうれき》って呼んでるんだ」

聖が広げたオリジナルの暦は一年一二ケ月三六五日が円になっており、今日現在地球は太陽に対してどの位置にいるかがひと目で判るものだった。

地球の地軸に傾きがなければこの暦はほとんど意味をなさない。が、地球には23.5度の傾きがあるため、この球暦はその日が自分にとってどんな日なのかを教えてくれる術《すべ》となる。

彼は他にも一年を十八に区切り、ひと月を二十日としたピラミッドカレンダーなど独自の暦を製作している日本有数の暦師だったのだ。

「この暦はね、フンバツ・メンも気に入ってくれてさ」

「誰ですか、その人」

言納はヒロに視線を向けたが、さすがにそれは知らないようで首を横に振った。

聖によると、マヤには全部で26の部族があり、それぞれの部族が独自の暦を持っているのだという。長老フンバツ・メンはそれら26の部族の暦をすべて理解できる地上に残された唯一の人物であるらしい。

各部族が伝える独自の暦の中には五一二五年続くマヤの大周期が二〇一二年十二月二十二日で終わっているものもある。最近特に騒がれているあれだ。が、マヤ暦がその日で終わっていると考えるのはあまりにも短絡的と言わざるを得ない。

というよりも、この数字を世間で話題にしてガッポリ稼いでやれ、と仕掛けている連中の思うツボ。

二〇一二年十二月二十二日で大周期が終わる暦はマヤの数ある暦の中のひとつにすぎず、しかもこの暦は一年を三六〇日として製作されたものなのだ。

聖が何やら不思議な表を広げた。これも暦だという。

「これはね、同じ五一二五年の大周期の一年を三六五日で計算したものなんだ。ほら、見てごらん。二〇一二年では終わってないだろ」

「本当だ」

一年を三六〇日計算で製作されたマヤン・カレンダーは確かに二〇一二年で終わっているがこの三六五日計算のものは二〇八六年まで続いている。

つまり、マヤの暦は二〇一二年十二月二十二日で終わっているのではなく、マヤの暦の中には大周期がその日に終わっているものがある、なのだ。

見事にやられましたなあ、世間。

一九九九年七の月。二〇一二年十二月二十二日。さて次は何かと申しますと……まあいいや。嫌がらせされるから止めとこ。

で、この球暦だが、フンバツ・メンを以て「真なるマヤン・カレンダーがメイド・イン・ジャパンとなって現れた」と言わしめたほどシンプルかつ優れた代物《しろもの》である。

「これと同じの、健太も作ってた」

「同じものを?」

「うん」

「健太って?」

言納が照れたので聖にもすぐに判った。

「彼氏も暦を研究してるの?」

「そうではないけど、毎年それに大切な出来事だけを書き込んでると自分の傾向が読めてくるって言ってた。高校生の時に作ったからもう七年使ってるみたい」

とは言っても聖の作ったそれは二十四節気や土用、月や他の惑星との位置関係までが記されたすぐれものなので、健太のものとは比較にはならないが。

「あれーっ」

言納が聖の球暦にひとつ疑問を持った。

「健太は一年の始まりを冬至にしてたけど、これは春分が0度位置になってる」

「冬至や夏至でもいいんだけど、ワールドスタンダードを作ろうと思ったら、一年の始まりは春分の方がいいんだ」

たしかに北半球だけなら一年の始まりを冬至にした方がいいのだが、全世界で何か共通性を持たせるにはやはり春分がいい。

その日は全世界すべての国で真東から太陽が昇るからだ。

また、聖の球暦にはデイ・カウントがしてあった。つまり、一日一日に番号が振ってあり、一年が始まってから今日が何日目かもすぐに判るようになっているのだが、その始まりは立春になっている。

「このデイ・カウントは季節を考慮した日本独自のものでいいから節を分ける〝節分〟や春《はる》立《た》ちし日の〝立春〟を一年の区切りにしてるんだ」

日本用と世界用、ダブルスタンダードな暦だ。日本はいつも二本立て。西暦と元号の同時進行や太陽暦と旧暦の使い分けができる民族なので大丈夫。すぐに慣れる。

「それにしてもよくできてるなあ、このカレンダー」

ヒロもしきりに感心している。

「これぞ暦って感じだね。どうしてこのカタチに行きついたんですか」

ヒロが聖に尋ねると、

「何度かフンバツ・メンに会いにメキシコへ行ったんだけど、何度目かに〝暦〟の奥義《おうぎ》を教えてもらったんだ」

「へー。それで奥義が判ったんですか」

「彼曰《いわ》く。〝○〟と〝□〟が判れば暦の99・9％が理解できる」

再び言納の体に衝撃が走った。

（○と□。健太と同じテーマだわ。間違いない。やっぱりこの人が鍵を握ってる。健太に知らせなきゃ）

健太はエジプトへ行く前に〝⊕〟と〝◈〟の謎を解く課題が与えられた。

それが解けると〝⊕〟と〝◈〟からそれぞれ〝十〟が抜け、次には〝○〟と〝□〟を知ることが課題となっていたのだ。

言納が思い出した。

（たしかあれはコム・オンボ神殿で壁に残された古代エジプトの暦を前にしてたときだったはず。健太が〝○〟と〝□〟を知れ、と言われたのは……あのときも暦……それに暦は79。まただ。モレウと同じ……79って何だろう……それよりとにかく健太に伝えなきゃ）

言納は小樽での昼食中、温子の電話を貸りると健太の職場へ連絡を入れた。

（やっぱり始まったのね、次のステージが。今度はエジプトのときよりもっと大きいかもしれない……）

言納は気を締め直した。

＊

言納から電話があった日の夜、健太は一火とのやり取りを通し自ら雲らせてしまった心を晴らそうと、自身の感情と向かい合っていた。

というのも、言納は電話中〝ヒロさんって何でも知ってるのよ〟とか。〝聖君ってすごいの〟と、男の名を何度も口にしたため、〝○〟や〝□〟どころではなくなっていたのだ。

特に言納が嬉しそうに語った聖との縁が古代マヤ時代からのものであるということは、少なからず健太に嫉妬心をもたらした。


『一緒や、お前たち二人、バカップルめ。一年二年前のことでもアホくさいっちゅうのに、何千年も昔のことに何ヤキモチやいてんねん。おかしいんとちゃうか、なあ』

（何で一火、関西弁なのさ）

『お前があんまりアホやさかい』

（訳判らん）

だが、一火の言うことはもっともで、言納と聖の玉し霊は、マヤ文明が栄えていた千数百年前からすでに縁があったとしても健太にそれをとやかく言う資格はない。

　エジプトでは六千年前、健太と那川は親しい間柄であったことが判り、言納がそれに嫉妬した。あの時は大変だった。

　たしかホルス神殿でのこと。言依姫が現れ言納をなだめた。それで言納は自分の愚かさに気付き、気を取り直しこう言ったのだった。

「私ね、独り占めにしたかったの。健太の今も未来も、それから過去も」

　そのとき健太は思っていた。

（バッカだなあ、そんな大昔のことを妬んで。大体、そのときと今とでは意識が全く別者なんだから。ったく、女って奴は……）

と。実はそれが可愛いんだけども。

　なのに今は健太がそのまま同じことをしている。

一火があきれるのも仕方ない。

　ただ、その相手が〝○〟と〝□〟の答えを持っているらしいので心中複雑だ。

『鞍馬山の魔王殿で教わった、人生最大の目的とは？』

（あれはたしか……自我を捨て　真我の封印を解き放つことが　人生最大の目的なり、だったと思う）

『その通りだ。それこそが日之本神宮奥の院開きに合わせ、日の民に課せられたテーマにつながる』

（えーっ、２００８年８月26日の奥の院開きのこと？）

『そうさ。ただな、その前に歪みを正しておくからよく聞いておけよ。大切なことだ』

（判った）

『お前がブレると建御名方神《タケミナカタノカミ》が出せん』

建御名方神は諏訪大社の主祭神である。

（……はぁーっ、なに言ってんの？）

『近々話す。とんでもないお役だ。たまたまじゃないぞ。お前にやらせる。が、それはいい。話を戻そう。いいか、人生の目的は……』


一火はこう伝えてきた。

『自我を捨て
　真我の封印を解き放つことが
　人生最大の目的なり』

という教えに対し、日之本の民は随分余分なものを付着し、教えのうしろにこんなことをくっつけてしまったと。

〝……だから人生は辛いものなんだ〟

とか、

〝……苦しいことがあるのは当り前だ〟

といった具合に。

　そしていつの間にか人々は幸せを恐れるようになってしまった。

〝幸せ〟の次には〝不幸〟がやってくると。

〝幸せ〟というのはいつしか崩れ去り、やがては〝不幸〟が訪れる。が、宇宙の法則にはそんなものはない。〝幸せ〟がいつしか〝不幸〟に変わるのは、恩を忘れ調子に乗ってうぬぼれてるからそうなるんであって、それこそが宇宙の法則だ。

　まあ、それはともかく、余分なものを取り払う必要がある。でないと教えが歪み、中心にある課題が見えてこないからだ。

（中心にある課題って？）

『それも後だ。鏡開きによって人生の目的のもう一側面を人々は知ることになったろ。憶えてるか』

（うん。人の玉し霊はこの美しい地球に約八〇年間の観光旅行にやって来た）

　そうなのだ。〝自我を捨て……〟の裏側に隠れていた人生の目的のもう一側面は、地球という最高に美しい観光地で約八〇年間を楽しく過ごすため観光旅行に来ていたのだ。

観光旅行では何をする。

美味しいもの食べて、温泉入って、景色ながめてお酒飲んで、買い物して、人と出会って……。

ぜーんぶ楽しいことやんけ。なのに何苦しんでたんだろう、今まで。観光旅行は苦しいものだっけ？

二泊三日の旅行なら、旅費は貯金で賄《まかな》えるだろうが、八〇年間分の滞在費となるとどうか。まず持ってる人はいないね、庶民の中には。

だーかーら、働いてんだよ。〝ハタを楽させる〟っていうのも、まわりの人に観光旅行を楽しんでもらうための贈り物。

しかも、この人生目的の中には仕事こそ楽しくやることが含まれており、嫌々の連続、ガマンガマンの日々で過ごすのは「玉し霊の自殺」である。

有名大学出て、大手企業に就職することこそ成功した人生と信ずるのは勝手だが、玉し霊の成長プログラムには含まれてない、そんなことは。

『観光旅行中に学ぶべき最大のテーマを教えておく』

（学ぶべきこと？）

『ただ旅行してるだけじゃ退屈するだろう』

（そうだね。で、学ぶことって？）

『〝愛〟だ』

（…………）

『人は〝愛〟を学ぶために旅行に来た』

遺伝子に組み込まれた玉し霊の成長プログラムの中に〝お金儲け〟は入ってない。

滞在するのに必要な分を、仕事という手段で楽しく捻出すればいいだけの話だ。でも、だからといって逃げてちゃあ話にならんけど。

一方、〝愛〟は入ってる。しかも課題項目の一番上に。

なので〝恋愛〟も、〝親子愛〟もそれを学ぶことはプログラムされている。

愛の出し方、受け方、浄愛・不浄愛。あらゆる愛のカタチを学ぶことが観光旅行中の宿題となる。

『旅行中に〝愛〟を学ぶことを課題として与えられているように、真我の封印を解く側にも課題がある』

（さっき、中心にある課題って言ってたののことだね）

『そう。それは、ある種の恐怖心から脱却することだ』

以前から、人の持つ負の感情はすべて恐怖心が発展したものだと書いてきた。

不安や心配、妬《ねた》みに嫉妬《しっと》、取り越し苦労などなど。

そして怒りも。


これらの感情はよーく内側を観察し、客観的に分析してみると結局恐怖心に行き着く。

「私の意見は無視される」

「私はちっとも尊重されてない」

裏を返せば
「私をもっと大事にしてちょうだい」

そして
「私のことを判ってほしい」

となる。

判ってもらえない辛さこそが親子、夫婦を殺人へと導き、祖先・神仏までも恨む。

なので「判ってほしい」は老若男女や人種を問わず万国共通の望みだ。いや、それどころか霊界、神界の存在までもが共通して持つ望みなのである。

この望みこそが一火の伝える〝ある種の恐怖心〟から脱却する鍵となるのだ。

また、得たものを失うかもしれないという恐怖もそこへ繋がる。恋人や子供はもちろんのこと、地位や名誉、物品まで。

人は、

〝欲しいけど得られない苦しみ〟

よりも
〝得たものを失った苦しみ〟

の方が遙かに大きい。

初めから無ければあきらめもつく。

しかし、一旦手にしてしまうとそれを失うことが苦しくて仕方ない。自分のものと思ってしまうからだ。「縁」は「因」でない。

『数霊』と重複《ちょうふく》するが、

〝失う可能性があるものはすべて「縁」〟

である。

〝「因」とは失う可能性がないもの〟

つまり経験によって育まれた自分自身。

これも知っておくと一火の伝える〝ある種の恐怖〟から脱却しやすくなる。ってゆーかあー、知らないとできない。なので何度も書くのだ。


(ある種の恐怖って……死への恐怖とか？)

『死への恐怖はどんな恐怖だ』

(えー……次の世界がどんなところかが判らない不安……かなあ)

『違う。お前は次の世界、楽しみにしている。恐がっているのは死ぬ瞬間だけだ』

(じゃあ、忘れられることへの恐怖かなあ。そうだ、厳龍さん言ってた。人はなぜ子供を残すのかって。種の保存のためって答えたら、だったら隣りの家に赤ん坊が生まれれば済むことじゃ、って)

『そうだ。で、何と教わった』

(自分が生きてきた証をこの世に残したがる玉し霊の本願だって)

『そう。忘れられるという恐怖の元になっている〝ある種の恐怖〟とは「孤立」だ。別の言い方をすれば分離感だな。一体感の反対だ』

(孤立、かあ)

『孤独と一緒にするなよ。孤独はなあ、精神がある程度成熟した者にとっては心地よくも感じるため、自らそれを求めることさえある。楽しんでるといってもいいいな。大自然と戯《たわむ》れれば孤独であっても孤立感はない。草花と会話し、小鳥のさえずりに癒され、夜空の星を見上げつつ自身の奥深くに意識を向ければ、それも優雅な時間の過ごし方だろ。そこに孤立感はあるか？』

（なるほど、そうか。孤独と孤立って全然違うんだね）

『誰もいないことの孤独より、大勢の中での孤立の方がよっぽど辛いだろ。つまりそれが分離感だ。人が誰もいなくとも、大自然と一体感を持てば孤立してないわけだからな』

（うんうん）

『人生の目的で厳しい教え側の中心にある課題が〝孤立感からの脱却〟だ。克服したら三次元卒業だな』

（そうなの？）

『五次元意識が〝ひずみ〟を起こした世界こそが三次元だ。三次元はその〝ひずみ〟を解消するまで続く』

（そっかあー。その〝ひずみ〟というのが〝愛〟と〝孤立からの脱却〟によって解消されるってことか）

『そのふたつは表裏の関係にあるんだから、どちらか一方だけでも体得すれば両方がお前のものだ。お前の因となる』

そうかそうか。ちょっと感動。著者も感動。

『目を閉じてみろ』

一火も健太を育てるため、めずらしく真面目に接してきている。

それもそのはず。健太が諏訪大神建御名方神の封印を解くことができるか否かは一火の指導いかんにかかっているのだから。

『閉じたか』

（うん）

健太は素直に従った。

『肉体がない状態で宇宙空間に存在していることを想像するんだ。思い浮かべるんだぞ。周りには縁のある玉し霊がたくさんいることを感じる。月や金星や木星に。シリウスやオリオンもいる。遠くはアンドロメダにもいるぞ。けど、彼らはいつもお前にべったりくっついて相手をしてくれるわけではない。彼らにだって各々の働きがあるし、生きる次元が完全に一致しているとも限らないからな』

健太は目を閉じたまま、神妙な顔つきで頷いた。

『するとお前は時々寂しさを覚える。そしてこう望むようになるんだ。

〝どこかに僕のことを愛し続けてくれる人がいるという保障のある世界はないだろうか〟

〝僕に夢中でい続けてくれる人たちの存在が保障されたところはないのか〟と』

健太は反応を示すことなく、自らを見つめていた。本当にそのようなことを望む自分が奥深くにいるのかどうかを。

『いま地球に来ている玉し霊は、ほとんどの者が孤立感から脱却できてない者たちだ。だから同じように保障を求めてやって来たんだな、この地球に』

（それは判るような気がする）

『実はな、お前たちはその保障がある世界を見つけた。ちゃんとあったんだよ、そんな世界が。それがここ、地球三次元だ』

（えっ、そうなの）

『そうさ。先ほども言ったが、

〝五次元意識が歪みを起こした世界〟

それが三次元だ。三次元はその歪みを解消するまで続く』

（歪みを解消するまで続く……ということは、解消すれば消えるわけ？）

『まあな。三次元的五次元の話、憶えてるだろ』

（うん。愛されていることを実感できると調和を乱すような主張を人はしなくなる。だから多次元的に愛されていると感じること）

『それができれば次は六次元だ。三次元的六次元とは？』

（不必要な恐怖心が無くなった状態）

『その通り。孤立感を克服した者が入る世界だ。言葉では〝繋がっている〟と言いつつ分離感を持ち続けているだろ。知っているのは言葉だけ。何も身に付けてないってことさ』

たしかに。

言葉では誰しもがそう言う。〝繋っている〟と。しかし、本当にそれを体感しているかというと実はそうでなく、繋っていると自身に言い聞かせるために口にするのだ、その言葉を。自身の不安を解消したいがために。

それで、人前だと実感できているような気になってしまうのだが、一人になると襲ってくるのは孤立感、分離感だ。やれやれ。

（ねぇ、一火。三次元にある保障ってどんな保障？）

『血縁だ』

（親兄弟のこと？）

『そうだ。血統の流れのことだ。説明する。もう一度目を閉じろ』

健太は再び目を閉じ、一火に導かれるままにした。

『保障がある世界の存在をお前は知った。するとどう思う』

（そこへ行きたい。そしたら自分のことを愛し続けてくれる人がいる保障を得られた、って喜ぶ……と思う）

『その際にな、縁あるところへ行くんだ。父なり母なり、あるいはそこの血統の中でかつて縁を持っていたところを選び出し、時を見計らってストンと入る。それで喜びに満ちて誕生するのさ、三次元の肉体世界に』

（うん、判るよ）

『しかしだぞ、考えてみろ。両親も同じように愛し続けてくれる人、判ってくれる人を求めてやって来てる。が、そこにあったのは求めていた保障とは違った保障だった』

（…………）

『たしかに愛されはした。が、判ってもらえたかといえば答えは否、だ。すると両親は子供の誕生と共にこう思う。〝やっと私のことを判ってくれる人ができた〟と。つまりだ、判ってもらいたい者同士が〝私を判れ〟と要求し合うためちっとも相手を判ってあげられず、期待していた保障が得られないわけさ。判るだろ』

一火の言う通りで、親は子をいくつになっても案じ続け、愛し続けはするが、子の望む愛され方とはズレがある。

（じゃあ、保障なんてのは実際にはなかったってことなの？）

『いや、ある。親子であるということは永遠に保障される。たとえ戸籍上は親子の縁が切れてもだ。歴史上の人物をみてみろよ。交友関係なんてものは残ってる資料から推測されているにすぎないが、親子・血縁関係はきっちり残っているだろ。そして永遠にそれは保障される』

（うんうん、なるほど）

『そこでだ、人は成長すると親からは得られなかった愛を与えてくれる相手を求めるようになる。それが恋人だ。自分を永遠に愛し続けてくれて、私のすべてを判ってくれる人。つまり恋人の役割りは、私を孤立から救ってくれる人、ってわけだ』

健太は目を閉じたまま大きく深呼吸をした。いろいろと思い当たることがあるのであろう。

だが、恋人でいるうちはまだいい。好かれたいがため、愛されたいがために互いがエゴを隠し、いかにも相手を想っている役を演じられるのだから。言葉使いや態度も、すべては好きになってもらうため、愛してもらうため。

が、釣った魚にはエサやらないもんなあ、日本人は。

これを憶えておいてほしい。

俗人は、

「私のことを好きになってもらいたいと願う相手には気もお金も使い、手間も惜しまない。

……くせに、私に好きでいてもらいたいだろうと思っている相手には気もお金も使わせ、手間をかけさせることも相手の喜びだと自惚れている」

以上。話を戻して一火だ。

『結婚して半年もすればメッキが剥がれ始めるな。お前がオレを判れ、オレの考えを優先しろ、と。オレに尽くせ、オレを敬え、と。オレがこれだけやってるんだからお前だってこうしろよ、と。与えた分を自分にも返せと要求するのは取り引きであり駆け引きだ。愛ではない。そもそも結婚するとき、君を必ず幸にするから、と約束しているくせに結婚後は、お前はオレの指示に従えと奴隷化するのって詐欺じゃんか』

(じゃんかって言われても……)

『お前はそうなるなよ。やると次にやられるぞ、同じことを』

たし蟹。イテッ。はいはい、確かに。

そのあたり、恋愛というのは親子愛の一段下にある愛だ。

親が子供に対する愛は、与えた分を返してくれとは望まない。出し惜しみなく、限りなく、無条件に尽くす……ようなんだけど、実はひとつだけ条件があってそれは後で話す。

その前に恋愛だ。

人は本当に恋人を愛しているのだ廊下。ウッ、痛い。ごめんさい。

恋人を愛しているつもりになってはいるが、実際愛しているのは自分の理想なのかもしれない。

まずは自分の理想に近い人や何か魅力を感じる人に出会い、そして好きになる。が、次第に好きであるはずの恋人に注文を付け出す。

なぜだ。

愛しているのは自分の理想だからだ。

相手のあり方よりも自分の理想を優先しているために、理想と違っているところがあると、理想を相手に合わせるんではなく相手を自分の理想に近付けさせようとする。

つまり、私の理想はこうだ、と相手に変化を求めて自分を満足させようとしているのだ。


本当に相手を愛しているのなら理想よりも相手を優先するべきであろうが、それができるのは恋人になってもらえた喜びに浸っているうちだけ。恋人であることが当り前になると、すでに理想を優先させている。

『それでだ、やっとこれで私のことを判ってくれる人ができたと喜び、結婚することで保障されると思っていた期待は見事に打ち砕かれ、次にそれを子供に求めるんだ』

(は――っ)

健太は肩を落とし溜息をついた。

まあこのようなことはモーパッサンの『女の一生』にも書いてある。

『けどな、子供こそが愛してほしい、判ってもらいたいでこの地球三次元にやって来るわけだろ。それで大きなズレが生じるってことさ』

以前にもどこかで書いたが、親はどうして自分が子供のころ親に求めていた、

〝こんなことがあった時はこうして教えてくれるお父さんであってほしい〟

〝こんな気持ちの時はこのような言葉をかけてくれるお母さんであってほしい〟

という望みを親になった途端に忘れてしまうのだろう。

それで、子供のころ持っていた望みを思い出そうともせず、子供にはこれを押しつけるのだ。

〝こういった子供であってほしい〟

と。

子供の経験がある親が子供の気持ち判らずして、どうして親の経験がない子供に親の想いなんぞが判ろうものか。

大学生が小学校で習ったことを忘れたとしても、考えれば思い出すことは可能だが、小学生に大学の問題は解けない。

では、なぜ親は子供に対し〝こうあるべき〟を押しつけるのか。

答えは簡単。生き方を知らないからだ。

正しいと思っている生き方の範囲が狭い。

失敗したり人に負けて苦しんでる子供の姿を見る自分が可哀相だから。

まあそんなところ。

それで、〝こうあって〟くれれば親の自分が安心できたり幸せでいられるから。

最近はそれを知らぬ親ばかりで困る。だから子供がすぐ親を消したがるのだ。

けどね、子供たちよ。また、親であっても自分の親に対しては子供の立場である大人たちよ。

それでも子が親を想う思いと、親が子を想う思いは違う。

延命治療が長年続いたら、言葉ひとつ話すことのできないチューブだらけの親に人はこう思う。

「親だって子供に苦労はかけたくないはず。本人も早く楽になりたがってるだろう。お医者さんは治る可能性はないって言ってることだし、このへんで楽にしてあげようか」と。

しかしこれが逆の立場だとどう思う。

医者が治る見込みはないって言おうが親は奇蹟を待ち続ける。頭の中では判っていても、心のどこかでは〇・〇〇〇……一％の可能性を信じる。一億分の一、一兆分の一の確率であっても。

そう思うと宝くじなんて二百五十万分の一だ。ちょろいちょろい。十枚買えば二十五万分の一、百枚買うと二万五千分の一。簡単に当たりそうな気になってくる。けど、いいや、そんなこと。

つまり、親から子への愛は、どれだけ苦労しようがかまわない。子のためならどんな苦労も厭わないし、返してほしいとも望んでない。ただ、ただ、私がこれだけ愛していることだけは判ってほしい。

先ほど後回しにした、親が子に対してひとつだけ付ける条件。それが〝想いを判ってほしいだ〟。

同じことを先祖も子孫に望んでいる。逆に言えば、想いを判ろうとせずして先祖供養は成り立たない。どれだけ立派な仏壇や墓石であろうとも。

けど、それもいいとして、子はいくら親に判ってくれないとの不満を持とうが、それでも子が親を想う気持ちと、子を想う親のそれとでは次元が違う。親の恩を判らねばそれは人に非《あら》ず、なのだ。

子の持つ不満は、してもらったことの隙間をついた不満だけども、これもどこかで書いたのでもう止める。

『お前はパートナーのこと、愛しているんだろ』

(言《こと》のこと?……うん)

『彼女もお前のことをそう思っている。むしろ彼女の方がそれが大きい。なのでお前に対し、こうあって欲しいと望むものは彼女の方が少ない。信じているからだ』

(……………)

『お前は彼女に対し、何事も自分を優先して欲しいと望むから自由奔放な彼女に嫉妬心を起こすんだ。言っておくぞ。相手を信じる思いは彼女の方が上だ。たとえ旅先で男と知り合おうが、お前が気に病《や》むようなことを彼女は起こさない。そこに自信があるので他の男との出会いもお前に話す。お前が逆の立場だったら隠すだろう、旅先で女性と出会ったとしたら』

(それは言に不必要な心配をかけさせたくないからだよ)

『本当にそれだけかな。彼女が悲しむような事を起こす可能性がお前の中にあるから隠すわけだろ。自分自身への言い訳としては、相手に不必要な心配をかけさせないためということにはしているけどな』

(知らなきゃ何も心配しないいんだから、わざわざ心配させるであろうことまで伝えなくったっていいだろ)

『言いたいことは判る。けどな、その配慮する心が発する元を認識しろって言ってるんだよ』

(オレは、要らない心配要因をわざわざこちらから与えなくったっていいだろ、って言ってるだけだろ。オレならそうする。それは言の気持ちを大切に思ってるからであって、やましい事が起こるかもしれないから黙ってるわけじゃない。そうゆうことを期待する心があるのはお前だろ)

『逃げるな。見つめろ』

(黙れ、逃げてるんじゃない。もういい、帰れ)

『建御名方神を……』

(うるさいっ、二度と出て来るなっ)

健太は外部との意識を閉じた。

そして一火もその場を去った。一火にとっては誤算だったが、健太があの調子では埒《らち》が明かないので仕方ない。守護者のこらえどころだ。

＊

言納たちの昨夜の宿は洞爺に住む温子の友人宅だった。農業を営んでいる家庭で、普段から大勢の仲間が集うアジトのような場所のため、知り合ったばかりの聖も召し使いのヒロも一緒だ。

朝、目覚めた言納はカーテンを開けた瞬間驚きの声をあげた。正面に美しき蝦夷富士、羊蹄山が朝日を浴びて輝いていたからだ。

昨晩は到着が遅かったので気付かなかったが、言納は幼少のころ温子と隣り同士で暮らしていたニセコ時代、毎日この姿を見上げて育った。

温子が部屋のドアをノックした。朝食の準備が整ったとのことだ。

ダイニングルームへ行くと家の主人はすでに畑へ出かけており、奥方のさゆりがカップにコーヒーを注いでくれているところだった。聖たちもすでにそこにいた。

「おはようございまーす」

「よく眠れましたか？」

「ええ、ぐっすり。寝すぎなぐらい寝ちゃ……あれは何ですか？　山の上にあるあの建物」

「ウインザーホテルよ。ほら、サミットが行われる。あれがどうかした？」

「い、いいえ、何でもないです……（何でホテルの周りを遮光器土偶が飛んでるんだろう……）」

以前言納は熱田神宮の境内でも遮光器土偶と遭遇していたが、そのときはそれ以上何も起こらなかった。それに熱田神宮のそれは物質としてそこに置かれているだけだ。

が、ウインザー上空をグルグル飛び周っているのはおそらく三次元の物質そのものではなさそうだし、何のためにそうしているのかも判らない。

言納は裸足のままテラスへ出た。朝日の方角に目を向けると国道を挟んですぐ向こう側に洞爺湖が見える。

「ここです」

言納は洞爺湖を見つめたままつぶやいた。

「えっ、何がここなの?」

家の中から窓越しに温子が問いかけると
「北海道はここから開くの。洞爺湖と羊蹄山とサミットのホテルに囲まれたここ、十八《とうや》から開くんです。〝十八《戸開き》〟ですから。それに……宝船」

「宝船って、七福神の宝船のこと?」

「洞爺湖にも降ります」

と言ってはみたものの温子たちにはさっぱり理解できない。それで順を追ってナイル年表から2009年9月9日の宝船降臨までを説明した。

「温子さん。この辺りも〝52〟があるはずです。何かありませんか、〝52〟に関係するものが」

「それは何でもいいの?」

抱きかかえた赤ん坊を揺らしながらさゆりが聞いた。

「はい、何でもかまいません。この土地と縁があれば」

「すぐ隣りの伊達市は郵便番号が052よ」

「それだ」

すぐに言納は納得した。名古屋は市外局番が052、伊達は郵便番号が052。ちゃんと数霊繋がりがあった。

「あっ、飛んで行った。あっち」

言納が洞爺湖に浮かぶ中島を指差した。ウインザーホテル上空を周回していた遮光器土偶が一列になって飛んで行ったのだ。

が、言納が指したのは大きな中島ではなく、その脇にちょこんとたたずむ弁天島と観音島だった。

「さゆりさん。あの小さな島へ行くことはできますか?」

*

水面を激しくバウンドしながら水しぶきを撒き散

らしていたモーターボートが除々に速度を落とし、簡素な作りの桟橋に接岸した。

遊覧船ではこの島に上陸できないため、言納たち一行はモーターボートをチャーターしたのだ。

桟橋を渡り島に上陸すると右手側が弁天島、左は観音島で、この二島は地続きになっていた。

一行はまず弁天島へ向かった。鹿の親子がめずらしそうにこちらを見ている。

ゆるやかな坂道を登り、草むらを抜けると朱塗りの立派な弁天堂が現れた。

祀られた弁財天の美しさは目を見張るものがあり、一行はしばらく見とれていたが、言納が、

「みーず　うるわし
みーず　うるわし
とうとしやー………」

水を尊ぶうたを歌い始めたので温子たちも続いた。

別名十一面観音のうたを言納はエジプトのハトシェプスト葬祭殿以降、行く先々で歌っているのだ。

するとどうだろう、他の者には見えないが藤の花が弁財天からあふれ出て、一行の頭の上へと降り注いだ。

そして弁財天の表現がわずかに変化した。

(あっ、お姉さん。じゃなかった、瀬織津姫様)

瀬織津姫が弁財天と重なった。

言納が無意識に〝お姉さん〟と呼んでしまったのは、以前四国で命を失いかけたときに助けてもらったがの菊理姫、瀬織津姫母子だったからだ。その時はまだ瀬織津姫だとは知らず、したがって言納は〝お姉さん〟と呼んでいた。


瀬織津姫がある想いを伝えてきた。

『143』

(143は瀬織津姫様の数だったはず……)

『わたくしは弁財天の想いを世に現すため人の身に宿り、生きました。
その後わたくしの想いを世に伝えるために生きたわたくしの身代わりがおります。
どうか訪ねて下さい。

わたくしの御霊《みたま》持ち……143』

(瀬織津姫様のことじゃないんだ、143って。じゃあ何だろう。たしか他には……千手観音……札幌……モンブラン……あっ、モンブランはフランス語で白山。それかなあ……)

『143……308……92……92……518……22……8』

(何、何、どうなってるの……)

次々と数字が現れ言納にもお手上げだったが、動いた。ガシャッカシャッ、言納の脳が。そして、一番はじめに現れた〝143〟だけだが解明された。やはり誰かを表す数であった。

(25《ニ》・37《ヨ》・5《イ》・45《リ》・1《ン》・6《カ》・1《ン》・22《ノ》・1《ン》………。如意輪観音……。えーっ、如意輪観音?)

自分の脳が解明したことに自分で驚いた。

これは何を意味するのだろうか。

弁財天――瀬織津姫――如意輪観音が同じ御霊の出現だというのか。

しかしこの時はここまでしか判らなかった。

ゴロゴロゴロ、バリッ、バシッ。

晴れた空で雷が鳴っている。

(はい、判りました。すぐ行きます)

要するに、観音堂へ来いというのだ。

弁天島から観音島へ渡るとすぐに観音堂が視界に入った。階段を登り、入口の戸を開けてみると鍵はかかっておらず中へ入ることができた。

「えーーっ」

言納が大声をあげた。

洞爺湖に浮かぶ観音島の色褪せた観音堂は、御本尊が円空仏だったのだ。

この円空仏は一度盗難にあったため実物は伊達市の善光寺に保管されており、現在はレプリカが置かれているのだが、それでも言納は円空の残した気を感じることができた。

円空は若かりしころ約一年かけて蝦夷地北海道を巡り、アイヌの人々に影響を与えている。その際にこの観音島にも滞在したのかもしれない。

なにしろ洞爺湖中央にそびえる中島は、かつてアイヌ文化が栄えていた土地なのだから。

それと、観音堂を管理している善光寺。伊達市にある。やっぱり052がここにもあった。


『祝　66』

(ん?……)

円空仏に向かって手を合わせる言納にまたまた数字が現れた。しかも〝祝〟と付いて。

続いてアイヌ民族に伝わってきたであろう教えを言納の守護者が伝えてきた。七福神に関するものだ。宝船が洞爺湖に降臨するのは間違いないようである。

『すべてこの世に現《あ》れしものに
感謝　讃嘆《さんたん》　しなはれや
さすればすべての善きものは
そなたの前に現るる
次から次へと現れて
そなた居る場を整えて
そなた居る場は桃源郷

感謝
賛嘆
謙虚
誠実
素直
やさしさ
愛に満ち

これぞ七福　忘るるな』

七福神の七神とはこのことぞ、との教えだった。考えてみれば一口に七福神とは呼ぶものの、そこには七つの福徳があるはずで、それが「感謝」「賛嘆」「謙虚」「誠実」「素直」「やさしさ」「愛に満ち（た思い）」ということだったのだ。

この七つの福徳を身につけることで自らが七福神になる。さすればすべての善きものが、次々目の前に現れて、まさにこの場が桃源郷……なのだ。

アイヌの教えに円空が補足したものも言納の守護者が自身の言葉に置き換え、さらに続けた。

『すべてこの世に現《あ》れしもの
祝福さるべくあるものよ
何がどうあれ祝福の
光はすべてに降りそそぐ

七福の徳積み生くるなら
黄金《こがね》の雨は降りそそぎ
天の御光　身に受けて
うれしたのしの日々暮らし
弥栄ヨー　ヤレ　イヤサカヨ』

薪の足しにするしか用をなさないような木材の切れ端ひとつひとつまで仏にしてしまった円空らしい教えだ。

さて、初めに出た『祝　66』についてだが、これはアイヌ民族に向けての祝いであることが後ほど判った。

２００８年７月７日に始まる洞爺サミット一ケ月前の６月６日、66の日のこと。

アイヌ民族こそ先住民族であったと、国会で承認された。

祝　アイヌの神々。

祝　アイヌの人々。

しかし、こんなことは判りきったことであって、今まで認めてこなかったこと自体が国家の品格にかかわる。

言納たちはウインザーホテルに向けて祈りを捧げていた。世界経済を支配する一部の国家利益のためのサミットにならぬよう。

清らかな気が漂う神社や厳かな雰囲気の教会に入ると気持が正されるように、ウインザーホテルの空気を神々しいものにすることで各国の代表を正しい方向へ導こうという思いからだ。

どこまでそれができるかは判らない。しかし、サミットに向けて他にやる手立てもない。

祈っているうちに言納の中で大きな不安と無力感が湧いてきた。どれだけ祈っても、ウインザーを取りまく暗雲が晴れないのだ。

光に満ち満ちた景色をイメージしてもすぐに黒い雲がホテルを覆い隠してしまう。

（私たちの力だけでは何もできないってことなの……？）

言納はホテル上空に金色《こんじき》の観音像をイメージしてみたが、それも駄目だった。瞬間的にはホテルが金色の光で包まれるが、すぐにそれを黒い雲が消してしまう。

（イメージさえできないってどういうこと？　結局はお金儲けのための会議でしかないのかしら……）

そうだ。まだまだ人の持つ暗黒面の方が強いのだ。体主霊従に生きてきた人類全体の思いの反映でもある。

が、ありがたいことに拾う神もあり。

太陽から使者が送り込まれ、ウインザー浄化に務める者たちがいた。遮光器土偶だ。

彼らはここ観音堂にて充電した後、再びウインザー上空へと飛び立って行った。

が、まだまだ力及ばず、世界の流れは奴らの思惑通りに流れている。

テキサス出身の大統領が原子力発電を見直し、発電所建設の必要性を持ち出してきなさった。

なぜ今、そんなことを言い出すのか。スリーマイルでの事故以降、貴国は原子力にそれほど積極的には見えませんでしたのに。

その狙いは？

サブプライムローン問題でほとんどの資産を失ってしまった、ある強大な力を持つ財閥の損益を一気に取り戻すためだ。

原子力発電所建設は一基あたり三千億円から四千億円のプロジェクトになる。こいつを利用して、失った資産の穴埋めをする。

サミット開催時、世界中で稼働中の原子力発電所は全部で四三九ケ所あり、計画中のものが三四九ケ所。特に中国のそれが著しい。

テキサスのおじちゃんが大統領を務めるお国は、今までの原子力発電をさらに進化させた技術を世界中に売りまくるであろう。

日本も当然それを買う。そして元を取るために南アフリカ共和国あたりに原発をじゃんじゃん建てるんではなかろうか。

世界一勤勉な日本国民が厳重な態勢下で管理して

いても事故は起きるんだから、知らないよ。そんなことして。

とにかくおじちゃんの国とその仲間たちはこのプロジェクトを必ず推し進める。なのでせっかく北海道で開発された常温核融合の技術も東北で生み出された〝燃える水〟も活かされることなく潰されそうなのだ。

環境に害を出さなくても奴らに損害を出すものはすべて潰される。今はまだ。

最後に円空が思わぬことを伝えてきた。さきほど弁財天のところで出た数字に関することだ。

『143　308　92　92　518　22　8』

で、〝143〟は如意輪観音を表していることは判ったが、今ここで円空が〝22〟は空海だと教えてくれた。

円空は空海のミタマ持ちであることと、空海と22の関係性は『臨界点』でも書いたが、空海そのものの言霊数も22だった。

ク＝8、ウ＝3、カ＝6、イ＝5、で22。

言納は霊脈の流れの神秘さに感動を覚えていた。如意輪観音と円空、その霊脈が感得できたからだ。霊統というものはつくづく不思議である。

国常立《クニトコタチ》――饒速日尊《ニギハヤヒノミコト》――空海――――円空

王と妃　　恋人同士

弁財天――瀬織津姫――如意輪観音――？

（真井御前）

瀬織津姫は饒速日尊の王妃となり、如意輪観音は空海と……。ということは、ここに出てきた如意輪観音とは真井御前《まないごぜん》。

しかしこのとき言納はそれについてまでを理解しておらず、真井御前との縁に気付くのは少し先のことになる。

＊

昨晩にひき続きこの日もさゆり亭を宿とした一行も翌朝には二風谷へと旅立って行った。

沙流《さる》郡《ぐん》平取町《ひらとりちょう》二風谷《にぶだに》。アイヌの聖地である。訪れる機会があったらぜひ資料館に寄るといい。

萱野茂《かやのしげる》二風谷アイヌ資料館。すぐに判るはずだ。入口の看板にこう書いてあるので。

「来るのに十万円、入るのに四百円」と。

さすが萱野さんの名が施してあるだけあって入館料が四百円とは思えないほどの充実した内容だ。住所も二風谷79だし。

さて言納だが、ここで面倒な問題が発生した。出発した直後、言納は温子のケータイを貸りて健太に電話した。

「もしもし、健太。今から二風谷っていうところへ行くの。今夜はアイヌの人の小屋に泊めてもらうのよ……」と。

言納の背後では大きな笑い声が車内に響き電話の向こうの健太にも聞こえてくる。

「誰と行くの？」

「温《おん》ちゃんとぉー、聖君とヒロさん。聖君がね、アイヌ民族も二〇進法を使っていたみたいだから調べに行くんだって、だから一緒に行くことにしたの」

再び笑い声が聞こえた。別に健太のことを笑っているわけではない。

しかし、自分の彼女が旅先で知り合った男と楽しそうに旅を続けている。車に乗っているのは独身の男女が二人ずつ。しかも今夜も一緒に泊るという。健太が動揺せぬわけがない。

「聖君がね、○と□について話してくれたんだけど、健太が直接聞いた方がいいと思うから代わろっか？」

三たび笑い声が起こった。

その瞬間、ガチャ。健太は電話を切ってしまった。

判る判る、そのみじめな気持ち。

決して疎外されているのではない。頭では判っている。が、感情がそれを受け付けないのだ。

以後健太は電話が鳴っても受話器を取らなかった。

まずいことになるかもしれないな、この二人。

第七章　日之本神宮　奥ノ院開き

その1　別れ

六月、健太との気まずい思いを残したまま言納は福岡へと旅立って行った。

同級生にはやや遅れを取ったが、そんなの関係ねぇ、そんなの関係ねぇ、そんなの関うっ、く、苦しい。判った。やるっ、うっ、やるってば……ふう。

言納は本当にやりたいことが見つかったのだから。

福岡での生活はミキのマンションに居候《いそうろう》しながらむすび家を手伝う。手伝いつつ学ぶ。半人前だが一応社会としてのスタートだ。

一週間もすると随分仕事には慣れ、西野の母さんからも手解きを受けるようになっていたが、それでもお客さん一人一人に合わせて握るおむすびだけは、なぜその人の場合そうするのかがちっともさっぱり全くもって理解できなかった。

「そりゃそうよ。一週間でできちゃったらうちの店の価値ないじゃないの」

ミキもそう言って言納を諭した。

仕事に対する不安感が減ってきた頃合いを見計ってか、守護者たちも言納育てを開始した。ある日の朝、ランチの仕込みを手伝っているときのこと。

『御言納《みことの》よ
食物を
料理さるるは有難し
食物を
食材として頂ける

我が身の幸に感謝せよ
俎板《まないた》に
登上されし食材に
まずは手合わせありがたや
この命
いただきますと感謝して
雨・土・光に感謝して
慈しみつつ料理せよ

やさしき両の手　慈愛の手
野菜も魚も動物も
慈しみつつ愛《め》でながら
汝《な》が身の糧となることに
深き謝罪と感謝をの
さすればすべては光となりて
汝が身と共に働きぬ

料理する
その行為こそ　祈りなり
そを忘るるな　御言納よ

一皿一皿食物を
訪《おとず》れて来る客人あらば
その食物を料理して
おひとりひとりが健やかに
よろこびの日々　過ごせる幸に
感謝と祈りを捧げよの』

慣例通りならば『人々よ』で始まるところが『御言納よ』と、名指しになっていた。

内容としては料理するにあたっての心構えについてだが、直後に突如として女性の声が語りかけてきた。若い女性だ、というよりもまだ幼さが残る少女と言ってもいい。

『わたし、明星天子《みょうじょうてんし》の133番目の眷族、桜子《さくらこ》。あのね、食べ物にもアセンションがあるのよ』

（…………誰？）

『桜子。でも、チェリーちゃんとは呼ばないでね。軽々しいから』

（あのー、どこの桜子さんなのかしら）

『さっきも言ったけど、明星天子の133番目の眷族です』


明星天子も謎多き神で、日光修験道や比叡山などとの関わりは時々耳にするが、どうやら伊勢神宮奥の院の朝熊山に隠された本来の神「ニギハヤヒ尊」と「セオリツ姫」を守護している……のかな？言納には初めての名なので何も判らない。


（133番目って、細かいことまで判るのね。全部でご眷族さんはどれぐらいいるの？）

『数十万、数百万かもしれない』

（えー。じゃあ、133番目ってすごく上の方ね）

『んー、そうゆう上下関係とはちょっと違うんだけどなあ。わたしの133番はあなたが引き寄せたのよ』

（私が？……133って何だっけ？）

『そのうち判るよ。ねぇ、アセンションの話、してもいい？』

（ごめんなさい。そうだった。突然のことだから驚いちゃって）

『あのね、アセンションするのは人だけじゃないのよ。食べ物にもアセンションがあるのよ』

（食べ物のアセンション？）

『そうよ。あなただって毎日させてるわ、食べ物にアセンションを』

（……判らないんですけど……）

桜子が伝えるにはこうだ。

食物になるものは穀類も野菜も動物性のものも、

やがては人に食されるために育てられても、育つまでは自らのために大きく成長する。結果がたとえ人のためであろうが、食されるまでは自身の成長を喜んで育つ。

ところが、時が来ていよいよ人に食される段階になると〝我れのため〟が一切なくなり、ただ人を生かすためだけの存在へと変化する。

食した相手を生かすためだけがこの世に存在した意義に変わるのだ。

つまり〝我のため〟から〝相手のため〟への次元上昇。〝自利〟から〝他利〟への変貌《へんぼう》。それが食べ物のアセンションであると。

ということは、人は食事するたびに食べ物をアセンションさせているわけだが、それが食べ物にとって意義あるアセンションなのか、悲劇となるかは食した者の生きざまによるというものだ。

今までどれだけアセンション失敗をさせてしまったことだろう。


それにしてもだ、食べ物は人に食されることがアセンションだなんて考えもつかなかった。さすが明星天子のお弟子さん。

ユキは畑へ野菜を採りに行ったため店は言納一人。なので作業する手は動かしつつも、料理する以前の心構えをぼんやり考えているうちに洞爺の貴志の話を思い出した。

洞爺を旅行中に泊めてもらった農家の主人で、さゆりのダンナだ。

言納たちが洞爺湖の観音島を訪れた日の夜、食の道へ進む言納のために生産者としての体験や野菜を育てる想いを話してくれた。

長野の麻理が言っていた。食の分野を三つに分けた一番目、〝何をどう育てるか。どのような環境の中、どんな方法で育てていくのか〟。貴史の話はまるごとそれだった。

貴史宅は雄大に広がる大地にポッンと建つ一軒

家。周りは遥か向こうまでレタスとごぼうの畑だ。

丘を越えた先まで続いているため、隣家は……無い。

いや、正確にはあるのだが、これほど離れていて隣家と呼ぶにはやや抵抗がある。

「雑草が生えたらその都度抜くんですか」

言納が尋ねると、思わぬ答えが返って来た。

「抜くには抜くんだけどね、雑草っていうのはね、その場所の土に必要なものが生えてくれるんだよね」

「…………」

「雑草はやがて枯れて土に返る。枯れたときにね、その雑草が持ってる成分が土に足りないからその雑草が足りない分を補ってくれるんだね。土にマンガンが足りなければマンガンを含んだ雑草が生え、カリウムが足りなければカリウムを多く持つ草が生える。タンポポだってね、タンポポの枯れた身がその土に必要だから生えてくれるんだよ」

「えー、そんな働きがあるんですか、雑草に」

「そうなんだよ。だからさ、抜くには抜くけど、雑草の種類で土に何が足りないかを知り、土が求める肥料を撒いてあげるとね、不思議とその雑草は生えなくなるんだ。つまり、土の食事だったんだよ、雑草は」

「大自然って神様の智恵そのものなんですね」

「そうなんだよ。だから雑草は神草、害虫は神虫って言うんだ」

「虫もですか」

「うん、そうだよ」

言納が真剣に聞いてくれるもんだから貴史は気を良くし、めずらしく二本目のビールの栓を抜いた。

「虫が来てつまみ食いしてる部分はね、人間にとって害になるところなんだよ。農薬がたくさん残ってるとか」

これは驚き。言納は要所要所をメモしている。

「虫が多すぎても困るけどね。化学肥料を使いすぎなければミミズが生きてくれるんだよね。ミミズがいると鳥が来る。鳥はミミズ以外にも虫を食べてくれるからちょうどいいでしょ」

「え、ええっ」

言納はメモするのに必死で、気のない返事をした。

「葉っぱに虫が出た。大変だあ、早く殺してしまえ。次は土の中に菌が発生した。菌は根を駄目にしちゃうから菌を殺せー、ってやってたんだね、最近の農業は。それで同時に必要な菌まで殺しちゃってね。現代農業と現代医学って一緒なんだね。何が一緒か判るかなあ、言納ちゃん」

「たぶん――、その部分しか見ない」

「お――っ、正解。全体を見ることができないんだよね」

四川大地震後しばらくしてから北海道で農業を営む友人から電話が入った。

「来年には化学肥料の値段が三倍位になるんじゃないかって、もっぱらの噂ですよ」と。

理由を尋ねると、

「肥料の原料はほとんど四川から輸入されてたものなんですよ。三倍になれば農家は買うことができないでしょうね。その分いままで農薬や化学肥料大好きだった人たちが有機農法にも目を向け始めてて……」

地球はいい方向に向かっているんじゃん。

ちなみに北京オリンピック開幕は二〇〇八年八月八日。八が三つ並んだおめでたい日なのだが、

8×8×8＝512

5月12日、四川大地震。マグニチュード8.0。死者・不明者約8万8千人。旧暦4月8日のことだった。

閑話休題。

最近は土地が少しずつ低くなっているという。貴史が続けた。

「大型の機械で畑へ入るでしょ。それで土が圧縮されるんだよね。それに化学肥料を毎年使い続けるのでさらに土が締まっちゃってね。そうすると土の中の空気、含有量《がんゆうりょう》っていうんだけど、それが少なくなって菌が住めなくなるんだ。もう今は表面の一〇センチ程度までにしか菌がいなくなって、その下は死の世界」

「土地が可哀想です」

言納はメモする手を止め、ウルウルした目で貴史にうったえた。

「そうだね。ごめんなさいだよね」

「うん、うん」

「だから土に元気を取り戻してもらうために色々と挑戦してるんだね」

言納の目に希望が現れた。

「レタスを収穫した後に麦を蒔いてね、しばらくはそのまま育てて穂が出る直前にトラクターで耕すんだよね。それで麦を土に返すわけ。土の中の菌はレタスが育つのを待ってて、腐ったら分解してやるぞって張り切ってたのに出荷の時期になるとぜーんぶ持っていかれちゃうでしょ。仕事を奪われた菌はストレスが溜まるんだね。そこへ麦を入れてやるんだ。仕事ができた菌は大喜びで活発に働いてくれるんだよね。すると面白いことが起こるんだよ」

貴史があまりにも嬉しそうに話すもんだから、興味津津の言納も食卓に身を乗り出した。

「どうなるんですか。早く聞きたい」

「菌が麦を分解して発酵が始まるもんだから土の温度が四〇度とか五〇度になるんだよ。それでね、熱に耐えられない菌が死ぬんだね」

「熱が出て菌が死ぬって……人が風邪をひいて熱が出ることで悪い菌をやっつけるのと同じですね」

「そうなんだよ。嬉しいなあ、それを理解してもらえると」

人も体温が低いと癌細胞などは増殖しやすく、41度42度になると死ぬように、土の中でも同じことが行われているのだ。いや、逆かもしれない。大自然の営みが体内でも行われているのか。

まあ、それはいいとして、特にヘイオーツと呼ばれる原種に近い麦の場合、不要な菌を根っこで吸収してくれるので一網打尽にできるという。ネグサレセンチュウと呼ばれるそいつらは、作物が水分や酸素を根から吸い上げることを邪魔する。すると作物の育ちも悪くなるのでヘイオーツの働きは助かる。

また、農閑期に麦やりんどう、ひまわりなどを植えることは土のエネルギーを高めるだけでなく、見た目も美しいため「景観緑地」と呼ばれ、種は国からの補助として出るのだそうだ。

「それをやるとね、作物の出来が全く違ってくるんだね。あとは〝ありがとう、ありがとう〟で種を蒔くんだね」

言納は本気で感激していた。

当り前のようにスーパーに並ぶ野菜だが、それらができるまでに生産者の多大な努力と苦労があったことを肌で感じることができたので。

しかし貴史はこんなことも話した。

「僕たち農業者は野菜を育ててるなんて思われがちだけどね、よーく考えてみると野菜が育つのは野菜の持つ生命力なんだよね。それに土の養分や太陽の光と月明り、雨、風、時には雷なんかも手助けして成長するわけだから、僕が育ててるんじゃないんだよね。人って非力だね」

貴史は少し寂しそうな顔をしたのだった。

と、そのとき言納が言葉を発した。

『あなたがたの想いと努力があるからこそ私たちは気持ちよく育つことができます

あなたの心のこもったお世話事は私たちに〝愛〟

となって届いていますよ
大自然と人との調和があります
あなたの手が入った畑には

ありがとうございます
神々と共に感謝しております』

野菜からのメッセージなのか、土地の神からか。ともかく貴史に対してのお礼の言葉だ。

野菜の生命力を活かすのは、人の手あってのことだという。これが調和というものなのであろう。

貴史は顔を伏せ、しばらく肩を震わせていた。

そして言納も気付いたことがあった。「52」に関するところに七福神の宝船が降りるということで各地の「52」を探していただけれど、「母」こそが、

ハ＝26　ハ＝26　で52だった。つまり宝船は母なる大地ならどこだって飛来するということなのだ。

＊

『食物を
口に入れたるその前に
なすべきことのありたるや

大宇宙の気
すべてのものに遍満し
ありがたきかな
汝《な》が滋養となりたるや
両の手合わせ感謝して
頭《こうべ》をたれて感謝して
生かされし
汝が身の幸に感謝して
目前《めまえ》の食物いただけよ

あまたの人の勤労と
あまたの人の愛の手の

かかりて食となりたるぞ
ひととき己《おの》が目を閉じよ
あまたの人に感謝して
雨・土・光に感謝して
大自然の気　いただけよ

愛と感謝で腹ふくれ
真の滋養となりたるぞ』

その夜、貴史宅の風呂で言納が受けた教えだ。

そんな洞爺での出来事を思い出しながら仕込みをしているところへ宅配便が届いた。
「むすび家さーん、荷物でーす」
届けられた箱を開けると新鮮な野菜がぎっしり詰っており、片隅にメモが入っていた。

〝お店で使って下さい。
お客さんに喜んでもらえれば僕も嬉しい限りです。
洞爺から愛を込めて
貴史〟

人ってなんて素晴しいのだろう。だから三次元はやめられない。
八坂弥栄三次元。

六月が終わろうとしているころ生田から健太に電話が入った。

「健太君、次の休み空いてたらちょっと付き合ってくれないいか」

言納がいなくなって退屈しているであろうと生田が気を使ってくれたのだ。

「ええ、いいですよ。それでどこへ行くんですか」

「大山《だいせん》」

「だいせんって、あの大山ですか」

「そうだよ。ちょっと頼みごとがあってね、大山の天狗に」

実はサミットの舞台となる洞爺の守護がまだまだ弱いことを生田も感じており、羊蹄山に力を集めるよう大山の天狗を使うのだ。さすが、天狗使いの行者だ。

「どうしてそれが大山なんですか」

「富士繋がりさ」

羊蹄山は蝦夷富士。女性性の強い美しい山だ。一方大山は伯耆《ほうき》富士。男性性の強い頼もしい山であるため、サミットで世界中から集う暗黒面のエネルギーを遮断するためには大山の力が必要だ。

というわけで夕方信州鬼無里を出発した生田は途中名古屋で健太を拾い、早朝には大山大神山神社《だいせんおおかみやまじんじゃ》の駐車場に到着していた。片道七〇〇キロ以上。タフな男だ。

「戸隠みたいですね」

「確かに」

生田が那川と出会った仁王門屋前の中社へと続く坂道に似ている。

大山寺入口から左へ逸れ、石畳を登ること15分、大神山神社に着いた。

入口での参拝は無料だが奥宮幣殿に入るには三〇〇円が必要となる。

豪華絢爛な幣殿で二人は並んで座ると生田は早速印を結び、祝詞を唱えて大山の天狗を呼び出していた。

健太は挨拶を済ませると手を合わせたまま生田の様子を窺っていたが、本殿奥から突然白色をした逆円錐形の光が現れそのまま健太の眉間に飛び込んだ。

どうもこの逆円錐の光、逆さ二等辺三角形が高速回転することで円錐になっているようにも思えたが、それ以上は判らなかった。


「トホ――　カミ――ィヱヰ――　タメ――」

健太が発した。

「トホ――　カミ――ィヱヰ――　タメ――」

生田が驚き健太に声をかけた。

「どうしたの、急に」

「判りません。勝手に声が出たので」

「今の発音、もう一度できる?」

生田が要求した。というのも、生田にも初めて聞く発音だったからだ。


通常は「トホカミエミタメ（遠《と》祖《ほ》神《か》恵《み》み給《た》め）」と発音している。そして実際の意味や用途もいまひとつはっきりしない。

使い方のひとつとしては四方八方に「トホカミエイタメ」の言霊を当てはめてはいるがそれもよく判らないまま使っていた。

ところが今さっき健太が唱えた発音は、生田が探し求めていたものだった。

「もう一度頼む」

「もう一度」

「トホ――　カミ――ィヱヰ――　タメ――」

「トホ――……カミ――……」

何度も何度も聞き返した。

大切なのは「ィヱヰ――」で何かを切るように力を込めること。そして発音は「トホカミエミタメ」でも「トホカミエイタメ」でもなく、「トホカミヱヰタメ」。

〝ヱ〟と〝ヰ〟はワ行の〝エ〟と〝イ〟だが、よーく聞いてみるとヤ行の〝エ〟と〝イ〟に近くも感じられた。

ローマ字表記をすると、〝エ〟と〝イ〟は〝e〟と〝i〟。ワ行の〝ヱ〟と〝ヰ〟はそれぞれ〝we〟と〝wi〟になる。

が、健太の発音は白い円錐君がそうしたのだろうがヤ行版〝エ〟と〝イ〟。つまり〝ye〟と〝yi〟に近かった。

ヤ行版は実は大切な言霊で、「ヱビスビール」は〝YEBISU〟だし、「円」も〝yen〟だ。ヤ行の正しい言霊を復活させねば。

『〝トホカミエミタメ〟では用を成さないからな。神官たちにも伝えて欲しい。これからは正しい発音を使うんだ』

健太を通して円錐君がしゃべった。同時に『一火の仲間だよ、友達』と、自己紹介になってない自己紹介をしてきた。

(えーっ、一火のこと知ってるんですか)

『君が来ることは聞いていた。今のをしっかり憶えておくんだ。十種神宝《とくさのかんだから》の封印を解くために必要だ。神宝がないと建御名方神《たけみなかたのかみ》の呪を解けないからな』

(まただ。また建御名方神だ。何をしろっていうんだ……)

『すぐに判る。それより今から美保神社へ向かってほしい』

(美保神社って、美保関の？)

健太が問い返したが一火の仲間の円錐君は何も答えず去って行った。

帰り道、参道から逸《そ》れ「金門」と案内された矢印に従うと、そこから眺める大山はまるで高上地の河童橋から見上げる穂高連峰のような勇ましい姿だった。

*

腹が減っていたが健太たちはとにかく美保神社へ向かうことにした。

通るのがちょっぴりワクワクする境《さかい》水道大橋を渡り島根県に入ると、あとは海沿いを走って約10分で出雲国霊場第八番美保神社入口前に出る。

ここで健太は思わぬ褒美を授かった。

本殿で参拝していると大きな鯛が現れ、受け取れという。健太は両の手を差し出しその大きな鯛を受け取りながら深々と頭を垂れた。

ちょうどこの年の正月、沖で金色の鯛が網にかかりここ美保神社に奉納されていた。

さすがエビスさんのお社。鯛に縁がある。

『祝いぞな
目出たい　目出たい　このたびは
お人に喜び与えたる
お人に真実届けたる
お行尊し　ありがたや

人々に
光届けよ　ますますに
なみなみ注げ　光の酒を
祝いぞ　祝いぞ　寿《ことほ》ぎぞ
目出たい　目出たい　ありがたい
結びの酒よ　ありがたい
赤米たいて　金の鯛』

どうも言納の守護者が健太にも直接来るようになったようだ。

さて、これは祝いの御言葉だ。エジプトでのことも、これから行うことも含めて神々から祝福されたのであろう。

途中の『このたびは』は〝この度は〟と〝この旅は〟双方の意味を含んでおり、『ますますに』は、

〝増々に〟と〝枡枡に〟を兼ねている。このあたりは上手い。さっすっが。

今夜の宿はまだ決まってなかったが、あまりにも空腹だったため境港の鬼太郎通りまで戻って何か食べることにした。

街中妖怪だらけのこの通り、歩いている人まで妖怪に見えたがそれは空腹のせいだったことに食後気付いた。

「あそこに泊りましょうか」

昼ごはんを食べに入った店の壁に皆生《かいけ》温泉のポスターが貼られており、二十ほどの宿の中から健太がひとつの旅館を指さした。

その旅館の電話番号が気に入ったからだが、番号が22―4141。22はニギハヤヒ尊の数。41は……41の説明はもういいでしょう。

旅館は海沿いの立派な建て物だった。

ロビーを龍神が通り抜けたのはまあいいとして、驚きだったのは夕食でのことだ。

並べられた料理に感激しつつ箸を付ける健太に生田が酒を勧めた。

「今日はお祝いだな、健太君の。事代主命《ことしろぬしのみこと》から鯛をいただいたんだから」

事代主命とは美保神社の主祭神で、一般的にはエビスさんと同一視されている。

「そうですね。けど、実際にいただいたのかどうかは判んないですよ。ただ何となく手を差し出しましたけど」

「もし本当にもらったんだったら何かのカタチで示されるからすぐに判るよ」

「そうだといいんですけど……」

そこへ新たに料理が運ばれてきた。

「お客様。今日は女将から差し入れがございますので、どうぞお召上がり下さいませ」

何が出されるのか二人は興味津津だったが、仲居

が皿を机に置き、

「鯛の塩ガマ焼きでございます」

と説明した瞬間、生田はうしろへひっくり返り、もがき苦しみながら笑っていた。

仲居は怪訝な顔をしたが、そのうち健太も一緒になってゲラゲラ笑い出したのだった。


健太が木槌で塩の型を割った。

『鋳型《いがた》はずしの儀式
ようよう執《と》り行なわれし
ありがたきかな　この佳き日
授けし鯛よ　金の鯛
めでたきこの日に自らが
ひな型なりし　目出鯛のお
鋳型はずして　神人《かみびと》の
ひな型となり　人々に
御身捧げて尽くしたり
これよりは
いざこそ励め　御身《おんみ》の使命
人々に
御身捧げん　光の道を
説いて尽して歩まれよ』

教えが終わった後のことだが、鯛が思いを伝えてきた。これには健太も感情が押えられず目頭を熱くした。

鯛は健太にこう伝えた。

〝このような祝い事に使ってもらえて嬉しい。多くの仲間はただ食べられるだけなのに自分は鯛として最も幸せな使われ方をしていただけた。ありがとう〟と。健太でなくとも泣けてくる。

言納も以前、

〝私は食材としてあなたに身を捧げます。あなたは何に命を捧げて下さいますか〟

と受けていた。

今ここで、本気になって食材アセンションを有意義にさせる人にならねばいけない時期に来ているのではなかろうか。

アセンションとミロクボサツは同意語だ。ということは、食する人がミロクボサツ＝慈愛に満ちた思いで食べ物を口にし、その恩を忘れることなく生きることで食材アセンションは成功する。

それでやっと、おめでとうございます&ありがとうございます、なのだ。

＊

皆生温泉から帰った日、健太宅の夕食はどういう理由からか赤飯だった。
『……
赤米たいて　金の鯛』
ちゃんとそうなるんだね。おめでたい。

が、おめでたくないこともあり、その夜健太は言納のケータイに電話したが、何度掛けても通じなかったしメールが返ってくることもなかった。

そうなのだ。二人もついにケータイを持ってしまったのだ。

初めての給料で言納は携帯電話を買った。それまではミキ宅の電話へ健太が掛けるようにしていたが、たとえ電話代は健太持ちといえども居候の身でそうそう長電話するわけにもいかない。

かといって言納が公衆電話から掛けていたんではテレフォンカードがいくらあっても足りない。

そこで給料日の翌日、街のケータイ屋へと向かった。ただし、健太はまだそれを持ちたがらなかったため、言納から送られてきたものは言納にしか繋がらないように設定してあり、したがって一一〇番と一一九番以外には言納にしか掛からない。要はホットラインが結ばれた訳だ、健太側からは。

言納はそれを「子機」と呼んだ。なので健太はまだケータイを持ってないことになるそうだ。んー、すごい理屈。


で、健太だ。

いつでも直接言納に通じるのはありがたいが、メールさえ返って来ないとなると今度は不必要な心配をしたりいらだちを覚えてしまう。

言納は疲れて寝ていただけなのだが健太は気になって仕方なく、

（こんな思いをするぐらいならこんなもん無くたっていいいや、バーロー）

と、ベッドから金色のケータイを床に放り投げた。


翌日健太のケータイに言納から何度か着信があったが、この日健太は仕事が忙しく、なので掛け直したのは夜になってからであった。

が、やはり何度掛けても出ない。

（何やってんだよ、ったくう）

気掛りで仕方なかったので十分置きで掛け続けていると、五度目でやっと出た。

「はい、もしもし。どちらさんですか」

言納の声と違う。

「あれっ、あ、あの……安岡言納さんの電話のはずですが……」

「あーら、言納ちゃんのだったのね」

出たのは西野のお母だった。

言納はゆうべ健太のメールに返事ができなかったため、今日は仕事中もエプロンのポケットに入れてケータイを持ち歩いていた。

が、仕事が終わるとそれをエプロンに入れたまま帰ってしまった。というのも、この日は共に働く勇人が満月の空の下、二見ケ浦で笛を吹くというので急いで店を出たのだ。

一方店では西野のお母が一人で作業をしており、先ほどから時々エプロンがブルブルとひとりで揺れていたのでとにかく出てみたというわけなのだ。

「あの、言納さんは……」

「言納ちゃんはもう帰ったわよ。忘れてったのね、エプロンに入れたまま」

「あー、そうですか。ではミキさんのご自宅に掛けてみます。もう帰ってると思いますので」

「そうね。けど、言納ちゃんは勇人君と海岸の方へ歩いて行ったから今夜はデートよ、きっと。いいわねぇ、若い人たちは」

「…………」

「ところでお宅さんはどちらさんで」

「あっ、いえ、失礼します」

健太は怒りに満ちた思いで電話を切った。そして家電に持ち代えると机の引き出しから一枚の葉書を取り出し、そこに書かれた番号の相手を呼び出した。

相手はすぐに出た。

「もしもし、名古屋の健太と申しますが」

「…………」

何も反応がない。

「あのー、憶えてませんか。カイロ博物館でお会いして……」

「そろそろ掛かってくるころだと思ってた」

健太が掛けた相手は、カイロ博物館で突然、「今のあなたの玉し霊、22%、ツタンカーメンの意識が入ってますよ」

と声を掛けてきた小夏と名乗る女性だ。神戸の北野坂で小さな店をやっているという。

以来日本へ帰ってからも毎月小夏から健太へ葉書きが届いており、大切なことを伝えたいと書かれていた。

(大切なことって……)

健太は気になっていたもののほんの擦れ違い程度の相手、わざわざ電話することもなくほったらかしにしておいたのだが、言納へのはらいせもありこの時は迷わず小夏のケータイを鳴らした。

＊

数日後、小夏が名古屋にやって来た。新幹線の中央改札口で待つ健太に抱きついた小夏は開口一番、

「名古屋の喫茶店のモーニングが食べたい。一度行ってみたかったの」

と甘えた声で健太にねだった。

気持ちは判る。が、駅界隈ではあまり豪華なところを知らないため、ひとまず街の中心部から抜け出し、学生時代によく通っていたとっておきの店へと連れて行った。

ここなら満足するであろうと健太は自信を持っていると案の定、

「グゥエー、これ全部タダで付いてくるのー？　すごすぎる、名古屋の喫茶店」

と驚きの声をあげた。

この店のモーニングサービスは、大きなランチプレートに二種類のサンドイッチ、タマゴサンドとツナサンドがひと切れずつ、トマトソースをからめたパスタが少々、その横にサラダ。小鉢もふたつ載っかっていて、ひとつにはフルーツが、もうひとつにはブルーベリージャム入りのヨーグルトが入っているのだ。そいつが三八〇円のコーヒーを注文すると無料で付いてくる。

「名古屋の喫茶店って、どこもこうなの？」

そんなことはない。が、

「ぼくの先輩の店はトーストの他にタコ焼き二個と茶碗蒸しが付いてくるよ。四百円のコーヒーに」

小夏が吹き出して笑っているので健太はさらに続けた。

「入ったことはないんだけどさあ、うちの近所に寿司モーニングってのもあるよ。寿司屋がやってるんだけど、コーヒーに太巻きと稲荷寿しが付いててさ、少し金額をプラスするとマグロとイカのにぎりに変更できるらしいよ」

店内に小夏の笑い声が響いた。

そりゃ笑うわなあ。

郊外に行くと味噌汁が出て来る店もある。とは言っても、まあそんな店の客はじいちゃんばあちゃんばかりで、そのうち何人かがあの名古屋名物に指定されている小倉トーストなるものを食べているのを目にすることができる。

若い人は食べないぞ、そんなん。


「そうだ、お土産があったんだ」

小夏が大きな麻布バッグの中から手さぐりで探し出した包みの中からは金色のエビスさんの置物と、二匹の鯉が向き合ったケータイストラップが出てきた。

(げっ、またエビスさんと鯉だ。けど……何でケータイストラップなのさ。持ってないことになってるのに……)

「健太君はツタンカーメンが22%入ってるからついつい金色のを選んじゃうのよね。ラーメン、つけメン、ぼくツタンカーメンって感じでさ」

そう言って小夏は笑ったが、健太は表情をゆるめただけだった。笑えよ、面白いんだから。

(言納も金色のケータイ送って来た。本当にツタンカーメンのエネルギーがオレの中にあるんだろうか……)

ある。というか、同調している。

「ねぇねぇ、犬山城って遠いの？」

健太はアイスコーヒーを吹き出しそうになった。

「えっ、何で突然犬山城なの？　熱田神宮って言うよ、フツーは。それにお城なら名古屋城だってあるのに、金のシャチホコで有名な」

そうそう、実際エジプトでツタンカーメンは名古屋城の金のシャチホコに自らが降りると伝えてきているし。

「冬に札幌の雪まつりに行ったの。そしたらツタンカーメンがあってね。その隣が犬山城だったのよ。私、それを見た瞬間、犬山と何かが繋がるって感じたから。だからよ」

健太は内心ドキドキものだ。小夏は言納のことを知ってるのか。いや、知るはずはない。ならばただの偶然か。

「ちょっと遠いなあ、ここからだと。あんまり行ったことないから判んないけど」

ウソをつくでない。

「そっか、遠いんだ」

「うん、遠い。それにパスポートが要るかも。持ってないでしょ、今日は。じゃあ、犬山へは行けないかな」

と、健太は何とか誤魔化すことができたが、札幌の雪まつりでツタンカーメンと犬山城が並んでいたのは事実である。

＊

健太が恐しい体験をしてるころ、言納はむすび家で仕事に励んでいた。

ランチタイムの忙しさが一段落すると、いつも西野のお母《かん》が言納たちにもお昼を用意してくれる。

この日も店の奥の小さな休憩室で遅いお昼が待っていた。

「いただきまーす」

両手を合わせ早速食べ始めると、

『人々よ
食物に　心清《すが》しく向き合うて
おひとつひとつ　色かたち
愛《め》でてお祝いなされよのう

ゆっくりと
目で味おうて　香りかぎ
己れの目前に置かれたる
食物すべてに光を当てよ
慈しみつつ愛でながら
はじめて口に含むのぞ

「ありがたきかな」と噛み噛みて
汝《な》が身に広がる大地の恵み
味わい味わい　いただけよ
さすれば恵みは恵みとなりて
汝が身活かして働きぬ

循環の
理なるを真に知りたれば
天に感謝　地に感謝
他《た》が身　我が身に感謝よの
互いに和して手をつなぎ
働き合《お》うて創る世ぞ

天・人・地
大調和こそ真の世ぞ
魂《たま》は知るらん　よろこび満ちて

一七一
ひとつお先が
一七二』

食事を口にする前に、食材ひとつひとつをまず愛でるというのだ。

このとき言納は〝食べる前に目で楽しむことかしら〟と簡単に解釈した。するとそこへ桜子が現れた。自称、明星天子133番目の眷属の桜子ちゃんだ。


『そうじゃなくてよ。それぞれの食材に〝よく育ってくれたわね〟ってお礼を言うの』

（なるほど）

『それから、綺麗な色ね、立派な姿よって誉《ほ》め称《たた》えるの』

（そっかあー）

『人だってそうでしょ。子供から大人まで、誉めてもらうこと望むでしょ。誉めてもらえることで苦労が報われるもんね。あなたもよく頑張ってるわね。ギューーッ』

「きゃーぁっ」

桜子が言納の腕に抱きついてきた。そして見えない霊体のくせしてホッペにキスをした。

『ギュー&チュッ』

「やーん」


どうやら桜子は気に入った相手を見つけるとこの「ギュー&チュッ」をしないと気がすまないらしい。

それはともかくとしてこの教え、食す前にまず愛でる。それが食材への礼儀ということなのだろう。

教えの最後に出てきた一七一とは「天地大神祭《あめつちだいしんさい》」。

ひとつ先の一七二は「大調和」。

天地大神祭の目的、それは時空を超越しての大調和なのだが、その基礎ともなるべく想いこそが食材への礼儀でもあるのだ。それが失われているので次から次へと食品の問題が世を騒がす。生産者、消費者、共に思い改めぬとやがては……。

神々への感謝、やはり天に向けてだけでなく地にも向けねば。天からの恵み、多くは地によってカタチとなっているのだから。


その日の夜、言納は二見ケ浦の海岸沿いにある南国風のレストランにいた。むすび家から徒歩でも十分とかからないため、仕事後時々訪れている。

ミキは生憎《あいにく》都合が悪く、なので勇人と二人だ。が、言納にとっては以前から気にかかっていたことを尋ねるチャンスなので今夜こそ率直に聞いてみることにした。

「勇人君のうしろにね、時々ユダヤの婆耶の気配を感じるんだけど、何かあるの?」

「ユダヤの婆耶? 誰なの、それ」

言納はピラミッド内に現れた婆耶のことを話した。

「へー、その人が俺の背後にいるんだ。んー、たしかに子供のころから興味はあったからね、シナイ山とかエルサレムとかって。だから新婚旅行もそこへ行くはずだったんだ」

「……ごめんなさい。辛いこと思い出させちゃって」

「いいよ、気にしなくて。一年前だったら辛かっただろうけどね」

「ホント、ごめん」

「大丈夫だって。それに……決心したんだ」

「決心？」

「うん。それよりね、イスラエルのエネルギーっていうのかなあ、それを強く感じる神社があるんだよ、西宮に」

「西宮かあ……ねぇ、勇人君。西宮ってどこにあるんだっけ」

ガクッ。勇人がうなだれた。

「兵庫県。福岡へ来るまでずっと俺がいた街。兵庫県の西宮市」


勇人は西宮で生まれ育った。そして結婚後もこの街で暮らす予定だった。

が、結婚式をわずか二週間後に控えた小雪のちらつく冬の朝、勇人の婚約者は自動車事故で肉体を離れた。

婚約者とその姉、それに勇人の三人で彼女の誕生日を祝った翌朝の出来事だった。

辛すぎる。フィクションであろうが辛すぎる。人が経験し得る最も悲しい状況のひとつではなかろうか。

数ケ月後、勇人は西宮を後にした。

高校生時代から七年間、青春時代のすべてを彼女と共に過ごした西宮の街はあらゆる場所、それは公園もバス停も交差点もレストランもすべてに彼女との思い出が染み込んでいて、とても耐えられるものではなかったからだ。

そんな勇人が初めて心のやすらぎを覚えたのが唯一西方浄土に沈む夕日を拝む二見ケ浦、福岡県の志摩町に来たときだったのだ。

　それですぐ近くのむすび家に出入りするうち自然と手伝うようになっていたという訳である。

　勇人は当時、朝日があまり好きではなかった。だが夕日は悲しみを癒してくれた。それで毎日夕暮れどきにここへ来て、彼女を想って篠笛を奏でていた。

　あれから一年、西宮の街を思い出しても平静さを保てるまでに勇人の心は快復した。

「西宮の大社町っていうところにある廣田《ひろた》神社へ行くと匂いがするんだ、イスラエルとか、それ以前のエジプトの」

　匂いといっても五感で感じる匂いではないぞよ。

　しかし言納はといえば、廣田神社の御祭神が天《あま》照《てらす》大御《おおみ》神《かみの》荒《あら》御《み》魂《たま》であることからニギハヤヒの匂いを感じ取っていた。そして霊統同じくする空海をも。

（廣田神社か。近々行かなきゃならないかもなあ……）

　ぼんやりとそんなことを考えていると勇人が声をかけた。

「どうかしたの？」

「えっ、あっ、ごめん。ボーッとしてた。ねえねえ、廣田神社って空海さんは全然関係ないの？」

　勇人は驚いて言納の顔を注視した。

「どしたの？」

　言納が聞いた。さっきと逆だ。

「いや、ある。空海と大いに関係あっちゃってる。真井御前《まないごぜん》が神呪寺《かんのうじ》へ入る前日、廣田神社で一泊してるって聞いたことがあるよ」

「……」

　言納には空海と真井御前や神呪寺がどう関係するのかさっぱり判ってない。

　そこで勇人は広げたナプキンに図を書いて説明し出した。

　話が思わぬ展開になってきたぞ。始まりは勇人とユダヤの婆耶の話からだったが、流れは言納が最も必要としていた情報へと進んでいる。これも神はからいか。

「甲山《かぶとやま》っていうところがあって、神呪寺はその中腹にあるお寺。景色がいいから昔はよく行った。でさ、神呪寺の如意輪観音は真井御前がモデルになってるんだよ。真井御前は空海の恋人。〝如意尼《にょいに》〟とも呼ばれている。だから空海と廣田神社を結ぶ鍵は真井御……ねぇ、聞いてる？」

ガシャガシャ。言納の脳が活動を開始した。「神呪寺」ガシャ、92。「如意尼」ガシャ、92。

同時に洞爺湖の弁天堂で現れた数字がネオン管の看板のように浮かび上がってきた。

143……308……92……92……518……22……8

この中で判明しているのは〝143〟の如意輪観音と〝22〟の空海。

新たに判ったのはふたつの〝92〟。神呪寺と如意尼がその意味するところだった。

神呪寺の如意輪観音は、河内の観心寺、大和の室生寺とともに〝天下の三如意輪〟と称されているが、神呪寺の如意輪観音像はあの空海が愛した女性真井御前その人の姿だったのだ。

真井御前、幼名巌子《いつこ》。

丹後の国の一之宮籠《この》神社の出生である。ということはニギハヤヒ尊の直系である。籠神社の海部宮司は巌子をことを〝うちの娘〟と呼んでいる。笑ってしまった。

巌子はわずか十歳で京都の六角堂へと修業に出て、教養を身につける傍ら如意輪観音に帰依したという。

二十歳のとき、当時は皇太子だった第五十三代淳和《じゅんな》天皇の第四妃として宮中に迎えられ、そこで名を真井御前とした。

その後は皇后となったものの世に無常を覚え、自ら仏の道を求めた。

が、「私、山奥で仏の道を歩みますので出て行きます」「ああ、そうですか。それではお気をつけて。さようなら」なんてスムーズにいくはずもなく、そこで手を貸したのが空海であった。真井御前、二十六歳。

二十六かあ。遊ぶことしか考えてなかったもんな。今でもそうだけどっオ――、わー、止めろ、痛い、止めろって。

「誰がお前と比べろと言った、バカたれが。ちょっと目を離すとすぐこれだ」

「ジイかよ。メッチャ久しぶりじゃん。もう来ないかと思ってたからお祝いに赤飯でも炊こうかとう――、判った。判ったって。フー。あー、もうイヤ」

「それはこっちの台詞じゃ。夢に見た甲山目指し二十六のおなごが宮中を後にしたんじゃ、命懸けでなきゃできんこと。お前のような浮かれポンチキとは出来が違うんじゃ」

「ほっといてくれや。それより何? 夢に見たって」

「自らの修業の場を霊夢にて感得されたんじゃよ、如意尼様は」

如意尼とは真井御前のことだ。

「ただ、現在神呪寺が建っておる場所とは少し離れたところに如意尼様は寺を建立され、のちに今の場所へと移されたんじゃ」

「へー、そうなの……ところでさ、何で神呪寺って『神《かみ》を呪《のろ》う寺』って書くの?」

「神を呪っているのではない。『神呪《じんじゅ》』とは神秘なる呪語、真語ということだ。般若心経に出てくる神呪で、真言のことと言った方が判りやすいか」

「んー、どっちもよく判んないけど、まあいいや」

「ドええ加減な奴め」

「そうだ、ジイ。あんたが大好きな話をしてやろうか。空海と真井御前が今でもラブラブな話」

「……」

「聞きたいみたいだなあ。よし、しよう」

ほんの数年前のことである。

関西のある寺の仏像の中から不可解な玉が出てきた。体内仏というのはよく聞くが、体内玉は聞いたことがない。

しかしその玉、翡翠であるとか水晶だとかではない。木製でもない。では何か。

土である。泥団子のように土を固めて素焼にしたものだ。それがふたつ、仏像の中から出てきなすった。大きさは拳《こぶし》大といったところか。

しかもだ、うつくしい球形かというとそうでもなく、ややいびつな姿をしている。

これは一体何かというと……。

「たとえ肉体は離ればなれになろうとも、わたくしは必ずこの玉に戻ってまいります」

「ああ、もちろん私もだ。毎朝東の空から陽が登る時刻、丹生よりこの地に向かいあなたを拝しよう」

丹生とは高野山の麓にある「丹生」の名の付く神社のうちのひとつである。

現在その神社の御祭神となっている丹生都比売《にうつひめ》はひょっとすると真井御前かもしれない。だとすると丹生都比古は空海か。

「わたくしも、わたくしもこの神呪寺より丹生のあなたを想い暮らしてまいります」

「如意尼」

「空海様」

空海は如意尼をきつく抱き寄せた。しかし如意尼の表情は晴れない。

「仏に仕える身でありながらわたくしは……」

如意尼は空海を愛してしまったことを恥じていた。そして空海への想いを抑えられない自分自身に罪悪感を持ち、苦しみ続けていたのだ。

空海は彼女の苦しみを充分承知しており、離れればなれになる前にある物を託した。

「如意尼。これをお持ちなさい」

如意尼はその巻物を受け取るとそっと空海を見上げた。

「こ、これは」

空海は黙ってうなずくと、

「もう苦しまずともよい。あなたは御仏の心から外れたことなど一度たりともないのですよ」

そう言うと再び如意尼をたくましい腕で包んだ。

実際に如意尼は手渡された巻物によって救われ、抱いていた罪悪感を払拭することができた。

が、それが世間一般でも認識されるには約千二百年の歳月が必要とされ、二〇〇八年女性性解放の年まで封じ続けられてきた。

その年、如意尼は如意輪観音としてその巻物をある女性に受け継がせた。その女性こそが言納だ。


が、ちと話を進めすぎた。ときはまだ承和の元年、西暦八三四年だった。

「如意尼よ。このふたつの玉もあなたに託そう。いかなることがあろうとも、このふたつが離されぬようしっかりと呪を掛けておく。あとはあなたにお任せする」

空海は目を閉じ呼吸を整えると、ふたつの土玉に向け印を切り、呪文を唱え続けた。

が、掛けられた呪はあまりにも強力だったためふたつが離されることも、また魑魅魍魎から狙われることも防いだが、真井御前が密かに隠しておいた仏像の体内は完全に異次元と化していたため、空海ら当人たちでさえそこに宿ることができずにいた。

何と、二人の願いが叶ったのは二十一世紀に入ってからである。

ときは平成の世。極々偶然からふたつの土玉を仏の体内から発見した寺の住職は、それが何なのか判らぬまま数年を過ごしていた。

誰が、何のためにこんなうす汚い焼き物を仏様の体内にしまったのだろう。

いっその事、裏庭にでも捨ててしまおうかとも考えたのだが永く続いてきた寺のこと、いつの時代かの住職が訳あって隠したのかもしれない。そう考えると無下に捨てる訳にもいかない。さぁて、どうしたもんだろう。

如意尼は空海入定前日の西暦八三五年三月二十日、自ら命を絶つのだが、それ以前に土玉を素焼きにしていたのだった。

それにしても、どうして翌日の空海入定を遠く離れた地で真井御前は知ることができたのだろう。それも愛の力か。

一方、信濃の国の八ケ岳山麓に暮らす五十代半ばの男が双眼鏡にて満天の星空に見入っていたときのこと。

おおぐま座のシッポ、北斗七星の中にある星ミザールからM101銀河方向へ視界を移動させた瞬間、淡い藤色をした流れ星が横切った。時間にすればまばたきほどのもの。

しかし男の脳裏には〝ふたつの土玉を探せ〟と文字が現れた。

男はそれが気のせいだということで終わらせたのだが、今度は来る日も来る日も夢の中に土を丸めた玉がふたつ現れる。それが八日間続いた。これまたどうしたもんだろうか。

世の中にふたつの土玉で困った男が二人いて、そんな二人がこれまたたま京都で接触事故を起こした。幸い双方に怪我はなく、互いのバンパーに傷が付いた程度だったが。

現場となったのは京都市南区、国道1号線と171号線の交わる交差点だ。これぞ神はからい。1号線の

「1」は「始まり」の意。171号線はここが起点なのだが、「171」はもちろん「天地大神祭」

交差点の北側は東寺だ。東寺ですぞ。

うっ、空海やんけー。

つまりだ、「天地大神祭」の「始まり」は「空海」からということなのだ。土の玉の使命を帯びたお二方、接触事故おめでとうございます、だ。

少々手荒な手段だが、この二人が縁にならなければ空海が動けぬ。空海が動けねば天地大神祭が始まらないので仕方ない。

互いの連絡先を交換した二人は別れてから十数分後、再び出会った。東寺は金堂の正面で。空海と真井御前、二人の愛の力は強いのだ。

事故から数日後のこと。

「あっ、これだ」

住職が八ケ岳の男の前で絹の布を広げると、たしかにややいびつな形をした土玉がふたつ現れた。

「どうぞお手に取ってみて下さい」

「はあ、よろしいんですか」

男が恐る恐る玉に手を伸ばそうとすると、グワグワグワ。ふたつの玉が大きく揺れ動いた。そして揺れが一旦収まると、ふたつの玉はテーブルの上を転がり、ひとつは時計回りに、もうひとつは半時計回りに大きく円を描き出した。上から見ると「8」の字、又は無限大印のようだ。そして八周して止まった。

やはり「8」は鍵になる。

住職が片方の玉を八ケ岳氏の手に載せようとしたところ、

「おや、あれ、ん――、なんじゃ」

「どうかなさったんですか」

「離れんのじゃ、このふたつ、くっつきよった」

「えー、本当だ」

「ふーん、不思議なことがあるもんじゃ」

どうやら空海は八ケ岳氏にくっついて来たようだ。そして八ケ岳氏が玉に触れようと手を近づけた瞬間、空海が約千二百年前に掛けた呪が解かれたのだ。

八ケ岳氏はかつて熊野山中で行を積んだ行者。空海と霊統的な繋がりを持っているのだろう。

呪が解けた瞬間、待ち侘びていた空海と真井御前の和魂《にぎみたま》は約束通り自分達で用意した土玉に宿った。

住職は、くっついて離れないそのふたつを絹の布で包《くる》むと、そっと仏の中へ戻した。

やっと二人、寄り添うことができたのですね。空海様、如意尼様、おめでとうございます。和魂が落ち付かれたところでいよいよ天地大神祭に向けて動き出せますね。ジイ、満足していただけたかね。

勇人がケータイからインターネットに繋ぐと詳しいことが判った。神呪寺の建つ甲山は標高308メートル。出た、308だ。

次いで如意輪観音の御開帳は5月18日と出ている。

「うわー、518だ」

これで、

143・308・92・92・518・22・8

が、上から順に「如意輪観音」「甲山」「神呪寺」「如意尼」「(御開帳の日)」「空海」と判明した。残るは最後の「8」だけだ。

「私、そこへ行かなきゃ。勇人君、場所知ってるんでしょ」

「知ってるけど……遠いよ」

「エジプトよりは近いでしょ」

「う、うん、まあ」

言納は勇人の返事に心向けず、普段あまり飲まないお酒を追加した。

＊

そのころ健太は小夏と「世界の山ちゃん」にいた。

ここも小夏の要望だ。

朝、名古屋モーニングに連れて行き、お昼は〝ねぇねぇこのうどんはどうしてこんなに硬いんよ、ちゃんと煮えてぇへんとちゃう、けどメッチャ美味しいなぁ味噌煮込みうどん〟を山本屋本店で食べ、夜は夜で幻の手羽先と味噌串カツを食べるためその店へ入ったのだ。

名古屋名物食べまくりツアーはいいけど、あんかけスパゲティが入ってないのが〝名古屋名物あんかけスパゲティを全国に広める会〟の会長としては気分悪いが、自分で書いたことなので許す。

「どうする？　もう少し何か食べる？」

健太がチラリと時計を気にしつつ聞いた。

「ん、もう帰らなきゃいけない時間？」

「いや、まだ大丈夫だよ」

小夏が健太に寄りかかった。カウンター席のため並んで座っているのだ。

「ねえ、帰っちゃうの？」

おいおい、嬉しいこと言ってくれるじゃんか、神戸の娘。

健太は内心ドキドキだ。が、ここでブレーキがかかった。

というのも、小夏からのラブコールに応じたのは言納へのいらだちからであって、元々小夏のことが好きでそうした訳ではない。

となるとやっぱり気になるのは言納のこと。健太はトイレへ行くふりをして言納のケータイを鳴らしてみた。もし出なければ、もういい。このまま小夏のホテルに行こう。

呼び出し音が聞こえてきた。

（たのむ、出てくれ）

「もしもーし、健太あー」

出た。出たけど変だ。酔っ払ってる。

「うん。ねぇ、言、お酒飲んでるの」

「へへ。でもねぇ、判っちゃったの。如意輪観音さんにね、会いに行くよ。教えてもらっちゃった」

「えー。おい、言。誰と飲んでるのさぁ」

「勇人くーん」

「またか。二人きり？」

「うん、そうだよ。でもね、なーんにも心配いらないからね。ぜーんぜん心配なんてしなくて……あれ、健太、聞いてる？」

　健太は力まかせにボタンを押して電源を切った。

「もういい。これでおしまいだ」

そう呟《つぶや》くと早足で席へ戻り小夏にこう告げた。

「大丈夫。泊っていける」と。

「やったー。じゃあ私も大切なこと話すね。葉書きに書いておいたはずよ」

「うん、知ってるよ。で、何なの、大切なことって」

「エジプトからの伝言」

「エジプトから？」

「そう。実はね……」

その2　七福神、そして太陽神殿

『めぐりて天龍　昇りしは
花たちばな　匂《にお》い香《か》の
天地開《あまつちひら》けし　開闢《かいびゃく》に
弥栄八坂《いやさかやさか》　一二三世《ひふみゆう》
（めでためでたの　三六九世《みろくゆう》）
弥栄八坂　一二三世
（めでためでたの　三六九世）
あっぱれ　あっぱれ　えんやらや
（あっぱれ　あっぱれ　えんやらや）
（あっぱれ　あっぱれ　えんやらや）
（あっぱれ　あっぱれ　えんやらや）
……………

そろいてそろえ　あな手伸《たの》し
そろうたそろうた　八重《やえ》手伸《たの》し
天晴《あっぱ》れ』

エビス天が躍りながら、七福神を呼ぶ祝詞《のりと》を伝えてきた。驚いたことに、エビス天が唱える祝詞に他の六神も続いており、祝詩のカッコ内は大黒天や弁財天ら六神の合唱だ。ただし『あっぱれ　あっぱれえんやらや』は七福神での大合唱になった。

一応祝詞はここまでで、最後の三行はエビス天の歓喜の言葉なのであろう。

なんとまぁ、おめでたい祝詞。これを七福神祝詞と呼ぶことにする。

2009年9月9日、世界各地でこの七福神祝詞を合唱し、七福神のエネルギーを迎えよう。幾艘かは2008年8月、すでにシリウスを出発したようなのだ。メッチャ楽しいと思わへん？　この話。

さて、ここは兵庫県西宮市の西宮神社、通称西宮えびすである。「天地大神祭＝171」の国道171号はここで終わっている、表面的には。実際は神の戸「神戸」まで続いているが、171の数字は消えているため西宮に天地大神祭の答えがある。

その171号が消える交差点から駅の反対側、そこにあるのが大晦日から元旦に変わった瞬間、待ちかまえていた参拝客が走る、走る、走る、全国えびす宮総本社西宮えびすなのだ。

健太は小夏に連れられここへ来た。

小夏が初めて名古屋へ来たとき、お土産に西宮えびすで金のエビスさんの置物と鯛のストラップを買って来たのだが、それも必要性を感じてのことだった。それで二人の関西デートはここから始まった。

「七福神祝詞か。美保神社での鯛以来、まだ続いていたんだなぁ、エビスさんとの縁が」

「始まったばかりだよ、この縁。これから何があるか楽しみ。へへっ」

「えっ、何で判るの、そんなこと」

「ただ何となく。それにしてもさぁ、ツタンカーメンとエベッさん、どうしたらそんな組み合わせになるのかしら。不思議な世界ね」

小夏は本殿の天井裏を見上げながらそうつぶやいた。

が、健太は七福神祝詞の後に出たエビス天からのものを複雑な心境で受け止めていた。

『弥栄踊りをしなされや
手ふり足ふみ　イヤサカサー
何がどうあれ　ほかしとき
イヤサカ　イヤサカ　イヤサカサー
心のうさも　身の毒も
手ふり足ふり　腰をふり
今やどこかへ消えてゆく
イヤサカ　イヤサカ　イヤサカサー

この世は楽し　桃源郷
桃の花咲き　鳥は舞う
眉間《みけん》のシワも　肩こりも
こわばる身体《からだ》についてくる
イヤサカ踊りをするならば
光は満つる　場に満つる

そろいし者よ
弥栄世界を求むるならば
今こそ笑顔で　イヤサカサー
今すぐ手放せ　暗き念
今ここ忘れよ　不安と恐れ
イヤサカ　イヤサカ　イヤサカサー
うれし楽しぞ　イヤサカサー
くよくよするな　イヤサカサー
どこに降りるか定めたぞ
エンヤエンヤの魂《たま》めがけ
七二九《シチフク》降りる　イヤサカサー』

まぁつまり、うれし楽しで踊ってなされ。暗き顔の者には七福神も寄りつきとおないわ。エンヤエンヤで喜んで生きる者へ七福神は降りる、ということなのだ。

邪霊・悪霊・動物霊が人に憑《つ》きたがるように、七福神も人に付きたいのだ。

どんな人に付くのか。

それは簡単。七福神と同じ波長が出ている者に憑き、その者の喜びを体感することで七福神もなお喜ぶ。

どれほど立派なことをおっしゃっていようが、むつかしい顔して世を眺め、さらには心の中で四六時中世間の批判をしているようでは絶対に降りない。

アホでもいいから楽しい奴。そんなんに七福神は降りるのだ。

さて、健太だが、ここまではまあよいとして、次が問題だった。

今までは青い袴《はかま》姿で踊っていたエビス天が、直接健太に問いかけて来た。

『ミタマ輝いておるか？
日々輝かせておるかの？

己れのみ知る日々の行
つとめておるのか　人知れず
愛顔・愛語・愛行は
言うに及ばず　今さらに
己れこそ知る日々の行
わかりておるのう　言わずとも』

グエ——だ。ミタマ、曇らせっぱなし。

小夏と楽しく過ごそうと務めていても、気にかかるのは言納のことばかり。自身の心に素直でないし、小夏に対しても失礼だ。

これではちっとも弥栄踊りができてない。

健太はできる限り言納のことは忘れ、小夏との時間が今の自分にとっては最もすばらしく、かつ有意義であるよう必死で思い込もうとしていた。

確かに有意義でもある。健太自身が成長するであろうから玉し霊は今の状況を受け入れているが、心が罪悪感に苛《さいな》まれている以上、七福神に付いてはもらえない。

『七二九降りる　イヤサカサー』

二〇〇九年九月九日。

九×九×九＝七二九《シチフク》。

この日までに体得せねば。

『何がどうあれ　ほかしとき
　イヤサカ　イヤサカ　イヤサカサー』を。

お昼を済ませると、二人は小夏お気に入りの愛車、真っ赤なアルファロメオで廣田神社へと向かった。

「エジプトからの伝言ね、いよいよ」

「どんなことなの」

「判んない。私は健太君をここへ連れて来ることがお役。それ以上は本当に判らへんもん」

小夏も勇人と同じく以前から廣田神社本殿奥から古代エジプトの、あるいはアブラハムの気を感じ取っており、健太にはカイロ博物館で出会って以来それを伝えたくて仕方がなかった。いや、伝えなければならない使命を感じていた。

「とにかく、エジプトとかイスラエルと同じのが〝ガーン〟って来るからね」

「うん、判った」

健太はやや緊張気味に答えた。

本殿へ続く石段五段をゆっくりと登り、脇に鞄を置いた。

〝フ――〟。大きく息を吐ききってから二礼二拍手一礼をすると、頭を上げきらぬうちから〝ガーン〟が来た。

（あっ、ピラミッド）

　横に並んだ三基のピラミッドが虹に囲まれるようにして現れた。感覚的には三、四百メートル先のように感じるが、中央のものは山のように大きく、左右のそれはやや小さめだ。

　そしてピラミッドの頂《いただき》には太陽、月、星が輝いている。中央ピラミッドのてっぺんは太陽、向かって左は月、右は星だ。

　それら全体を虹が覆い、さらに虹の上にもうひとつ巨大な太陽がまばゆい光を放っている。

　ピラミッドの手前は川か海か湖か、キラキラキラキラと太陽の光を反射して小さな波が揺らいでいた。

　手前の岸、つまり健太のすぐ目の前には鳥居があるのだが、それが三輪山大神神社《おおみわじんじゃ》や倭笠縫邑《やまとかさぬいのむら》の桧原《ひばら》神社にある三ツ鳥居なのだ。

　三ツ鳥居とは、中央の大きな鳥居の両脇にやや小さめの鳥居がくっついたもので、健太の位置からだとそれぞれの鳥居の向こうにぴったり三基のピラミッドを拝することができる。

　大神神社や桧原神社の三ツ鳥居、先人たちはかつて同じようなピラミッドを感じていたのだろうか。

『お日の子たちよ　集いしか
　太陽神殿　建ちたるぞ
　今ここ現れ人々に
　真なる智恵を授けたり

　お日の子たちよ　目覚めしか
　太陽神殿　自らの
　心に現せ　己れこそ
　真なるファラオぞ　お日守り
　お日の輝き増すことぞ

　いかなる事のあろうとも
　己れの神殿　清《すが》しく保て

お日の人々　それぞれが
御役《みやく》に励めよ　これよりの
大なる転換　真の世に
礎《いしずえ》となれ　お日の子たちよ
元を糺《ただ》せよ　お日の子よ』

三基のピラミッドは太陽神殿だった。そしてまた出た。「お日の子たちよ」は以前の「日の民」と同じで、太陽信仰を根底に持つ霊統の仲間たちだ。現在の日本人は、かつてのエジプト時代や中南米時代に太陽を崇拝しており、今生はその集大成であるため世界中に生きる日の民の人類代表なのだ。

最後の一行、

『元を糺せよ　お日の子よ』

のところで今度は三柱鳥居が現れた。先ほどの平面三ツ鳥居とは違い三柱鳥居は立体的なものだ。真上から見ると、別に真下から見てもいいんだけど、三体の鳥居が正三角形に組まれている。

『元を糺せよ……』とのことなので、元糺の三柱鳥居に間違いない。

京都市右京区太秦《うずまさ》、木島坐天照御魂《このしまにますあまてるみたま》神社に「元《もと》糺《ただす》の池」があり、その奥にこの三柱鳥居がある。三本の柱はそれぞれが八角形をしており、木島神社の名よりむしろ「蚕《かいこ》の社《やしろ》」の三柱鳥居として知られている。

案内には〝全国唯一の鳥居〟と書かれているが、唯一というのが三角形三柱のカタチを指しているのなら残念ながら他にもたくさんある。対馬の磯良恵《いそらえ》比須《びす》岩も三柱鳥居に囲まれているし、長崎の鎮西大社諏訪神社にもわりと最近までそれがあった。今は朽ち果ててしまったためその姿を見ることはできないが、新たに造る予定があるそうだ。

さて、元を糺せとおっしゃいますが、蚕の社の三柱鳥居が出て来た以上は古代イスラエル、原始キリスト教、まぁそのあたりの隠された歴史や歪められた伝承についてのことなんでしょうねぇ。あー、気が重い。

そもそもあそこは太秦。ハタ氏でしょ。原始キリスト教の景教では「光の賜物」を意味する言葉をヘブライ語で〝ウズマサ〟と言い、秦氏の名〝ハタ〟は教会の司教のことだ……。調べてみるとたーくさんの説が見つかりまして、ユダヤ人が使っていたアラム語で〝ウシュ・マサ〟はキリストのことだとか。

それで、次々と出てまいりますものですからもう面倒臭くなってしまい、今作では取り上げるのを中止します。

健太はかつて言納と蚕の社を訪れたときのことを思い出していた。

（あのとき言は……三柱鳥居の上空にミニイエラエルがあるって言ってたはず………元を糺すって、ユダヤの問題にまで溯らなければいけないいんだろうか……）

どうもそのようだ。頑張ってね、健太君。

「どうだった?」

小夏が階段下から健太に声をかけた。

「凄いことになってるみたいなんだけど、よく判らない……ところでさぁ、何で上がって来なかったの。ずっとそこにいたでしょう」

「だからぁ、さっきも言ったでしょ。エジプトのエネルギーが強いって」

「それが強いと何で階段が登れないのさ」

「古代エジプトのエネルギーの中ではね、ファラオと同じところには立てないの。だから私は下にいたの」

22%ツタンカーメンのことであろう。

健太は小夏のいるところまで階段を降りた。

「ねぇ、エジプトからの伝言、発信源はアスワンだったでしょ」

「アスワンー?……いや、判らなかった。何でアスワンからって判るのイテッ。ごめんごめん」

本殿正面から左方向へ歩き出した小夏が急に立ち止まったので、健太は追突してしまった。前を見ず、メモを取りつつ歩いていたので衝撃は大きかった。車ならバンパーだけでは済まないほどで、ボディーまでイッちゃったはずだ。

が、小夏はそんなこと気に掛けておらず、

「ねぇ、ここも呼ばれてるよ」

と、脇殿を目で指した。

諏訪健御名方富大神《すわたけみなかたとみおおかみ》。

「げー、また諏訪だ」

健太が思わず声をあげてしまった。


『建御名方の呪を解け』


もの凄い迫力の声だ。

〝タケ〟の字が〝健〟と〝建〟で違っているが別に問題はない。いずれにしても諏訪大社の建御名方神のことである。

健太は怖れを感じつつ脇殿正面に立ち、深々と頭を下げた。すると、あらら、おだやかな口調で伝わって来た。

『お太陽《ひ》の神殿　スワの地に
輝き満ちて　スワの地に
いよよ建ちたる　時は満つ

日之本は
黄金《こがね》の国よ　金の龍
光に満ちて　龍体は
いよよ世界を駆けめぐる

龍体ふるわせめぐらせる
光の波をめぐらせる

金のうろこは輝いて
◎
キララ　キラキラ　輝いて
三千世界に散らばりぬ』

（何で太陽神殿がスワに？……スワって諏訪だろうけど、どうして緑深き信州諏訪と灼熱砂漠のエジプトが結びつくんだろう。それに小夏はアスワンがどうのって……あー、ワケ判らんくなってきた。どうしろっていうんだ）

健太は頭をかかえたい心境だった。

するとそこへ二匹の狛犬が現わた。口元は型通り一方が〝阿＝ア〟、もう一方は〝吽＝ン〟なのだがこの二匹、向かい合って座っているのはいいけど二匹の間隔が無い。

つまり〝ア〟と〝ン〟の口が接吻しているようにも見えた。

が、それも束の間。やがて二匹は観音開きの扉のように左右へ開いてこちらを見据えている。

（あっ、こんにちは）

目が合ったので健太は挨拶した。

『始まりの〝ア〟
終わりの〝ン〟
開くことにて何が出る
開くことにて〝スワ〟が出る
いよいよ開くぞ　スワ開門』

（えっ、始まりの〝ア〟と……〝ン〟が……アスワン！）

考えてみれば数ヶ月前の春分の日、健太はアスワンを流れるナイル川に東谷山《とうごくさん》の水を注いでいた。あのときからすでに諏訪へ向かわされていたのだろう。そしていよいよ〝ア諏訪ン〟に太陽神殿が。

『諏訪の地　整えるは　そのためぞ』

（はっ、はい。あの、どなたかは存じませんが、建御名方神の呪を解くことで太陽神殿ができるのでしょうか）

健太が質問を投げかけた瞬間、突風が吹いた。短い時間だがもの凄い風だった。

ひょっとしたら話し掛けてはいけない相手だったかもしれない。去ってしまった。

そして実際空気が変った。

緊迫感が少しやわらぎ、やわらかいものになったのだ。

そこへ言納の守護者が現れ、いつものように通訳をしてくれた。一体元の相手は誰なんだろう。

『すすきの穂
携え参れよ　諏訪の地へ
長き時空の旅の果て
いよよ始むる和睦の神事
支配の連鎖　次々に
重なり合うて　今やここ
からまり合うて　四本の柱
何をかの
とじこめ合うてきたのかと
人よ判りて欲しきもの
……』

まだまだ続いたのだが、さらにその先は、

『産土《うぶすな》へ参れ
遅くなろうとも待っておる』

とのことだった。続きがあるのだろう。

健太の産土さんは家から徒歩五分。通っていた保育園の裏にある諏訪神社だ。やっぱり諏訪なのだ。神社の裏手にはクワガタが捕れる木々があるため子供のころは頻繁に出入りしていたし、毎年秋祭りには子供会のお神楽にも参加していたのだが、最近は少し離れた東谷山山頂の尾張戸《おわりべ》神社がもっぱらの行きつけになっていたためしばらく御無沙汰していた。

が、西宮のお諏訪さんから〝来い〟と言われた以上、寄らぬわけにはいかない。なので帰りに寄ることにした。

さて、話を戻して、

『すすきの穂

携え参れよ　諏訪の地へ』

となな。まただ。

エジプトのときもそうだった。

『依りしろを

携え参れよ　我が元へ

金銀の鈴　和合して

鳴り鳴り響く　天に地に

……』

ということで、仙台青麻神社の金と銀の鈴を榊に結び、エジプト中で振り鳴らしてきた。

それが今回は〝すすきの穂〟だ。何でまた。それに、続く内容が何とも重苦しい。

途中に出てくる「四本の柱」とはもちろん諏訪の御柱《おんばしら》のことであるが、諏訪地方へ行くと諏訪大社の四社はいうに及ばずあちこちの神社に先の尖った柱が社の四隅《よすみ》に立っている。

一体何を封じてきたというのだ。

ともかく、日之本の神々が本気で動き出したことを健太も強く感じたため、言納に意地張ってる場合ではなくなってきた。

＊

健太が産土諏訪神社に着いたのはすでに日付けが変わった後だった。

西宮の廣田神社を出た後二人は神戸へ向かった。

食事をするためハーバーランドを訪れたり、北野坂にある小夏の店へ寄るために。

小夏は自分の店を健太に見せたくて仕方なかったようで、定休日のため閉められていたシャッターを上げ、並べられた商品をうれしそうに説明した。

それらは、古着となった和服が完全に現代風なジャケットやスカートに作り替えられており、なかなかのすぐれものだった。

が、健太の心は揺れていた。

無邪気にはしゃぐ小夏のそばにできる限り遅くまでいてやりたいと思う反面、早く帰って諏訪神社へ寄りたいと。

しかしそんな迷いもすぐに吹っ切れた。店のすぐ脇道を折れるとアイスクリームの専門店があり、小夏は健太の手を引き店へ入ると、

「私、チョコミント。コーンでね」

迷うことなくそれを注文し、チラリと横目で健太を見た。

「ねぇ健太君。チョコミント、苦手でしょう。ねぇ、ねぇ」

「……うん、まぁ。ちょっとダメ」

健太は申し訳なさそうな顔をしたが、仕方ないって、チョコミントは。

「じゃあねぇ、何が好きか当てるから言わないでよ」

「いいよ、当ててみて」

「んー、ヒント。それはフルーツ系ですか、それとも……」

「フルーツ系ではないよ」

「じゃあ判った。もう判っちゃったもん」

「本当に？　もし一発で当てたらさぁ、んー、何しようか」

「もし一回で当てたらね、帰りの新幹線は最終にしてくれる？」

「えっ……よし、判った。一発で当てたらだよ」

「へへ、ナッツ・トゥー・ユー」

「………」

「どしたの？」

小夏は顔を斜めに傾け健太の顔を見上げた。身長が一五一センチしかないのでそうなる。

「ねぇ、どうなの。ハズレ？」

健太は首を横に振った。

「当たり。何で判るわけ？」

「だって、そうゆうオーラなんだもん」

どんなオーラだ、ナッツ・トゥー・ユーを好きなオーラって。

まぁいいや。とにかく小夏は大はしゃぎである。右手にチョコミント、左手は健太の腕にしがみつき
「新幹線の最終はね、新神戸10時15分よ。やったー、まだ5時間以上ある。じゃあさー、ドライブ行ってぇ、ごはん食べてぇ、それから夜景観に行く時間もある。きゃー、うれしい。もう一度ハーバーランド行って観覧車乗ろっか。ねぇねぇねぇねぇ、どれがいい？」

健太は、そんな小夏の姿を目の当りにし、今日は小夏とデートをするためにここへ来たことを思い出した。

「三次元優先、決定」

「えっ、何？」

「ううん、何でもない」

と、まぁそんな訳で遅くなった。


そもそも健太が産土お諏訪さんを放ったらかしにして、東谷山尾張戸神社にばかり通うようになったのはそれなりの理由があった。

このお諏訪さん、主祭神は建御名方神なのだが妻神八坂刀売神《やさかとめのかみ》の名はなく、代わりにイザナギとスサノヲの名で三柱祀りとなっている。スサノヲの名は別に不自然ではないのだが、何でイザナギなんだろう。イザナミならばスサノヲも母神系なので霊統的にも納得できる。なのにイザナギ。

どちらかといえば対立エネルギーのように感じた健太は祭神の組み合わせが理解できず、それでニギ

ハヤヒ尾張戸神社ばかりへ行くようになっていたのだ。

　だが、このようなカタチで呼び寄せられると、何だか浮気がバレたようで恐縮してしまう。

　社の鈴を大きく鳴らした健太は、チョコミントを嫌いなのが小夏にバレたときの申し訳なさよりもさらに何倍かの申し訳ない気持ちを抱いて深々と頭を下げた。

『頭《こうべ》を垂《た》れる　その姿
神戸《こうべ》は足《た》りたかの』

　アハハハッ、嫌みなことをおっしゃる。

　けど上手い！　いいね、神さんのこうゆうユーモアって。

『人々よ
心は魂《たま》の御使《みつか》いぞ
心ころころ揺れ動き
頭の命に従いて
日々を生くるは切なきぞ
天の響きを受けとめて
真《まこと》を生くるが心の定め
天と地を
媒介さするが心の努め
人の世で
真を生くるはむずかしや

頭の命に従いて
刹那せつなをすり抜けて
握った砂は指の間《ま》を
すり抜けてゆく　いつの間に
人々よ
今こそ気付けよ　その真《しん》を
正中線を整えて
響き通せよ　天の音《ね》を

人々よ
いかように　その場に立つかを神返《かんがえ》よ
己れの立つ位置　立ち姿
人は見ずとも天は見る
己れ見ずとも天は知る
人々よ
心は魂の御使いぞ

馬を駮《なぞ》くる駮者《ぎょしゃ》のごとく
心修《こころおさ》めて整《との》うぞ　良きに』

んー、考えさせられてしまう。まぁ、「考える」んではなく「神返る」べきなのだろうが、苦しいところですな。

　さて、ちょいと厳しい警告は受けたのだが、それ以上は健太が自ら決めること。神々は人に選択の自由を残すのだ。

そしていよいよ本題、廣田神社の続きが始まった。

『神々の
世界と人は言うなれど
長き時空のその中で
互いに押し合い引き合いて
強き力が君臨す
互いに押し込め　閉じ込めて
長き時空を何としよう

人よ心のあるならば
清き水にてすべてを流し
清き心で解き放て
四本《しほん》の柱に込められし
封印解いてほしきもの』

ここでもだ。一体何があったというのだ、神々の世に。神々の世といっても神々が人として生きていたころのことなのでそれは三次元での出来事なのだが、つぶしつぶされ、奪い奪われ、まだまだそれらの恨みつらみが神々の世界にも残っているようだ。

四本の柱、何を封じてあるのだろう。ひょっとして建御名方神を表に出さぬためのものなのか。

だから、

『建御名方の呪を解け』

と健太は命ぜられたのだろうか……。


風呂から上がりこれまでの出来事を頭の中で整理しているとき、健太の体に雷が落ちたような衝撃が走った。とんでもないことに気付いたのだ。

健太は生田と大山を訪れた際、美保関の美保神社でエビスさんから鯛をいただいた。

その夜は皆生温泉の宿で女将から鯛の塩ガマ焼きの差し入れがあったし、小夏も鯛のストラップを持ってきた。

そしてついには西宮えびすで七福神祝詞まで授かってしまったのだが、エビスさんといえば言わずと知れた事代主命《ことしろぬしのみこと》。

その事代主命から祝福された身でありながら建御名方神の呪を解く役を遣わされた。

健太の衝撃はそれに気付いたためだ。

（ナゼだ。何が起ころうとしているんだ、日本神界に）

健太の疑問はもっともで、確かに変だ。おかしい。が、ナゼそれがおかしいのかは少々解説が要りそうなので、面倒だけどしておく。


古事記に出てくる「出雲の国奪い」の話はご存じだろうか。

天神《あまつかみ》と呼ばれる九州勢力があれこれ理由をつけて出雲の国を乗っ取ろうとした際、出雲を治める大《おお》国主命《くにぬしのみこと》を説得するため使者が送られた……ことになっている。

はじめの二神は大国主命にまるめこまれ、作戦失敗。そこで次に派遣されたのが勇猛果敢で力持ちの建御雷之男神《たけみかづちのおのかみ》であった。

建御雷之男神は出雲の伊那佐《いなさ》の浜にて十拳剣《とつかのつるぎ》を抜き、大国主命に国を明け渡すよう迫った。つまり脅迫したんだな。

すると大国主命はこう言ったらしい。

「私は賛成なのだが今は隠居の身。国は長男の事代主命に全てを任せてあるので彼に聞いてみてくれ」

言わないでしょ、そんなこと。どこの国の王様が、攻めて来た相手にどうぞどうぞと国を譲るんだって。

けど話が進まないのでそのことは取り上げず次に行くと、事代主命もこう言ったそうな。

「この国は天神の子孫たちに捧げよう」

やれやれだ。

言いたいことは山ほどあるが今はこらえ、次に登場するのが我らがヒーロー建御名方神だ。頼もしき次男である。

建御名方神は国を明け渡すことに反対した。当然だ。そこで天神の使者建御雷之男神との戦いになるのだが、それにしてもややこしい名前だ、建御雷之男神。

この名前、わざと建御名方の名と混乱させるための名前なのだろうが、そもそも建御雷などという人物は存在せず、建御名方の名をつぶすために創造されたものではなかろうか。

結局神話では力くらべで建御名方神が敗れ、建御雷に追われ諏訪まで逃げて来た。

諏訪の地にて建御雷がついに建御名方神の命を奪おうとしたそのとき、

「恐れ入りました。私の完全な負けです。あなた方に出雲は譲りますし、私は今後この地に留まりますのでどうか命だけは助けて下さい」

と、敗北を認めた上に命乞いをしたというのだ。

なのでやさしいやさしい建御雷は彼を許し、命を助けてやったんだって。ちゃんちゃら可笑しいぜ、何言ってやがんだい、こんチクショーめ。

以前もどこかで触れたが、建御名方神は負け犬ではない。そのように描かないことには自分たちの血筋を正当化できないし、神々が人間化したのは我々の先祖であるという大嘘がバレてしまうからである。

では建御名方とはどのような神であろう。

おそらくはスサノヲ、ニギハヤヒと並ぶ日之本古来の正統な神の一柱である。

ひょっとすると代表的国造り三神「ニギハヤヒ尊・オホナムチ尊・スクナヒコナ尊」のうちの一柱に取って代わる神かもしれない。

オホナムチとは大国主命のことであるが、本当にひょっとすると……

そもそも大国主命自体誰かを意図的に隠すための名ではなかろうか。その性格ひとつとっても、因幡の白兎では心やさしき青年だが一方では次々と女性にお手つきし、ついには子供を一八一人も儲けてしまっているが、これが本当に同一人物だろうか。何か隠されている。

もう一柱、スクナヒコナ。この少彦名尊も正体が判らない。

先ほど出てきた長崎の鎮西大社諏訪神社の摂社・末社にはカッパ狛犬が可愛い蛭子《ひるこ》神社がある。

蛭子神《ひるこのかみ》は一般的にエビスさんとされているが、この御祭神は少彦名神になっている。エビスさんは少彦名神か。それとも蛭子神が少彦名神であり、エビスさんとは別の人物なのか。

このあたりは七福神の乗った宝船が降りる2009年9月9日までにははっきりさせておきたい。

でね、また話が逸れちゃったから戻すね、健太の疑問に。

神話では大国主命と事代主命は親子であり、事代主命は長男、建御名方神が次男になっているがこれもデタラメだ。

調べてみると事代主なる人物、出雲で生れ育ったと考えられているがどうもそうではなく、外から出雲の美保関に侵攻してきたようだ。つまり出雲とは無縁だったと。

事代主を調べた研究のひとつを引用させていただく。清川理一郎著『諏訪神社　謎の古代史——隠された神々の源流——』彩流社。

> 事代主命は、大和の金剛山麓から葛城山麓にかけ、古代に勢力のあった「鴨一族」の「田の神」だったのである。このためか大和盆地は事代主命を祭神とする神社は多い。御所市の「鴨《かも》都波《つは》神社」、明日村の「飛鳥坐《あすかにます》神社」、田原本町の「村屋坐弥富津比売《むらやにいますふつひめ》神社」などである。なかでも、飛鳥坐神社の宮司、飛鳥弘文氏は八十七代目を世襲されておられ、御先祖神は事代主命である。
>
> 尚、この神社には、天下の奇祭（性神事）といわれる「おんだ祭」が伝わっている。この神事は農耕行事と夫婦円満とを象徴する所作からなる。おんだ祭は民俗学的にも珍しく、五穀豊穣、子孫繁栄を願う神事と言われている。私は、この「おんだ祭」は「田の神」としての事代主命を奉祝する祭りではないかとみている。（以上、九四・九五ページより抜粋）

というわけで、事代主命を祀る美保神社も元々は建御名方神の領土だったのだ。

では、どうしてつぶされた建御名方神を表に出す役の健太に、つぶした張本人の事代主が「祝い」の鯛を送ったのだろう。

謎は深まるばかりで、健太は混乱の極みに達し、この夜をきっかけに健太の内部で出雲動乱が勃発した。

福岡も梅雨明けが宣言されいよいよ本格的な夏へと突入した。四年間名古屋の蒸し暑い夏に鍛えられたとはいえ、北国育ちの言納にとってこの暑さは身に堪《こた》える。

今日も空は真っ青。入道雲は陽の光を反射して白く輝き、ニンニンジージージコジコと蝉の大合唱が響く中、言納の心は雲ったまま。健太との距離が離れていく一方だからだ。

メールを送ってもほとんど返って来ず、たまに返事が来ても二行か三行。

以前は読むのが疲れるほどに次々と送って来たのに今では健太から先に来ることは無い。

そんな状況なのでますます電話は掛けづらく、したがってここしばらくは声も聞いてないのだ。

それで言納は心を晴らすため、休みのたびに佐賀にいる由妃のもとを訪れるようにしていた。

＊

福岡から佐賀へは高速バスで約一時間。運行本数も多いため隣町へ行くように気楽に行き来できる。逆にいえば佐賀の人は事あるごとに福岡へ出てしまうため、佐賀駅周辺は賑やかさが足りずやや寂しい。

駅前のいつもの場所に那川の車は停まっていた。

「おはようございまーす」

「おはよう、言納ちゃん。今日は少し山歩きしましょ。靴は大丈夫?」

那川は車を発車させつつ助手席に座る言納の足元を覗き込んだ。

「はい。ちゃんと動きやすいスニーカー履いてきましたから。ねーねー、今日はどこへ行くんですか」

「楽しみにしてらっしゃい。言納ちゃんが好きそうな磐座《いわくら》がゴロゴロしてるわよ。それにお昼はまた先週のうどん屋さんね」

「やったー、超うれしー」

先週、言納が初めて佐賀駅に降り立ったとき、発せられるオーラから那川はすぐに健太とのことだと察した。それでひとまず向かった先は有明海。

久保田の干潟は長崎の諫早《いさはや》のように悪代官の餌食になってないためまだまだ大自然は残っており、堤防沿いにはずっと向こうまでシチメンソウが生い茂っている。

シチメンソウは塩生植物で、塩分の濃い海水にも耐えることができる珍しい植物だ。秋になると一面を真っ赤に染めるこの植物が見られるのは、国内においては北九州市から大分県北部の海岸と、この有明海の二地域のみである。

言納が足元を滑らせぬよう石を渡って干潟に近付いて行くと、いるわいるわムツゴロウの大群が。

「かっわいいー、あれ、隠れちゃった」

言納の声に反応してムツゴロウ君もカニちゃんも一勢に泥の中に姿を消した。

しばらく身を潜めていると次第にあちこちから彼らは顔を出し、危険がないことを確認するとゾロゾロと這い上がってくる。

その様子があまりにも可愛いので言納は二時間近くも眺めており、それで心が癒されたのか、堤防に寝そべりタバコをふかしている那川に突然こう言った。

「由妃さん、お腹すいた」

と。

それで連れて行ってもらったのがそのうどん屋だったのだ。

ゴボウの天ぷらとわかめと甘く味付けした肉がたっぷり入った名物うどんを言納はいっぺんに気に入っていたので、再び食べられ嬉しさも一入《ひとしお》だ。

「うどんは後よ。まずお山からね」

うどん屋脇の駐車場に車を停めた那川は、先に来ていたベージュ色の小型セダンに近付いて行くと、中から年配の男性が降りて来た。

「今日ね、巨石パークを案内して下さる福野さんよ」

那川が言納を福野に紹介した。

「やー、よく来て下さいましたね。私は徐福研究会の福野と申します」

言納も自己紹介をすると福野が照れくさそうに話し出した。

「まぁね、徐福研究会と申しましてもね、何十年か前に七人で始めたんですがね、今では生き残っているのが私一人でして、研究会と呼べるかどうか判りませんがね、せめて徐福サミットまでは元気でいようと思っておるんですよ、ハハハッ」

実際この年の秋、徐福の子孫も中国から来日して徐福サミットが佐賀で開催された。

やはり縁が深いようだ、徐福と佐賀は。

霊統的にか血統か、徐福と何らか繋がりがある那川が「探しに行け＝佐賀市に行け」と導かれたのもそれゆえだ。

「福ちゃん、それじゃあお願いね」

那川が福野を〝福ちゃん〟と呼んだので言納が驚いていると、

「徐福の〝福〟、福野の〝福〟で福ちゃんなの、ねぇ、福ちゃん」

と説明したが、その態度は心底安心しきっているようだった。きっと那川は理想の父親像を福野に見ているのではないかと言納は感じた。

また、福野にしても孫娘のような那川が徐福研究会に興味を抱いてくれてるので嬉しくない訳がない。亡くなった六人も喜んでいることだろう。

言納と那川を案内する福ちゃんの前を、うどん屋の名犬ハナちゃんが先導して走って行く。ハナちゃんはときどき振り返り、距離があいているとしばらくそこで待ち、言納たちが近付くとまた走り出す。

大和町にある巨石パークを裏側から登るのだが、一般には知られてないルートのためハナちゃんがいてくれて助かった。

登り始めて数分、民家が途絶えたすぐ先に徐福が祀ってあった。山道脇の湧き水をまたぐとその先に小さな鳥居があり、高さ五〇センチほどの石が立っている。

「あれですよ。小さなものですけどね」

福ちゃんは帽子を左手に丸めて持つと、鳥居の手前から石に向かって軽く頭を下げた。

ハナちゃんはもう先に行って待っている。その場所は不動明王と八大龍王が祀ってある入り口で、次はここへ挨拶しろと言っているのだ。

そんな調子であちこちに寄らされたためかなりのんびりとした山歩きになったが、木の幹につかまりながら滑り落ちそうな斜面を五〇メートルほど登るとついに巨大な磐座《いわくら》が出現した。

岩が屋根のように張り出しているため雨宿りには最適な巨石の下には、赤く〝山神社〟と書かれた石の祠《ほこら》が見える。

那川はかがんだ姿のまま祠の前に和ローソクを立て火を灯した。祠側から見て左が赤、右が白で紅白一対だ。二日前の晩、そんな光景の夢を見たため昨日用意しておいたのだという。

御神酒《おみき》の栓を開け、その隣に丸めた麻布をそっと置いた。

言納はそれが何なのかが気になったが、それ以上に地の底から湧いてくる強いエネルギーを感じていた。

(地神様《ちがみ》が喜んでいらっしゃる……)

次第にエネルギーが強まり言納の身体が震え出したと同時に罹《かか》った地神が言納の声を使ってしゃべり出した。

『よお戻って来たのう
呼び寄せたのはワシらじゃ
辛抱させた分　望み叶えるでなあ』

「探しに行け＝佐賀市に行け」はここ巨石パークの

地神からのものだったのだ。
　〝辛抱させた分〟とは生田との別れのことなのか。

やはり佐賀に生まれた以上は佐賀に答えがあるのかもしれない。

次にいつもの通訳守護者が働いた。

『いつからか
彼の地の夢を　たびたびに
見てはため息つく人よ
彼の地の峡谷《きょうこく》　彼の地の山も
かの人呼んで　おるごとし

旋回する鳥　鋭く鳴いて
かの人目覚めし　夢から覚めし
あの山々も峡谷も
幻か　いやや現《うつつ》か　今ここに
生きとおし在る　彼《か》の魂《たま》は
しかりと判りておるよのう

さてもさて
長き時空の旅の果て
神のまつりは始まりて
おひとりひとりの玉し霊の
遠き記憶は明らかに
見えてくるかし　今ここで
深き謝罪と大なる感謝
せずにおられぬこととなり

新しき
真なる道は　今すでに
用意されたり　ひらけたり
弥栄　弥栄　弥栄と
手踊りせいよ　天保《あほう》なり
天保は福呼ぶ吉兆ぞ
天保の道は深きもの

そなた描きし七福は
あほうの手踊り吉踊《きちおど》り
弥栄　弥栄　足踏みならし
弥栄　弥栄　イヤサカサッサ
今こそその意味判りたか
日の道を
つなぎつなぎて旅をして
知らず知らずに日の民は
お日のまつりすることとなり
己れの魂の刻印を
今こそ知るべし　日の民よ』

　後ろから五行目の「旅をして」は過去世も現世も旅の中、ということで、その二行先の「まつり」は「祀り・奉り・祭り」すべてを含んだものだ。

　さてさて、この御言葉、通訳守護者によると徐福本人からのものだという。徐福がダイレクトに那川へ想いを伝えてきたのだ。

『いつからか　彼の地の夢を　たびたびに……』というのは信州の谷、戸隠の山を想う那川のことを指しているのか、それとも徐福と共に海を渡り日本に来た者たちの望郷の念をいっているのだろうか。

　とにかく前半は少々難しいので十回ぐらい読み、各自で理解していただきたい。よく判らないので説明できないのだ――イッテー。ジイか、痛いぞ。

「お前ほど無責任な輩もめずらしいわ、この大バカ者めが」

「だって本当に判んないもん」

「あのなぁ、過去世のお前も現世のお前もだが、いつまでも過去にしがみついておらず、しかと目覚めよということじゃ。肉体は玉し霊の行動を制限してしまうがな、だからといってその場にしかいられぬわけでもない。お前たちは口だけじゃな、偉そうに『繫がっているんだよね』とほざくくせに、ちっとも判っておらん。分離感が強い者ほどその言葉を使いたがるが、己れの不安を誤魔化すための道具にしておるだけじゃ。おい、おいって」

「イッテー。いちいちつつくなって」

「肉体はそこにおろうとも、かの山かの地かの人と共にあることをそろそろ消化しろ」

「あー、はい」

「目を覚せよ、おい。判ったな」

「痛――っ……ジイ。おい、ジイ」

行っちまった。まあそうゆうことらしい。


ジイが邪魔したので話が逸れたウー、苦しい。間違えました。ジイのお陰でちゃんと次へ進めます。ありがとうございます。

はーっ。

さて、やっと話が戻る。

「そなた描きし七福って何のことか判りますか」

言納が那川に尋ねると、無言のまま彼女は丸めた麻布を広げた。

「七福神だ。それ由妃さんが描いたんですか」

「久しぶりにね、本気で描いてみた」

那川の描いた七福神はそれぞれが両手片足を上げて宝船の上で愉快に踊っており、徐福はその姿を『あほうの手踊り　吉踊り』と伝えてきた。

あれ、ひょっとしたら七福神の中の誰かは徐福がモデルになってるんじゃないのか？


「由妃さんはどうしてまた七福神を？」

「２００９年９月９日、名古屋や洞爺だけでなく佐賀にも降りて欲しかったの、七福神の乗った宝船にね」

その想い、徐福や地神には確実に届いていたようだ。

そして七福神徐福は御言葉の後半で七福神を降ろすためのヒントを伝えてきている。

それは、那川に七福神を呼び寄せるための生き方をしていろということで、つまり心の中はいつも弥栄踊りをしていなされ、なのだ。

利口ぶらず偉ぶらず、あほうでいいから楽しく過ごせ。ダイエットなんて必要ないんじゃないかな。だって大黒天も恵比寿天も太っちょだもん。

で、弥栄踊りこそが〝手を打って〟の働きになるのだ。

〝むすんで　ひらいて　手を打って　むすんで〟のあれだ。それさえできれば佐賀にも宝船は必ず降りるはず。

というのも、2007年7月7日に佐賀は開闢し、開闢から288日目の2008年4月19日、巨石パークの麓《ふもと》で「結びのまつり」が盛大に行われた。

開闢に際し必要な「開き」と「結び」はもう済んでいる。なので残るは〝手を打って〟だけ。

それに、288日という日数だが、神道では精子と卵子が受精してからこの世に誕生するまでを288日としている。見事佐賀は生まれ変わったのだ。


「徐福はですねぇ、秦の始皇帝から命ぜられて不死の仙薬を探しに日本へ来たんですけどね……」

福ちゃんが徐福の解説を始めた。

「どうやら探していたのは薬草ではなく丹生《にう》や金のようですね。その跡らしきものが残っているんですよ」

丹生とは水銀のことだ。

「何度か日本と中国を往き来した後にですね、最後は大勢の男女を乗せた船団で日本に亡命してるようなんですね。八十五隻の大船団だ、なんてもいわれてましてね。それで上陸したのが佐賀なんですよ。ここに九年間住んでおりました。それでですね……」

福ちゃん話はまだまだ続いているが、徐福が亡命したのは始皇帝の横暴ぶりに嫌気がさしたためらしい。それで日本にやって来た。

とすると徐福が望んでいた国造りの基本理念こそが「天保《あほう》の手踊り　吉踊り」で楽しく暮らすことだったのではなかろうか。

那川はなぜ「佐賀市に行け」と導かれたのか、やっと納得できる答えのひとつが見つかった。

＊

「ハナちゃーん……ハナちゃーん……もう帰っちゃったのかしら」

先導さんは山駆けが得意なので人間のペースだと退屈するのだ。

言納たちが巨大カエル石、天の岩門、烏帽子石《えぼしいし》など磐座めぐりをしているうちに、そのペースがあまりにものんびりしていたためアホらしくなってしまったのであろう、ハナちゃんは途中で任務を放棄しどこかへ消えてしまった。

九十九折《つづらおり》の坂道を下って店へ戻ると案の定先導さんはすっかりくつろいでおり、言納が「ありがとう、ハナちゃん」と声を掛けても知らん顔していた。

店へ入ると早速言納の得意な台詞が出た。

「お腹すいた」

＊

夜は那川の友人宅に幾人かの仲間が集まり、賑やかな食事会が用意されていた。これも那川の心遣いだ。

言納が玄関を入るとこの家の主人モッ君が台所の奥から威勢よく〝いらっしゃい〟と叫んだ。寿司屋かここは、と思ったらやっぱり元寿司職人で、言納は笑いを堪《こら》えるのに必死だった。

現在モッ君も自然食のレストランを営んでおり、その傍《かたわ》ら農業にも精を出しているとのことだが、この日は目の前でにぎりを握ってくれたため言納は大感激していた。

にぎりの後は篠笛ライブまで始まった。モッ君はそれの名手で、言納たちのリクエストに応えポップスやジャズまでを和風のメロディにアレンジして奏でた。

が、そろそろ顔が赤らんできている。

すると参加者の一人が言納にこう言った。

「こいつさぁ、笛も上手いけどカラスと話すのも上手いんだよ」

言納は梅酒を気管支に詰らせてむせた。


本人の話によるとこうだ。

店で出す野菜はなるべく自家製のものをと始めた農業だが、やがてはデザートの素材も手作りでと思い、わずかばかりだがくだものも手掛け始めた。

いよいよ実が熟してきて〝さぁ、収穫するぞ〟と畑へ行ってみると、昨日は何ともなかった実がどれもこれも鳥につつかれている。

はじめはそれも自然の定めとあきらめた。が、収穫前日になると必ず鳥たちが先に収穫してしまうためとうとう堪忍袋の緒が切れた。

ビワを穫りに行くとひとつ残らず見事にカラスがつっついた跡がある。

それでモッ君はブチ切れ、カラスにおもいっきり苦情を申し立てた。カラス語で。

「カーカーカカカー、カーカーカーカー、カカカカカーカカ、カーカーカカカカッ」

と。


言納は腹をかかえて大笑いした。

「言葉ではカーカー叫んでいるんだけど、気持ちはさ、〝お前たちにも生活があるだろうから食べるなとは言わない。けどなぁ、こっちにだって商売ってもんがあるんだよ、バーローめ。おい、カラス。2割はお前たちに提供する。だけどなぁ、残りの8割には手を出すな。口も出すな。判ったか〟って思いながらカラス語叫んでやった」

言納は笑いすぎて泣いている。

「そしたらどうなったの」

代わりに那川が聞き返した。

「そしたらさぁ、その日以来カラスが言うこと聞いてくれるようになったんだよ」

モッ君は目を丸くしてそう言った。

すばらしい。これぞ高次元科学と言いたい。

「だからさぁ、ミカンでもやってやろうと思ってさ。せっかく色付いてきたのを小鳥が全部駄目にしちゃうもんだから言ってやったよ。チュンチュンチュンチュチュ、チュチュチュンチュチュチュチュ、チュン、チュチューチュ、チュッチュチュチューッ、て」

言納はうしろへ引っ繰り返って悶えている。那川も言納の上に倒れ込んで笑った。

「今度はカラスよりも効果あった。効果テキメン僕イケメン」

誰も笑わなかった。

「で、どうなったのよ」

那川がぶっきらぼうに聞いた。

「一切寄り付かなくなっちゃった。オレさぁ、何だか悪いことしたみたいな気になっちゃったよ」

モッ君は焼酎の入ったグラスを口元で傾けた。

「そんときも2割までは食べていいぞーって言ったんだけど、言葉が違ってたのかもしれないなぁ」

本人は笑わすつもりはなかったようだが言納は笑った。確かに今の方が面白い。

「けどだよ、収穫してるときのことなんだけどぉ、色付いたみかんをひとつひとつもぎ取っていたらさ、握った瞬間にフニャッて潰れたのがあったんだな、これが。何事かと思ったよ、最初。そしたらだよ、きれーいに中身が無くなってて皮だけが残ってたんだよね」

「えー、それって鳥が中身を食べたの?」

「そう。グレープフルーツをスプーンですくって食べたみたいに見事に食べ尽くされてた」

「すっごーい」

「本当に?」

「そうだよ。鳥はさぁ、寄り付かなくなったんじゃなくて、みんなでひとつの実だけを食べてくれてた。オレさぁ、思わず空に向かって叫んじゃったよ。ありがとうなー、怒ってごめんなーって、鳥語で」

言納は胸に響くものがあり、大自然の営みにもっと目を向けるべきだと強く感じた。でないと土の気持ちも野菜の想いも鳥たちの考えも判らない。大自然の働きが何も判らない。

今日ここで新たな課題が見つかった。そして改めて思った。西野の母さんやモッ君と出会えて本当に幸せだと。

笑いすぎたためだろう、小腹がすいた。そこで言納は残っていた寿司を素手でつかんで口へ放り込んだ。すると、

『よく噛んで
よく神しめて　食物と
なりたるものの真の味こそ知りたれよ
よく噛んで
よく神しめて
ものの道理を味わえよ

味わいは　さまざまなりて
そしゃく急いで飲み込むは
真なる味を知らずして
ただただ通りすぐるものなり
よくよく噛んで　神しめて
自然の道理を味わえよ
宇宙の　理《ことわり》　味わえよ

人々よ
世の狂騒に踊らさるるな
我が理を胸に抱き
深き呼吸を心がけよ
食物は
大切に味わいてこそ　命なり
互いの意之血《いのち》　循環し合い
生かされ合いしものなりて
感謝の心　大きく持ちて手を合わせ

感謝の心　大きく持ちて噛み神て
感謝の心　大きく持ちて　聞け　大自然の声
我が　理《ことわり》を知ることぞ
自然の道理を知ることぞ
鳥たちでさえわきまえておる』

食物の味も大自然の道理もよくよく噛んで神しめて味わってこそはじめて真の味が判ってくるぞ、という教えだった。

以前そしゃくについて書いたが、やはりここでも出てきている。

『そしゃく急いで飲み込むは……』

ということは、早メシを芸とするなということですな。芸を伸ばしたければよく噛むこと。よく噛んで、真なる味を知ることとなり。

後ろから八行目の〝意之血〟というのは、大自然の、あるいは神々の意図・意思を血に受け継いだ者のことを指す。つまり、特に動物性の食物をいただく際には互いの命＝意之血が生かされるようにして意を循環させてほしい、ということなのだ。

これからはよく噛むよう心掛けます。

福岡へ向かう帰りのバスの中、健太のことを想っても心が乱れなくなっている自分がいることに言納は気付いた。

（由妃さん、福ちゃん、ハナちゃん、ありがとう。モッ君やお友達の皆さんもありがとう）

幸せな気分に浸りながら窓からぼんやり外を眺めていると、窓ガラスに文字が映し出されて景色とともに後方へと流れて行った。まるで流れる電光掲示板のようだ。

『御言納《みことの》よ
己れ持つ　光の種を芽吹かせて
咲かせる汝《な》が花　美しく
おひとりひとりが光の花よ

輝き満ちて　生きめやも

御言納よ
ひとつ花咲き　輝く笑顔
ふたつ花咲き　よろこび満ちて
みっつ花咲き　光の御代《みよ》は
広がりてゆく　御言納よ

いかなる道も　己れの地図に
自ら示した学びの道ぞ
歩み進めてゆくうちに
自ら輝く神人と
なりてゆくこと願いたし

御霊《みたま》　輝《かがや》かれませ
御霊　輝かれませ
御霊　輝かれませ
御霊　輝かれませ

……………』

すばらしいね。人は輝いてこそ、人なんだね。誰しもが、色々あるけどやっぱり人ってすばらしい。美しい。愛しい。

〝三次元　命〟
〝ぞっこん　三次元〟

最後に連続して出てきた『御霊　輝かれませ』は、自分にも、人にもどんどん唱えて下さい。お日にも月にもジャンジャン唱えましょう。

なぜならば、この『御霊　輝かれませ』こそは人の運気を上昇させる最強の言霊なのだ。

唱える人も投げかけられた人も運気が上がる。

かつて法然《ほうねん》様が広めた専修念仏の「南無阿弥陀仏」

親鸞《しんらん》様の報恩念仏である「南無阿弥陀仏」

実は元になる意味合いは全く違い、それは『数霊』に書いたような気がするので省略するが、この「南無阿弥陀仏」に取って代わる……いや、進化させた二十一世紀バージョンが、この『御霊　輝かれませ』なのだ。

『臨界点』三二五ページに、万生万物に祝福を申せという教えが出てくるが、どうかその教えと共に活用していただければ運気の上昇間違いなし。効果テキメン僕イケメンなのだ。

今度は笑えたでしょ。

バスが福岡の市街地に入ったころ、言納は鞄からケータイを取り出した。そしてメールを打ち始めた、健太に。

（別に返事なんて来なくったっていいの。返って来ないかもしれないから送るのも我慢するなんて、もうやめよ。私は送りたいから送る。ただそれだけでいいの……だって、今でも健太のこと、本気で愛してるんだから……）

その3　健太の出雲動乱

健太内部の出雲動乱は増々激しくなるばかり。エビスさんから祝いの鯛を授かったが、エビス天は事代主命。建御名方神は事代主によってつぶされているのに、なぜ建御名方神の呪を解く健太を事代主が祝うのだ。そのあたりが健太にはさっぱり理解できない。

にもかかわらず、建御名方神封印解除の日にちが指定された。

8月26日。

ナイル年表に出ていた、

2008年8月26日　日之本神宮奥の院開き

ズバリその日だ。

年表に、奥の院開闢は沖縄上空と出ていたが、言納によればそれは沖縄だけでなく、琵琶湖や富士山上空にもあるらしい。

ならば諏訪もそのひとつか。いや、諏訪が最も重要なのだ。なにしろその日、諏訪に例のピラミッド太陽神殿が建つのだから。

混乱の続く健太は西宮廣田神社と産土お諏訪さんでのメッセージにどのような思いが込められているのか、再度考えてみることにした。

『すすきの穂　携え参れよ　諏訪の地へ』は、とりあえずいいとして、『いよよ始むる和睦の神事』。ここが判らない。和睦の神事って何だ。

それに『支配の連鎖　次々に　重なり合うて　今やここ　からまり合うて　四本の柱　何をかの　とじこめ合うてきたのかと……』。

何かちょっとヤバい。つぶしつぶされ、奪い奪われ、支配したのち次は支配され、支配し返すためさらに力を得る方向へばかりエネルギーを使ってきたのか。

和睦の神事とは、そういった歴史に終止符を打てということなのかもしれない。

産土お諏訪さんでも同じで、『神々の　世界と人は言うなれど』から始まるそれも、結局は「力での支配」の陰に封じられてきたものを解放し、清めて欲しいと伝えてきている。

乱れているのだ、神々の世界でさえも。

そこで健太が諏訪の地の歴史を調べてみると、これが予想外に、というか、おどろ木ももの木サンショの木。建御名方神が諏訪に地に入ってきたことによって名を消された神々がいたのだ。

古いところでは洩矢《もれや》氏族が信仰してきたミシャグ

チ神。ミサクチ神とも呼ばれ、「御左口神」「御作霊神」などと書かれる。

おそらくは木や石に宿る自然神、または「山神」的な捉え方で大きな間違いはないと思う。ここでは〝ミシャグチ神〟に統一しておく。

このミシャグチ神は諏訪国有の神かと思いきや、長野県以外にも愛知、静岡、山梨、岐阜、三重にもこの神を祀る社が多数あることが判った。諏訪と多少性質が違ってはいるが。これは諏訪から広まったのであろうか。それともユーラシアから海を渡って日本に入って来た人々が持ち込み、それが各地に定着したのか。

おそらくは後者に起源が見られるであろうが、和睦の神事からは外れすぎるのでこれ以上探るのは止める。

ミシャグチ神といえばまずは洩矢氏である。「モリヤ」とも「モレヤ」とも読み、諏訪のお隣り、岡谷市の洩矢神社はまさに洩矢の氏神だ。やはり社の四隅には先の尖った御柱《おんばしら》が立つ。

それと、余談なのだがこの洩矢神社、鳥居をくぐり境内へ入ったら社のまわりはほぼ全面的にパターゴルフのコースになっていた。大丈夫か？

洩矢の名を受け継いでいるのが守矢氏で、諏訪大社の前宮と本宮のちょうど中間に守矢資料館がある。

入館すると、壁に並べられた二十を越える鹿の頭が目を引く。これはミシャグチ神信仰で最も重んじられてきた「御頭祭《おんとうさい》」の様子を再現したもので、かつては実際に七十五の鹿の頭や猪、鳥、魚を奉納していたのだという。

この祭、元はイスラエルにあり、すると〝ミシャグチ〟は〝ミ・イサク・チ〟という説もうなずける。〝ミ〟と〝チ〟は日本でも古来から神を表す言霊。〝イサク〟はもちろんイサクです。

資料館の建つ敷地内は手入れがいき届いており、

庭の奥にはミシャグチ神のための社が建っている。そして四本の御柱はここにも立てられていた。現在でもミシャグチ神を祀る守矢家の家紋は〝⊕〟だ。

さてさて、その守矢氏だが、実は物部守屋の末裔で、資料館裏の標高一六五〇メートルの山は守屋山。登山道入口には守屋神社もある。

時代を溯ること千数百年、洩矢の先人達は諏訪湖から流れ出る天滝川付近で建御名方神と力くらべをし、敗れたために服属することになったのだという。力くらべといったって腕相撲をしたり岩を持ち上げたりして競ったわけではなかろうから、ここにも和睦すべき要素はある。

中世以降には権力争いにより大社が南北に分裂した。資料によると、

「旧神主家（諏訪大社大祝《おおはふり》）は建御名方神の後裔と称し、神氏《みわ》（諏訪氏）を名乗って累代世襲してきたが、中世以降、上社は神氏、下社は金刺《かねさし》氏に分裂した」

（『日本の神社を知る「事典」』　菅田正昭著　日本文芸社より）

上社とは諏訪大社本宮と前宮、下社は春宮と秋宮のことだ。

前出資料の続き。

「この金刺氏は信濃国造の後裔ともいわれ、律令制が始まると大祝職と諏訪郡司に分かれた。その後、平安初期に諏訪郡司の金刺氏も独自に大祝を立てたことから、ここに下社が成立し、郡を南北に二分して祭政一致の神権政治を行った」

現在では上社の二社も下社の二社もすべては諏訪大社として同じ管轄下にあるが、かつては神職をめぐってもこのようなことがあった。

とはいってもこれだけではよく判んないでしょう。いいよ、別に理解しなくっても。

ただね、永きの時間を超越して、この和睦の神事

でみーんな恨みつらみを水に流してしまう。そのための神事であることさえ判ってもらえれば。

でさ、他にも机の上には資料が山積みになってんだけど、もういいよね、これぐらいで。さっきから感じてたんだけど、そろそろ退屈しはじめてない？

これらの歴史、詳しく記すと多分六〇ページぐらいになっちゃうし、資料に目を通すとどれもこれも真面目に、ちゃんと、きっちり、明確に、詳細に調べてあるのでもっと知りたい人はそちらを見て下さい。


調べを進めていくうちに身震いするようなことを健太は発見した。

諏訪にも七不思議があり、その中のひとつが「穂《ほ》屋野《やの》の三光」だ。

人々が〝諏訪祭り〟と呼ぶ「御射山祭《みしゃやまさい》」、これもミシャグチ神に関わる祭りなのだが、その日には太陽・月・星の三光が同時に見られた、と伝わっている。えーっ、それって太陽神殿ピラミッドの頂に輝く三光と同じじゃんか。

太陽神殿が諏訪に建つのは日之本神宮奥の院開きと同じ日の8月26日。建御名方神呪縛解放の日でもある。

なんと、諏訪祭り「御射山祭」も8月26日なのである。その日から三日間執り行われるのだ。

恐るべし、神はからい。


健太はなんとなく「和睦の神事」の意義が判りかけてきたが、それでもまだ納得できないこともある。

一番最初に出てきた『すすきの穂　携え参れよ　諏訪の地へ』だ。

どうしてすすきの穂が必要なのかと。

で、さらに調べていると、今度はちびりそうになるほどのことを見つけ出した。

長野県の松本市と千曲《ちくま》市に「須須岐《すすき》」の名が付い

た神社があった。名の由来は、古《いにしえ》に高句麗から海を渡り来た者たちの子孫が飛鳥時代に帰化した折、与えられた名前のひとつが「須須岐」だったのである。

神社は須須岐氏の先祖を祀ったか、先祖が信仰してきた神々を祀ってあったのだろう。

松本市里山辺にあるのが須々岐水《すすきがわ》神社。別名〝薄《すすき》の宮〟とも呼ばれ、近くを薄川《すすきがわ》が流れている。

千曲市屋代のそれも須須岐水神社だが、こちらは〝ススキミズ〟とそのまま読むようだ。

この二社のうち、健太は松本の須々岐水神社に注目してみた。諏訪大社の下社あたりからだと直線で二〇キロも離れてないからだ。

祭神は当然氏族の先祖や土地の神々……であった。薄川の神も祀って……あった、かつては。

それが鎌倉時代になると建御名方神の後裔を名乗る神氏の力が遠方にも及び、祭神を建御名方神と素《ス》盞嗚尊《サノヲノミコト》に変えてしまった。

「これだっ」

健太はやっと見つけた。心底納得できる答えを。須須岐氏に侘びるための〝すすきの穂〟だったのだ。

それにすすきの穂は神々が宿る依り代《よりしろ》でもある。

あっ、話は違うが「鈴木」の姓もこのあたりの話と全く関係ないわけではない。どうも「須須岐」が元になっているようだし、物部の氏族とも関連があるようだが、ストーリーとは関係なさそうなのでそれ以上調べるのは止めた。

けど、ひとつだけ話しておこう。

日本で最も多い名字の「鈴木」姓。言霊数にすると、ス＝13　ズ＝58　キ＝10　計81。我が国で最も多い姓が「81」であるとは、さすが光の国日之本だ。

和睦の神事、それは人々が仲睦まじく和して暮らせる国造りに向け、神界その他目に見えない世界を中和させるためのとてもとても尊い神事だったのだ。

もちろん個人個人の内面における和睦こそが実は一番大切なのだが、健太がそれについての指導を受けるのはもう少し先になってからである。

『数霊』（たま出版）の一二三ページ、

『……（略）……

人を生かすは天なれど
天動かすは人なるぞ
しかりと心の奥深く
とめておいて下されよ』

これぞ和睦の神事で神々が人に求めていることなのだ。あっ、思い出した。他にもあったぞ。えー、確か……あった。

『日之本開闢』の二七三ページ

『……（略）……

神が支え　神を支えの　神と人
支えに気付いて下されよ
支えになっても下されよ
火足《ひだ》りと水極《みぎ》りで　神と人
交いに支えておるのだぞ

思いがひとつに合わさりて
天地で祝うぞ　日之本開闢
銀河の弥栄　日之本開闢』

ってね。

そもそも「銀河」って、〝艮《うしとら》〟に向かって〝金〟色に流れる〝河〟でしょ。〝金〟色の〝艮〟に向かう〝河〟でもいいけど。それって日本列島のことじゃん。日之本は、世界の雛型であると同時に銀河の雛型でもあるのだ、すごいね。

『数霊』は二〇〇三年に、『日之本開闢』は二〇〇五年に発表してるから原稿を書いたのはもう少しずつ前。当時は今ほど実感できないまま書いたのだが、それも諏訪に向けてのことだったたって、やっと判った。

すごいぞ、健太。っていうか、すごいぞ、この本の著者アイテッ。

暇そうなジイが近くにいるのでちゃんとやりますけど、健太は〝すすきの大発見〟をするともう居ても立ってもおられず、雨の中を産土お諏訪さんへ向かった。

今夜も間もなく日付けが変わる時間だが、そんなことはこの際どうでもいい。

傘を首に挟んだまま健太はこれまでに判ったことを報告した。すると一火が現れ、社の脇へ来いという。

ここの社、正面は雨露を凌《しの》ぐ屋根が無い。なので雨がかからない社脇の屋根の下へ呼ばれたのだ。なかなかやさしい。

ドンッ。

無人の社の中で太鼓がひとつ鳴った。

（えっ？）

健太でなくとも普通は驚く。

『よくぞ気付いて下された
この日を待つこと幾星霜
永き永きのわだかまり
終止符打たれる喜びの
御恩をいかにて返すものかと
思いあぐねておりますが
いまひとつ
あともうひとつの願いをも
聞き入れてはもらえぬか

この御恩《ごおん》
忘れまいと魂《たま》に誓い
そなたを導き　守護いたす

日之本神宮奥の院
諏訪から開く　奥扉《おくとびら》

三千世界の梅の花
和睦の神事で一斉に
開きしことこそ日の民の
魂の開眼　めでたきぞ

すすきの穂
携え参る　諏訪の地で
いまかいまかとお待ち申す』

あっちゃー。建御名方神が直々に健太への恩を言葉にされた。といっても間に通訳が入っているが。ただ、いつも訳してくれる言納の守護者とは異なった訳し方のように思っていたら、今回の通訳は一火だった。


リンリンリンリン、シャンシャンシャンシャン。

二種類の鈴の音が聞こえ、それに合わせて建御名方神はお帰りになったが、入れ替わるように一火が現れた。


『忘れないうちに伝えておくぞ、メモしておけよ』

(持ってきてないもん、何も)

『じゃあ憶えるんだ。別に難しいことではない。まずな、御神酒は〝真澄〟だ』

(それってお酒の銘柄のこと?)

『そうだ。今回は指定された。これも訳あってのことだから忘れるなよ。それとなぁ、お前に頼みたい願いっていうのはな、神事の際に歌をうたって欲しいとのことだったぞ』

(歌?)

『バカだなぁ。お前が思い浮かべたような歌とは違うぞ。何で和睦の神事で〝異邦人〟とか〝イルカに乗った少年〟うたわないといけないんだ』

(それもそうだけど……あー、よかった。で、どんな歌?)

『和歌だ』

(はっ?)

『八雲立つ　出雲八重垣　妻ごみに　八重垣つくる　その八重垣を』

日本最古の和歌で、詠人は一応スサノヲ尊とされるあれだ。一火はそこにメロディをつけて健太に聞かせた。

言納のうたう

〝みーず　うるわし

みーず　うるわし

とうとしやー〟

に音調がよく似ていた。日本古来のメロディーなのかもしれない。それに、「和歌」も52になる。

ワ＝46　カ＝6　ね。

（どうしてその和歌をうたう必要があるんだろう）

『必要というよりも……思い出すからだそうだ。幼きころ育った土地を。そして母をも……川が流れていて……とにかく、建御名方神自身もよくうたっていたということだ』

これは驚き。それとちょっと感動。

三次元の肉体人間としては建御名方神やスサノヲ尊を神としての存在でしか捉えてないのだが、考えてみれば同じ人間として生まれてきているので幼き時代があっても何の不思議でもない。ニギハヤヒ尊だって〝よちよち歩き〟のころがあったであろうし、瀬織津姫だっておねしょを……まぁ、それはいいか。とにかくそうゆうことだ。

（ちょっとぉ、ちょっとちょっとぉ、その話もっと詳しく教えてよ）

『ああ、判った』

（あれ、やけに素直じゃん。いつもは何かと難癖《なんくせ》つけてくるくせに）

『難癖じゃないだろう。お前の執着を……いいや、今日は。とにかく、今回のことはお前が考えてるその何千倍、何万倍も重要なことだから少しでもプラスになる情報なら何でも与える……ように言われた』

建御名方神の指示とあっては一火も逆らえまい。そして知ってることはすべて健太に話した。

父、大国主命については何も語られなかったが、母は韓半島から渡って来ており、高句麗あたりの高貴な身分の女性であることなどを。

しかし素性を隠すためか、大国主命の妃の一人として見初められた後も秘かに山中深くに暮らしていたと。

そして、神話では大国主命に181人の子供がいて、一番優秀だったのは長男事代主命ということになっているが違う。建御名方神だ。

そもそも事代主命は大和から来ており、出雲とは無関係なことは先にも述べた。

（建御名方神が育った川って、何ていう名前の川か判るかなぁ？）

『川の名前か。ちょっと待ってろ』

（……）

『ニウって呼んでたらしい、当時は』

また〝丹生〟だ。

（えっ、建御名方神に聞いたの？　今）

『違う、カエデだ』

（それ、誰？）

『大山で会ってるのに、忘れたのか』

一火は、そのときのカエデの姿を健太の脳裏に送ると、眉間に白色の逆円錐君が映し出された。

（あー、彼か。そういえば一火の仲間だって言ってた、カエデっていうのか……あれ、何で彼に川の名前を聞いたわけ？）

『大山だからだ』

（…………）

『建御名方神はなぁ、大山の麓で育っ……あ、おい。ニウという名前は調べても残ってないらしいぞ』

後に健太が米子市や松江市の市役所に問い合わせ

てみたが、やはりそんな名の川や地名があった形跡はないということだった。

それもそのはず。この地域は過去に「水銀」や「辰砂《しんしゃ》」が採れたという記録はなく、なので〝ニウ〟の名はなくてもおかしくない。

ではなぜ建御名方神はその川をニウと呼んでいたのだろうか。それは最後まで判らないままであった。

『おい、どこを流れる川か、今の地名が判った』

カエデが伝えてきた地名とまわりの景色の様子から判断し、これではなかろうかという川が絞られた。

(オレ、汲みに行く。その川の水)

『……ちょっと待て……申し訳ないからそんなに気を使わなくってもいいそうだぞ』

(カエデさんがそう言ったの?)

『違う違う。建御名方神本人からだ』

(わざわざ聞いてくれたのか、一火が)

『そうじゃない。向こうから伝えてきた』

これもなかなか感動する。普段は「どこそこへ行け」「あれを持って来い」と、なかなか人使いが荒い、この世界は。

しかし建御名方神は健太に「申し訳ないから」と、こちらを気付かってくれたぞ。

(すごーい。全部聞こえてるんだ。っていうより思いが伝わってるってことか)

『まあな。6.8次元の存在ともなればそんなことは当り前だからな。あ、今のはカエデからだ』

出た。また68だ。
6.8次元というぐらいなので一応は6次元世界に存在しているのだろうが、7次元に近い状態なんだろう、建御名方神の本体は。
が、健太には思うことあってめずらしく強い主張を通した。

(今回はどうしても汲みに行きたいんだ。建御名方神が幼いころ過ごした川の水を)

すると再び感謝と喜びの想いが一火を通して健太に伝えられた。

家へ戻ったところで脳は興奮状態、眠れるわけなどない。それで健太は出雲時代の建御名方神について調べてみた。

御穂須須美。建御名方神の出雲時代はこの名前であった。

(ミホススミ、か。あっ、忘れてた。すすきの穂も採りに行かなきゃ)

そこで健太は、買ったばかりのスーパーマップル中国道路地図を広げた。中国道路地図ってったって〝你好《ニーハオ》〟の中国とちゃいますからね。

さてさて、どこで採ってこようか。大山はゆかりの地であっても、和睦のためとなると何か違うような気がする。するとやはり美保関か。

島根半島のページを広げて美保神社界隈を眺めていると、半島の反対側、つまり日本海側に「諏訪神社」の文字を発見した。美保関町雲津の諏訪神社だ。

美保湾側から日本海側へ抜ける山道があり、神社はその先にあるのだが県道181号線だ。

「これだ」

健太は確信した。

国道番号は少し丸味を帯びた逆三角形の中に数字で示してあるが、県道の場合はそれが六角形になる。六角形は大国主命を表すカタチでもあるからだ。

それにまだある。

大国主命＝オホクニヌシノミコトの言霊数は181になる。子供も181神いることになっているのは偶然か。

ついでなのでもう少し。

月読尊＝ツキヨミノミコトも言霊数は181だし、弥勒菩薩＝ミロクボサツも181だ。

この三神で日・月・星を表し、みーんな181なのだ。

もひとつついでに、謎の少彦名尊。スクナヒコナノミコトも181でちゅ。

でもって大山。ダイセン＝81で、光なのだ。

面白いでしょ。けどもうやめておく。

（よし、すすきの穂はここに決定）

健太は地図の諏訪神社に赤えんぴつで大きく丸印をつけた。

満足気に県道181号への入り口を確認していると、ドックーン。心臓が核爆発を起こしたような鼓動を打った。

（えっ、何、何……何だったんだよぉ、今のは……あーっ！）

健太は訳が判らないまま地図に目をこらしていると、またまたとんでもないことを発見してしまった。

心臓の核爆発は、地図から角膜を通して入ってくる情報に、健太の意識は気付かなかったが玉し霊は反応していたからだ。

（そうか。そうゆうことだったんだ。あー、そうだったんだー、やっと判ったぞ）

この瞬間、健太の出雲動乱は終結した。


美保関、美保神社、美保関灯台。それらの文字が地図に並ぶ中、美保神社から半島先端の灯台に向かう途中に「恵美須《エビス》社」があり、健太の出雲動乱を終わらせたのがこの「恵美須社」だ。

建御名方神の出雲時代の名は「御穂須須美《ミホススミ》」。

美保関、美保神社のミホは「御穂須須美」の〝ミホ〟からきている。

地図上には鳥取市方面に「三保」「三穂」「三尾」などの地名が見られるし、出雲よりずっと東に向かえば「三保松原」がある。

これらも元は「美穂＝美しき稲穂」を敬う表現で示した「御穂」だと思う。

言い換えればそれらの土地、みーんな御穂須須美の領土だったのであろう。そして御穂須須美は人々に恵みをもたらした。

で、恵美須社だ。

尾張から始まるこのたびの立て替え立て直しの天

地大神祭。終わりから始まるのだ。

　御穂須須美からの恵み。御穂須須美恵。

　これを終わりから読むと〝恵美須須穂御〟。

　恵美須さんの裏に隠されたもの、それが御穂須須美＝建御名方神だったのだ。

　なので、エビスさんは建御名方神だ。


　ということはだ、健太に鯛を授けたエビスさんとは事代主命ではなく御穂須須美建御名方神だったのだ。

　これで納得。大ナットクだ。

　建御名方神の呪を解く役というのは、鯛を授かったときからすでに決まっていたのだ。

　この年の正月、美保神社に金の鯛が納められたのは建御名方恵美須の名が表に出ることへのお祝い。そして健太は三次元でそれをやることへのお祝いで鯛を授かったのだ。

　めで鯛とはまさにこのことである。


　建御名方神は諏訪にて「南方《ミナカタ》刀《ト》美《ミ》神《ノカミ》」の名を持っていた。ただし、資料によっては、南方刀美は建御名方神が諏訪に入ってくる以前にその地を治めていた女王であるといったものもあり、必ずしも同一視されてはいない。

　が、健太は一般的な説に基づき建御名方神を、

「諏訪《スワ》大神《オオカミ》建御名方《タケミナカタ》刀《ト》美《ミ》尊《ノミコト》」

と名付け、心の中では秘かに、

「建御名方《タケミナカタ》恵美須《エビス》神《ノカミ》」

と呼んでいた。

　で、それはいいのだが、こうなってくるとまた新たな疑問が浮び、いつまでたってもキリがない。

　県道181号と六角形で大国主命が健太を日本海諏訪神社へ導いたとすると、正統国造り三神のうちの大国主命が建御名方神に入れ替わるんではなく、大国主命と建御名方神の二柱でオモテウラ、陽と陰で一対なのか。

ならば中心となるニギハヤヒ尊の位置には裏側にスサノヲ尊が。

当然少彦名《スクナヒコナ》尊《ノミコト》にも対《つい》になる神があるのだろうが、これについては少彦名尊自体誰なのかが判ってないので今は考えないでおく。

なにしろ少彦名尊＝建御名方神の可能性だって残っているのだから。

というのも、長崎の鎮西大社諏訪神社社内の蛭子《ヒルコ》神社は祭神が少彦名尊であることは先程述べたが、ヒルコ神こそがエビス神と同一視されている。もしこれをストレートに解釈すると、ヒルコ神＝エビス神＝建御名方神＝少彦名尊になる。

こいつは面白くなってきた。が、これでは短絡的すぎるので自らこの意見、却下する。

それに、奥の院開きについてや和睦の神事、太陽神殿建立などに際して今のところ少彦名尊の名前は出て来てないので今は深く触れる時期ではないのかもしれない。


時計に目をやると、もう2時41分。

健太は椅子に座ったまま大きく体を伸ばした。すると、おや？　窓の外に何かの意識を感じる。

健太の机は寿司屋のカウンターのような横に長い一枚板で、幅は二メートルを越す。もちろん寿司屋で使うような高級材ではないのですでにキズだらけだが。

で、カウンター中央部分の正面に南向きの小さな窓がある。窓の外には地上から屋根まで伸びる細い木材が十本ほど通してあり、内側から外を見ると監獄の鉄格子状態で、アサガオを育てるにはもってこいだ。

その格子の隙間から誰かの意識を感じたが、外は暗くて何も見えない。ＵＦＯや宇宙人ではなさそうだし、二階なので変質者でもない。

健太は窓に顔を近づけてみた。

（あれー、何だろう）

窓まであと約二〇センチ。

「わーっ」

あわてて身を引いた。そしたらその勢いでキャスター付きの椅子がバックし、うしろの壁に激突してしまった。が、そんなことはどうでもいい。なんとまあ、格子に身体を絡めた小さなヘビがこちらを覗いていたのだ。

健太は床を蹴って椅子を前方に滑らせ、あわててブラインドを降ろした。

(なんでやねん。間違いなくヘビだ。カマキリやトカゲなんかじゃなかったぞ……)

何度も反芻してみたがやっぱりヘビだ。

もう一度、恐る恐るブラインドを上げてみると目が合った。愛嬌ある顔をしていた。けど、二階だぞ、ここは。

「うっ……こんばんわ」

「二階から目薬」という諺《ことわざ》はあるが、「二階の窓からヘビ」なんて聞いたことがない。


健太は気持ちが落ち着いてから再度ブラインドを上げてみたら、もうそのときはいなかった。

「やっぱり本当に貰っちゃったのかなぁ」

一人健太はつぶやいた。

というのも、師の黒岩から頼まれて昨日奈良まで行ってきたのだが、帰りに寄った大神《おおみわ》神社と石上《いそのかみ》神宮での出来事をどう捉えていいのか判らずにいたからだ。


奈良での仕事を昼すぎには終えることができたので、健太は久しぶりに大神神社に寄ってみることにした。ニギハヤヒ尊に報告したいこともあるし、諏訪に建つ太陽神殿ピラミッドでは三ツ鳥居も出てきてたし。

拝殿で報告を済ませた後、どこかから拝殿奥の三ツ鳥居を見れないものかとウロウロしているところへ社務所から出てきた巫女が声をかけてきた。

「お待たせしました。どうぞ中へお入り下さい」

健太はあたりを見回したが誰もいない。

「さあ、始まりますからどうぞ」

(何か間違えてると思うよ)

そんなこと思いつつも巫女に促されるまま靴を脱ぎ、社務所から勤番所を抜け拝殿に行くと十名ほどの参拝客が座っていた。

「さあ、一番前へどうぞ」

「あ、あの……」

「始めますのでそちらにお座り下さい」

ドンドンドン、太鼓が響き、祝詞が始まった。それが終わると鈴を持った巫女が舞い、玉串の奉納までさせられたのだが、要は何かの手違いで正式参拝をしてしまったということだ。

とまどっていた健太もだんだんと〝まあいいか〟と思うように務めていたが、最後は全員に記念品が配られたため、さすがに黙っているわけにもいかなくなった。

他の参拝客が引き揚げるの待っていると今度は宮司がやって来て、

「この奥にありますからご覧になって下さい」

と、三ツ鳥居を見せてくれた。しかも「どうぞ、ごゆっくり」と言い残して社務所へ戻ってしまうではないか。

健太は目の前にある三ツ鳥居を通して見る太陽神殿を想像してみた。確かにぴったり三基のピラミッドが収まる。

(何でエジプトと大神神社が結びつくんだろう……

……)

『七重《ななえ》八重《やえ》
十重《とえ》に二十重《はたえ》　百千万《ももちよろず》
重なり合《お》うて　秘められし
音秘《おとひ》めの戸よ　堅固《けんこ》なり
さてもさて
ようよう開門さるるかの
いにしえの

古き教えをひもといて
明《あく》る世に
放て今こそ　言霊のゝ⃝』

『明くる世に』は〃開くる世に〃も兼ねている。

　さあてと、これはですね、幾重にも幾重にも重ねられてきた真実を隠すための悪事《まがごと》が、いよいよ開かれるときがきたようだ、ということで、ここまではいいです。

『いにしえの　古き教えをひもといて』なんて、国内のことだけじゃなさそうだもん。もう逃げられないんだろうか、中東から。

　最後の〃ゝ⃝〃は〃スワ〃と読む。

〃ゝ〃は神を表すものでもあり、数霊で言えば81。発音は「須」だ。

〃◯〃は輪なので「ワ」。

〃ゝ⃝〃＝「須ワ」＝「諏訪」で、諏訪が開くことで何十層にも重なった世界の真実の呪が解けるのであろう。

　大あわてで阻止する連中もいるだろうけど知ーらない、っと。

『言霊のゝ⃝』は健太が授かっている。

　健太が三ツ鳥居に向かい礼をすると、

『若宮にもお寄り下さい』


と言う。

（若宮ってどこだっけ）

　社務所で聞いてみるとすぐに判った。

　久延彦《くえひこ》神社正面の階段を降りると正面にわらび餅のおいしい店があり、その帰りに通る道の途中に大きな社があった。いつも素通りしてたのでそれが若宮社とは気付かなかった。

　一見するとお寺に見える社は重要文化財に指定されており、正式には大神神社摂社　大直禰子《おおたたねこ》神社。

なので祭神はオオタタネコ。はじめてその名を耳にしたとき、てっきり〝太田種子〟かと思ったが違った。ニギハヤヒ尊直系の子孫で、三輪山にニギハヤヒ尊を祀った禰宜《ねぎ》さんだ。女性じゃないですぞ。

境内へ入って行くと庭師たちが地べタに腰をおろし休んでいた。

健太が社正面に立つと、

『真なる歴史をひもといて
　真古事記を世に現せ』

古事記、日本書紀、その他の風土記それぞれは、勝者に都合よく書かれた歴史であることは誰もが知ることだが、こちらの御祭神様、特に古事記の記述がはなはだ面白からぬようであった。

なので健太に「真古事記」を世に出せと伝えてきたのであろう。

そのために、随所に残された真実を知るためのヒントを知らしめるとのことだったが、「美保」と「恵美須」から導き出した「エビス神＝建御名方神」はまさに大直禰子からのインスピレーションによるものなのだ。

『諏訪にお持ちになるがよい
　石上《いそのかみ》にてお渡しいたす』

諏訪へ持って行くための何かを石上神宮にて渡すから、そちらに行けというのだ。何が渡されるのだろう。

それに、石上へ行ったら次はあっち、その次はこっち。で、最後に『残念でしたー』なんて言われた日にゃあああ、く、苦しい、ごめんなさい。はーっ。ちょっと息抜きしただけなのに、ジイめが。

石上神宮は早く行かないと本殿へ入るための楼門が閉まる。

なので駐車場から小走りに境内へ入って行こうとすると、一火が制止した。正面鳥居をくぐれという。

遠まわりになるが仕方ない。健太が正面鳥居までぐるっと回り込んだら鳥居の真下に大きな白蛇がいた。やや黄緑がかった美しい色白ボディで、長さは一メートルと少々といったところか。

それが鳥居と並行になって居座っているもんだから通れやしない。

〝早くどいてくれ〟と念じる健太の頭を一火が小突いた。

(何すんだよ)

『挨拶』

(ああ、そっか)

それで健太は白蛇に向かって名前と目的を告げた。すると白蛇はスルスルスルと動き出し、山の中へと消えて行った。

有名な空飛ぶ鶏《にわとり》君たちを横目に見ながら楼門をくぐると手入れの行き届い拝殿前は誰もいなかった。参拝客も神社グッズ販売所にも。なので貸し切りだ。

こちらの御祭神は、

布都御魂大神(フツノミタマオホカミ)

布都斯魂大神(フツシミタマオホカミ)

布留御魂大神(フルノミタマオホカミ)

の三柱である。

聞き慣れない名前なのでどんな神かと思ってらっしゃるでしょうが、何のことはない。

順に、スサノヲの父、スサノヲ、ニギハヤヒの親子三代である。思うに、最も出雲の匂いのする神社のひとつではなかろうか。

国宝だけあってここの拝殿は大神神社のそれより清々しい。

健太はやや緊張しつつ礼をすると、頭上で何かが動いた。が、頭を上げようにも上がらない。

『そのままでいろ』

一火だ。

健太の頭上で動いたものは御幣《ごへい》で、何としたことか石上神社に鎮座ましますご自身の手により祓っていただいたのだ。

なのでサワサワサワという音がしたわけだ。

その直後、瞬間的だが〝シュン〟と、金属らしきものが空を切る音がしたが、後に一火が伝えるにはその音、あの国宝七支刀が振りおろされ、剣に秘められた霊力が健太に注がれたのだという。

建御名方神の呪縛解放は出雲の神々にとって一千数百年来の願いなのだから。

お祓いが終わると、天女が持つ羽衣《はごろも》のような布が出てきた。が、「授ける」とも「受け取れ」とも言われない。

(えっ、どうしたらいいんだろう……)

健太は迷ったが、美保神社の鯛のときのように両手を差し出しもらってしまった。

思っていたほどやわらかな生地ではなく、手触りは質の良い麻布のように感じられた。

そしてその時、健太は微かに濃灰色の大蛇の姿を虚空に見た。

『大玉大龍王様《だいぎょくだいりゅうおうさま》だ』

一火が小さな声でささやいた。

大玉大龍王は日之本龍神界の長《おさ》の一柱で、働きをされる際には諏訪大社の前宮も拠点のひとつにされる。

諏訪湖の御神渡《おみわたり》もこの龍神さんの働きによる場合もある。

ただ、どうゆうわけなのだろうか、龍の姿ではなく大蛇として時々姿を現されるのだ。

建御名方神を出すため神界・龍神界・天狗界、あらゆる神々が動き出し始めたぞ。

そして健太だが、次に行く場所が指定されることもなく、これで大和参拝は終わった。

(一体何を渡されたのだろう。あの布に何か呪文のようなものが書かれてるのだろうか……）

健太は帰りの道すがら考え続けているうちにある言葉がフッと浮かんだ。

〝蛇比礼《へびのひれ》〟

十種神宝《とくさのかんだから》のうちのひとつだ。実は〝ヘビ〟とは読まず〝ヘミ〟と言う。ヘミノヒレだ。居酒屋で注文するエイヒレと同じに考えてはいけない。

〝ヘミノヒレ〟はまたの名を〝オロチノヒレ〟とも呼ぶのだが、ここでは一般的な〝ヘミノヒレ〟にしておこう。

……やっぱりやめた。〝オロチノヒレ〟の方がしっくりくるからそちらにしよう。

いま気付いたんだけど、
ヘ＝29、ミ＝35　で合計64。

オ＝2、ロ＝42　チ＝20　で64。

だからどっちでもいいや。好きな方で呼んで下さい。

十種神宝にも三種神器と同じように「鏡」「剣」「玉」があり、三種神器には唯一無いものが「比礼」である。

「蛇比礼《オロチノヒレ》」「蜂比礼《ハチノヒレ》」そして「品々物比礼《クサグサノヒレ》」だ。

最後のは〝クサグサノヒレ〟と読む場合と〝クサグサノモノノヒレ〟とする場合があるが、まあ日常生活にはおよそ関係ないからマーカーでラインなど引かなくてよろしい。

で、十種神宝の中で八番目の神宝が蛇比礼なのだが、これら「比礼」はもともと女性のショールのようなものであり、健太はその象徴として布を渡されたのであろう。

あとは指で印を結び、それらの力を表に出す。印は生田から教わっていたため知っていた。

十種神宝第八番、蛇比礼が諏訪で必要なのは理解できた。

しかし健太は、本当にそれを自分がやるのか、これを誰かに手渡すために一旦預かっただけなのではないか、と悩んでいたのだ。

そこへ小へビ君だ。

「やっぱり本当に貰っちゃったのかなぁ」

と健太はつぶやいたわけだ。

『そうだよ。お前がいつまでも判らずいるから白玄が来てくれた』

（えっ、一火か……知らないよ、白玄なんて人は）

『可愛かっただろ、窓からニッコリと』

（……えー、小へビ君のこと？　白玄って、立派な名前だなあ。なんかお坊さんみたい）

『やがて白龍となり日之本を守護する尊いミタマだ。行を積んでるんだぞ、あの幼さで』

またまたすごい世界に触れた。

『カエデに教わった言霊を憶えてるだろ』

（トホ——　カミ——　ヱ井——　タメ——のことでしょ）

『そうだ。その言霊で十種神宝の封印が解かれ、神宝の力はそれではじめて発揮される。いいか、印を組もうが比礼を振ろうがその言霊がなければ神宝は発動しない。それが二重三重にかけられた〝呪〟というものだ』

（う、うん）

『それでお前は蛇比礼により四本の柱に封じられている建御名方神の幸魂《さきみたま》と奇魂《くしみたま》を解放するんだ』

（蛇比礼って地面を這う虫とかを祓うためのものでしょ）

『その働きもある。だけどなぁ、本当の力は、災いもたらす霊を浄化したり魔を祓う。だから地中に封じられた建御名方神を解放する力になるのさ』

（できるのかなぁ、そんなことが。オレ、行者じゃないしなぁ）

『この期《ご》に及んでまだ泣き事言うか、情けない』

一火は怒鳴りつけてやりたい気持ちをグッと押

え、子供をあやすような口調で続けた。ここでまた健太が拗《す》ねると面倒だからだ。

しかしちょっと小バカにしていた。

『あのですね、以前からお伝えしてることなんですが、この度《たび》のご神事ですね、日之本だけにとどまらず、全人類の行く末を左右するほどのことですからね。しっかりして下さいよ』

(んー、けどー……)

『いい加減にしろよな』

一火がキレた。

『アスワンだけじゃないんだぞ、集う神々は。スイスからもノルウェーやフィンランドからも来るし、ケルトの神々だってやって来る。中央アジアの神々や中南米からだって……それに……イスラエルからもだ。イスラエルから来る神々はな、日の民に望みを托すために来る』

(望みって?)

『お前の今の仕事とは関係ない。やがて判る。フーッ』

一火が大きく肩の力を抜いた。

『いよいよ始まるんだな。そう思うと緊張するな』

(始まるって、天地大神祭のこと?)

『それはもう始まってるだろ』

(じゃあ何が始まるのさ)

『〝光の遷都〟だ』

(はぁっ……お風呂?)

『そうそう、光のお風呂。なんでやねん。それは銭湯やろが』

(一火、ボケツッコミ上手いね。爆笑問題の田中なんて芸人のくせしてできないんだぜ、それが)

『そうか、そんなに上手いか。才能あるかもな、お笑いの』

駄目だ、この二人。緊張のあまり壊れた。

なので代わりに説明する。

地球上空には異次元への出入り口となるポータル

が数多く存在しており、その最大のものがイスラエルからエジプトにかけての上空にある。

また、地底シャンバラへの入口も多数確認されている。以前はネパールやチベットからの入口がよく話題にあがっていたが、近年は南極や北極のそれが注目を集めるようになった。

国内にもそれはあり、法隆寺の隅っこの方とか京都の太秦だとかに。

それで〝光の遷都〟だが、上空のポータルの首都がイスラエル・エジプト上空から日之本上空へと移されることをいう。

つまり異次元への出入り口の首都が移転するのだ。

日之本上空の広い範囲にそれが現れるのか、それとも小さなポータルが日本各地の上空に現れるのかは判らないが、重要なポイントのひとつは諏訪にできる。太陽神殿ピラミッドの真上だ。

日本のヘソ諏訪湖は、異次元から見た地球のヘソになるのだ。

ヘソは41。41は中心。

中心である諏訪が開くことで「七重　八重　十重に二十重　百千万」に世界が開いてゆく。開くということは、封じられてきた真の歴史が表に出るということ。

それが8月26日、和睦の神事をきっかけに動き出すというのだ。

さーて、本当にえらいことになってきてしまった。

そして〝光の遷都〟の鍵となるのが出雲の神々、スサノヲ尊、ニギハヤヒ尊、そして諏訪大神建御名方刀美尊なのである。

八雲立つ
出雲八重垣　妻ごみに
八重垣つくる　その八重垣を

その4　弁財天瀬織津如意輪真井の御心

勇人がいよいよ旅立つことになった。結婚式が済んだら小雪と訪れる予定だったイスラエルへ。

勇人にとってこの旅はひとつの区切りだ。失ったものは計り知れないほど大きかったが、むすび家でミキや言納と触れ合ううちに次第と心は癒され、新たな人生を歩む勇気が湧いてきたのだ。いいぞ、勇人。

旅立つ前にどうしても会っておきたい人が西宮にいる。そこで勇人はついでに言納を西宮の神呪寺と廣田神社へ連れて行くことにした。

レンタカーで夜通し走り、西宮に着くころはもうすっかり夜が明けていた。待ち合わせ場所は神呪寺の境台。

近くのファミリーレストランで朝食を取り、約束の時間よりも早目にその場所へ行くとすでに小夏は待っていた。

「よー、勇人。久しぶりやね」

「もう来てたの。ああ、紹介するよ。安岡言納さん。一緒に働いていたんだ」

勇人が言納を小夏に紹介した。

「こっちはナッちゃん。小雪の姉貴《あねき》」

「小夏です。勇人が女の子連れてくるって言うからてっきり新しい彼女かと思ったわ」

そう言って小夏は言納に握手を求めた。

事故死した勇人のフィアンセ小雪は、小夏の実の妹だったのだ。サバサバして我が道を迷いなく歩んでいるように見える小夏も、結婚式を控えた妹を突然亡くすという苦しみを乗り越え精一杯つっぱって生きてきたのだ。

小雪が生まれた朝は雪のちらつく凍える朝だった。それで父は小雪と名付けたのだが、前の晩に勇人と三人で小雪の誕生日を祝ったばかりの翌朝の悲劇もまた、小雪がちらつく中での出来事だった。

なので小夏と勇人にとって雪の朝は辛い。


「勇人。あんたが小雪のこと想ってくれるのは嬉しいけど、そろそろ引きずるの止めなさい。もう充分よ。小雪もそう思っているわ、きっと」

「うん」

勇人はただひと言そう返事したのち、少し間をおいてから、

「それよりさあ、せっかく言納ちゃんも来てるんだから」

と本堂へ向かった。

言納はどうしていいのか判らず小夏の様子を伺うと、

「相変わらず頑固ね。一緒に仕事するの大変だったでしょう」

と、言納の腕を引き勇人を追った。


驚きだった。とにかく何もかもが驚きで、言納は小夏との縁がただならぬものであると感じずにはいられなかった。

本堂前に立つ言納たちを迎えたのは如意輪真井本人だったのだ。

『如一《にょいち》と如円《にょえん》が揃ってお出ましとは
大変うれしゅうございます』

真井御前改め如意尼は小夏と言納のことをそれぞれ「如一」「如円」と呼んだ。

「小夏さん、如一と如円って誰ですか」

「知らない。誰なのそれ」

知らずとも無理はない。

これは後ほど言納たちが住職から貸りた資料を調べてみて初めて知ったことなのだが、空海に仕わされ宮中から真井御前を連れ出したのが如一と如円だったのだ。

一般的に如一と如円は和気清麿呂《わけのきよまろ》の孫娘であると伝えられている。

和気清麿呂は、僧侶の道鏡が野望を立て皇位を狙っていたのを阻止し、国家の危機を救ったとされる人物である。

だが如一と如円との間柄についてはどうやら一般説の信憑性は乏しく、如一は清麿呂の姪であるとか、如円が空海の姪といった説もある。が、どうも如一・如円二人ともが空海と何らか血の繋がりがありそうだ。


さて、如意尼が伝えてきたところによると、和魂《にぎみたま》は愛しの空海と共にあるが本体はすでにこの地を離れ、普段は須弥山《しゅみせん》もしくは霊鷲山《りょうじゅせん》にいるのだが、今日は如一・如円が揃って訪ねてくれたので嬉しさのあまり降りてきたのだという。

如意尼は小夏を如一、言納を如円と呼んだが、彼女らの過去世がそのまま如一・如円だったわけではない。今の二人に何%か何十%か、如一・如円の想念が混じっているのだ。

特に如意尼は如円である言納に当時の想いを伝えてきた。毎日毎日あなたが作ってくれる食事がとても楽しみだったと。

山を駆けるのが得意だった如一が採ってきた薬草を、如円は上手に調理していたようだ。

だから今、「食」への道へ進んでいるのだろう。エジプトでもピラミッド内部王の間にて「食」を学べと過去の自分に導かれていたし。

そして如意尼によると、言納は薬師如来から〝宝箱〟を授かっているが、まだそれが開かれてないという。

どうしたら開くことができるかと言納は聞いたが、「食の道」を求め、自ら歩んだ分だけ開けられると教わった。実践の中で模索してみろ、ということだ。

が、このとき言納の心の中に後悔の念が湧き上がった。

というのも、如円は薬膳料理のプロであったにもかかわらず自分はというと、昨晩福岡を発ってからだけでもコンビニ、ファーストフード店、ファミリーレストランで安易なものばかりを口にしていたからである。

状況が状況なので止むを得ないのだが、身体に悪いと知りつつジャンクフードばかりを立て続けに口にした。

そこへ如意尼からの教えが降りた。先ほどと違い厳しい口調だ。

『食物を
あれは駄目　これも駄目と振り分けて
身体に悪《あ》しきと食することこそ大罪なり
望む食事にあらずとも
飢饉《ききん》に喘《あえ》ぐ人々の
腹のすき具合を思いなさい
たとえ望まぬ食事でも
喜び愛《め》でて食すなら
身の血となり肉となり
あなたを生かす神ぢから
はき違えをせぬように

身体に悪しきは食材にあらず
人にあり
食するあなたの感謝こそ
波立《はりつ》に響《ひび》かす力なり』

如意尼は言納の食事の内容を叱ったのではない。食べるときの想いについてが問題だったのだ。

玄米菜食や無添加無農薬にこだわりだすと、そうでない食事や食材をついつい見下したり敵対視してしまうことがある。

そして、それらを止むを得ず食べねばならないときは「ああ、こんなもの食べると体に悪い、病気のもとになる。嫌だなあ」と思いつつ口に入れる。

如意尼はそんな想いこそが大罪だと叱ったのだ。なるほど。農薬まみれであっても食材には罪がない。遺伝子組み換え食品も人間側の勝手な横暴だ。なのでむすび家のお母西野《かん》はそこにこだわらない。農薬野菜であっても生命力を復活させてから調理するため何ら問題はないのだ。

食材はまともな人間に育てられたものの方がいいに決まってはいるが、その食材でなくともマイナスに考えてはいけないということ。

それに、たとえジャンクフードであっても、それさえ口にすることができない人々が地球上には何億人もいることを忘れてはいけない。

ジャンクフードばかり食していては問題だが、それしかないときは喜んでいただく。それが人としての礼儀なり。

“神の手”を持つ脳外科医の福島先生なんて、手術後嬉しそうに「どん兵衛」食べてたもん。

なぜジャンクフードであっても嬉んでいただくか。その鍵が最後の二行に込められている。

『食するあなたの感謝こそ
　波立に響かす力なり』

「こんなもの食べると体に悪い、病気になる」といった、食材に大変失礼な想いでそれを食べればやはり体に悪いであろう。

それを、「わー、嬉しい。食べられない人々が世界にいるというのに、私はこれを食べることができる。嬉しーい。ありがとうございまーす」でいただくと、波立に響くのですぞ。

「波動」という言葉はすでに市民権を得たため誰もが使うようになってきているが、実は波動がモノの根元ではない。

波動を出すその元がある。それが「波立《はりつ》」である。

たとえ悪しきエネルギーを放出し、人の身体に負担多き食事でも、感謝の念をそこに発信すればそれが波立に影響し、発せられる波動、つまりエネルギーの質を変えてしまうことができるのだ。人の念が物質の基本周波数に変化を起こさせる、とでも言うべきなのか。

「食」についてを学ぶ言納だからこそ降りた厳しい教えであった。


その後はやわらかき如意尼に戻り、言納を慈しむようにに接してきた。

そして。

目を閉じ両の手を合わせる言納の胸元に、空海から受け取ったものを今度は言納に托した。

(あら、何かしら……巻き物みたいだけど……何だろう……)

『八経趣《はっきょうしゅ》と申します
あなたに受け取っていただきたく
待っておりました』

この巻き物こそ男空海が女如意尼を救ったあの巻き物である。

当時如意尼は空海を愛する気持ちを押さえることができない自分を恥じ、仏の道に仕える身でありながら肉体関係を持ってしまったことに強い罪悪を感じて苦しんでいた。このような自分は仏に仕える資格はない。道を外してしまったのだと。

ところが空海は、そんな如意尼をそっと包みこう言ったのだ。

「もう苦しまずともよい。あなたは御仏の心から外れたことなど一度たりともないのですよ」

そして如意尼にこの八経趣を記した巻き物を手渡したのだ。

ガシャ。言納の脳がある記憶を自らひっぱり出し、本人に意識させた。

（そっかー、唯一判らなかった〝8〟って、このことだったんだ）

洞爺湖の弁天堂で受け取った

『143・308・92・92・518・22・8』

のすべてが、ようやく判明した。

そう言えば健太が授かった蛇比礼も十種神宝の八番目の秘法だし、建御名方神封印解除のきっかけともなった美保神社、あそこで鯛を授かってからこんなんなっちゃったのだが出雲国神仏霊場第八番である。

（八経趣……どんなことが書いてあるのですか、この八経趣って）

言納は、相手を如意輪観音として認識すべきなのか、かつてお世話をさせてもらった如意尼として接していいのか判断できぬまま尋ねてみた。

『人は人を　愛し愛されることを
求め続けます
人の最高の喜びは
愛する人と　愛し合うこと

男女の交わりは
不浄なことではありません
性の営みこそが
肉体を持つ人々に与えられた
神仏からの賜《たまもの》

大安心と大歓喜
そして大調和を生むその行為こそ
愛を確認するための
そして神仏の存在に触れるための
尊き手段

慈しみ　敬まい
大切にして下さい

大調和
それは時空が愛によって
完全に一致した世界
愛し合う者同士の性の営みこそが
人を大調和の世界へ誘《いざな》います

男性は〝益荒男振り《ますらおぶ》〟を
女性は〝手弱女振り《たおやめぶ》〟を
忘れぬよう心がけ
尊び合ってください』

空海が如意尼を救った「八経趣」にはこのようなことが書かれていたんだ。驚きなんだけどすばらしい。さすが空海様。

誰が封印したんだ、この教え。まあ時代背景というものもあったであろうけど、現代こそこの教えは必要なので関係者諸氏、早急に出していただきたい。

そもそもですぞ、空海の教えは歪められすぎてやしないか。あまりにも真理を説いているため、広まると都合が悪い連中が今でも封じているとしか思えない。庶民・国民が覚醒すると自分たちの権威が失われるとか、儲けが減って困るとか。

ならばひとつ、感動の教えを披露しよう。

ただ、こんなこと書くと高野山からは出入り禁止を食らうだろうし、代々世話になっている久岑寺《きゅうしんじ》のおっさまも激怒するかもしれない。

けどいいや、書いちゃえ書いちゃえ。

大成功した1999年7の月や、ビックビジネスとなった2012年のマヤ暦とフォトンベルトに次ぐ〝スピリチュアルな奴らをその気にさせてジャンジャン儲けちゃえ作戦第三弾〟もどこかで口走ってしまうだろうから、そうなればもっといじめられるので。

それでは「空海　感動の教え」のはじまりはじまりー。パチパチパチー。

山にはなぜ動物の死骸が残らないかと疑問に思ったことはないだろうか。

鹿、熊、猪に猿、兎、狸。山には現代でも様々な動物たちが暮らしており、動物たちも例外なくいつかは死ぬ。

なので山には動物たちの死骸がもっとあってもよさそうなのにそれがない。内臓や筋肉はともかく、骨や毛皮ぐらいは残っていてもおかしくないのにほとんど何も残らない。

なぜか。

溶けてしまうからだ。

もちろん微生物の力により溶けるのだが、大型の鹿なんかでも一ヶ月から二ヶ月できれいに消える。骨も。毛皮もだ。

何が言いたいかというと、空海はお墓を建てることを禁止している。

神と仏で〝神仏《しんぶつ》〟。当り前だね。人も心と肉体＝物で〝心物《しんぶつ》〟。心や玉し霊は残るが、物である肉体は残してはいけないのだ。物がいつかは壊れなくなるように。

ではどうするかというと、大自然に返すのだがその方法がすばらしい。

空海曰く。

人が死んだら、肉体は山の上へ運ぶ。そして斜面に穴を掘るのだが、深くしてはいけない。残ってしまうからだ。なので半身が埋まるほどのおよそ10センチ～20センチ程度の深さに掘る。

そこに人の身体を横たわせ、地上にはみ出している部分には軽く土を被《かぶ》せておくのだ。

すると、雨や風、日でりといった大自然の気象と微生物君たちが数ヶ月できれいに溶かしてくれる。髪も骨も爪も歯も、ぜーんぶ土に返してくれるんですぞ。

土に染み込んだ人体の養分は雨と共に山里へ流れ、それが畑の肥やしになる。子孫たちが生きていくために大切な畑や田んぼを肥やしてくれるのだ。

祖父母や両親ら、先に死んで行く者はその身を我が子孫のため、農作物の肥やしになってこの世を去って行く。

そんな先祖の想いに感謝して子孫は畑を耕し田に苗を植える。

先祖さんのお陰で大根が育ち、稲は実をつけるので子孫たちは畑仕事をしながらお経を唱えたという。

先祖を敬い、感謝を込めて般若心経を口にしつつ畑を耕し種を蒔く。水田で腰をかがめて苗を植えながらお経を唱える。

これぞ二十一世紀に必要な循環型社会ではないか。耕すことが供養だったとは。それで「田が安まる」なんて。

子孫もお墓を建てるのに借金をしなくていいし、三百万円の墓石を買わないと〝あんた、死ぬわよ〟と言われることもない。

ただし、神々に依《よ》り代《しろ》というものが必要なように、先祖としても依《よ》り処《どころ》はあった方がいいとも思うが。

とにかく、空海は循環社会の必要性を当時から判っており、教えも残しているはずだ。

超カッコイイ。真井御前が命を懸けてまで惚れ抜いたはずだ。


ところが、その空海本人が肉体を残してしまったことについては最大の失敗だったかもしれない。

自らの意志でそうしたのか、弟子たちの手によるのかは判らないが、高野山の奥の院には今も空海の肉体があるようなのだ。

奥の院の地下が洞窟になっていて、そこを霊窟と呼んでいるが、空海の生身が安置されているという。

霊窟近くの燈籠堂には日に二回、空海のため一汁四菜かの食事が供えられている。空海さんはそれを望んでおられるのだろうかとも思ってしまうが、たとえ肉体が残っていたとしても空海さんだからいいか。

それとも日之本神宮奥の院開きと共に高野山の奥の院も開くことになるのかも。

それはまあいいとして、天地大神祭＝171の国道は空海さんの東寺が起点だし、その交差点は国道1号と交わっている。

171＋1＝172。大調和じゃん。以前にも出たな、この数字。それに如意尼の教えにもあった。

〝大調和とは、時空が愛によって完全に一致した世界〟であると。

そして愛し合う者同士が交わることこそが人を大調和の世界へ誘うのだと。

大安心と大歓喜、そして大調和のために神仏から贈られた聖なる行為。不浄とする者の心こそが不浄なり、なのだ。

如意尼の教えの最後に出てきた「益荒男振り《ますらおぶ》」と「手弱女振り《たおやめぶ》」だが、聞き慣れない言葉なので説明すると、ってゆうか、辞書にはこのように書いてあった。だって初めて聞いたんだもん、こんな言葉。「益荒男」とは、強く勇ましい男子のことで、「手弱女」は、たおやかな女、しなやかな女をいう。広辞苑にはそう書いてある。

これは決して男尊女卑ではないので誤解のないように。

＊

神呪寺を後にした言納たちはそのまま廣田神社へと向かった。小夏はつい二週間前に健太とここを訪れ、そして今日は言納と共にやってきた。不思議な縁だ。

が、かつての如一と如円はすっかり意気投合し、まるで仲のよい姉妹のようだ。

「ほら、感じるだろ、エジプトとかイスラエルの気を」

勇人が振り返って言納に言った。

「うっわー、ここって何かすごい剣があるでしょう。あれっ、杖かもしれない」

たしかに廣田神社には神功皇后に縁のある「剣珠」というものがある。水晶の中に美しい剣が現れたように見えるそれは、如意宝珠の第一号とされている。

「うーん、それのことかどうかは判んないけど、ものすごく巨大な力が動き出してるみたい」

それはそうだろう。〝光の遷都〟を日之本上空に完成させるための司令部のひとつなのだから。


『ディアスポラー』

言納が本殿の前に立つといきなりそう聞こえた。

「ディアスポラーって何？」


言納が勇人に尋ねた。

「ユダヤ人の離散のこと。言い換えれば、離散したユダヤ人を指すかな。それがどうかしたの？」

「ううん、何でもない」

再び社に体を向けると、

『時が来た
カナンの地へまいれ』

ときた。カナンの地とはイスラエルやパレスチナのことだ
（えー、エジプトの次はイスラエル。そんなの無理よー）
そうだそうだ。三次元社会には時間的にも経済的にもそれなりの制約というものがあるんだから。
しかし、言納の想いなど意に介さないのか、さらに続いた。

『二本の御杖《みつえ》を
　一本に束ねよ』
（さっき感じた杖のことかしら……けど、それをどうしろって？　それに杖は一本しか感じなかったし……）
実際これは何を意味し、それをどうすればいいのか何も判らないため、言納がそれについて動き出すのはずっとずっと先のことである。
が、この『二本の御杖を　一本に束ねよ』というのがイスラエルから来る神々が日の民に望むことで、一火が健太に内容を明かさなかったのは、言納が受けることになっていたからなのだ。
本殿から右手側には諏訪健御名方富大神《すわたけみなかたとみおおかみ》が祀られた脇殿がある。健太が『すすきの穂……』を受けたのがここだ。

何かを感じるのか、言納はその前に立ち止まったまま動かない。

「どうしたのよ、急に神妙な顔しちゃって」

小夏が言納の様子を気にした。

「ごめん……ただ、どうしてるのかなって思って」

「誰が」

「健太……あっ、彼氏の名前」

小夏はますます言納に親密感を持ちこう告げた。

「私の彼の名前も健太よ。名古屋にいるんだけど」

「えっ、名古屋なんですか」

「そうよ、ちょっと待ってて」

名古屋にも持って行った大きな麻布バッグから小夏はケータイを取り出し、画面に写真を出した。

「ほら、これ。名古屋へ泊りに行ったときに撮ったの」

小夏が画面を言納に向けた。

（あー、健太……）

そこにはオアシス21の前で頬をくっつけ合って笑

う小夏と健太が写っていた。

「二週間前だったかな、ここへも一緒に来たのよ」

しかし言納は絶句したままだ。

勇人はむすび家で言納から何度も健太の写真を見せられてたので健太の顔は判る。なのでいま目の前で起きていることを理解することができ、咄嗟の判断で言納の気を小夏から逸した。が、言納にとってはもう遅い。

こんなことになってしまっては〝二本の御杖〟どころではない。〝カナンの地へ来い〟だって？

お前が来い、だ。

さあて、どうする。


予定では昼食後に西宮えびすにも寄ることになっていた。というのも西宮えびすは廣田神社の南宮だったからである。

かつては南宮の境内に摂社として祀られていた夷《えびす》社が商売の神として人気を博し、いつの間にやら本殿の主祭社になり現在に至ってるらしい。

ランチに入った店では各種のパンが食べ放題だったが言納はほとんど手を付けられない。

そこへ小夏が健太と行った名古屋名物食べ歩きツアーや神戸の店へも来た話などをしたものだから、とうとうテーブルに体を伏せてしまった。意識も朦朧としている。

「大丈夫かしら」

「いや、ちょっとまずい。俺が入口まで運ぶから、ナッちゃん車取ってきてよ」

勇人は後悔していた。こんなことになるのなら連れて来なければよかったと。

しかし言納の守護者たちでさえこうなることを許可したからこそのことなので、すべては神はからい。玉し霊は納得済みだ。

とは言うものの、心はどうだろう。神呪寺で如一と如円の仲であることを知り、出会いに大喜びしていた相手が……。

この関係、エジプト時代からの因果なのか。だとすると怖すぎるぞ、過去世。

＊

「あーん、どうしたらいいのよ、もう」

勇人から訳を聞いた小夏は頭をかかえたままソファでうずくまった。

「ナッちゃんが悪いわけじゃないんだから。それより言納ちゃんだよ。如一と如円の関係を知ったすぐ後だから、よけいショックが大きかったんじゃないのか」

「私だってショックよー」

言納は小夏のベッドに寝かせられ、しばらく譫言《うわごと》を言っていたが今はすっかり眠っている。

その隣のリビングで小夏と勇人は話し合っていたのだが、すぐに解決する話でもない。

「勇人、もう仕事辞めたんでしょ。しばらく実家にいるつもりなの？」


勇人の両親と高校生の妹は今でも西宮に暮らしている。

「いや、すぐに発つつもり。二、三日はいると思うけど。今夜はここに泊ってもいいよ、俺」

「言納ちゃんは私が診てるから大丈夫よ。あっ、そうだ。一ヶ月ぐらい前だけど若菜ちゃんが店に寄ってくれたよ」

勇人の妹のことだ。

「あんたから誕生日に花束が届いたって喜んでたわよ。可愛いわね。来年は大学生か。福祉の勉強したいんだってね」

「へー、そんなこと話してたんだ」

「ねぇ勇人。みんな心配してんだからとにかく今日は家へ帰りや。何かあったらすぐに電話するから」

勇人が帰ると小夏は言納の眠るベッドの横に正座した。そしてしばらくは言納の寝顔を眺めていたが、いつの間にかベッドにもたれたまま眠ってしまっていた。

「ん、んー。んん」

唸り声で小夏は目を覚ました。窓の外はすっかり暗くなっている。

「言納ちゃん、気分はど……たーいへん、すごい熱。ちょっと待っててよ」

この状態では医者へ連れて行くこともできない。小夏は大根を磨り下ろしたものをガーゼで搾り、それを番茶に注いで言納に飲ませた。あとは蒲団をしっかり被せて汗を出させればいいのだが、風邪とは違うので効くのかどうかは判らない。

小夏は日本とエジプトとイスラエルの神々及び天国にいる妹小雪に祈りつつ看病を続けた。

（あれっ、やっぱり何かあったんだ）

夕方から感じていたこの胸騒ぎ、以前にも二度経験している。そして二度とも言納が危機に直面しているときだった。

健太は当時を思い出してみた。一度目は言納が冬の鞍馬山で足を滑らせ動けなかったとき。二度目は雨降る四国の剣山で過労のため倒れたのを感じてのことで、今回は三度目だ。

しかしここのところはメールも返してないし、健太から電話をすることもなかったので何とも掛けにくい。

が、九時になっても十時になってもこの胸騒ぎ、収まる兆しがない。

（まさか事故でも……）

健太は思いきって言納のケータイを鳴らしてみた。

だが、やはり出ない。

（怪我でもして病院に運ばれたんだろうか。だとすれば誰かが出てくれてもいいはず。とすると何かの事件に巻き込まれて……）

そんなことを考え出したら勝手な妄想はどんどんエスカレートし、どこまでも悪い方へ悪い方へと流されていく。

しかしこうなってやっと気付くこともあり、本当は言納が好きで好きで仕方なく、冷たい態度を取ったのも自分の方だけを向いててもらいたかったのだと。

要するに甘えていたのだ。それは自信のなさから来る。

北海道で一緒だったヒロや聖、福岡の勇人が健太より魅力ある男だと言納の心がそちらを向いてしまう。そうなると今までのように自分に夢中になってもらえない。それが怖かった。自分に自身がないから。

そして逆の立場であったなら、きっと魅力ある女性に心を向けるであろう自分がいることを知っているので、言納もそうなるに違いないと判断する。

散々、一火に悪態を吐《つ》いたが、指摘されたことはすべて正しかった。ただそれを認めたくないが由に蓋をしていただけの話だ。

「はい、もしもし」

何度も掛け続けていたらやっと出た。

「あのー、オレだけど……忙しかった？　今」

「健太君？　健太君でしょ？」

「……えっ、誰なの？」

「小夏です。言納ちゃんが大変なの。今は寝てるけどね、うちで」

「あっ、いや、あの…………」

そりゃ驚くわね。

健太は何度も言納を呼び出した。それでやっと出たのは言納ではなく小夏だった。その小夏の家で言納は眠っている。

一体どうなっちゃってるんだ。

「うん判った。どうすればいいか考えてみるからとにかく言のことはお願いします」

小夏から大体の事情を聞いて電話を切ったが、何をどうしていいのか判らない。

それで健太は神棚の前に座り、まずは心を落ち着かせることにした。

『おい』

一火だ。

『泉へ行け』

（泉ってどこさ）

『水が湧いているところだよ』

（どこの）

『どこだっていいから水が湧き出ているところへ行け』

水が湧いているところと言われ健太が思い浮かべたのは東谷山だった。水量はほんのわずかだけだが、山の何ケ所から水が湧いている場所を知っている。

（東谷山にあることはあるけど）

『すぐ行け』

(けどチョロチョロとしか……)

『すぐ行けって言ってるだろ』

(車で登っても大丈夫かなあ)

『早く行け』

東谷山へ登るルートは四本あって、うち三本は徒歩でしか行けないのたが、北側からの登り口だけは車が通ることのできる道になっている。だが一般車輌は通行禁止だ。

しかし時間を考えれば仕方ない。

尾張戸神社入口の二百メートルほど手前で車を降りた健太は、大体の見当をつけて崖を降りて行った。

(たしかこの辺りにあったはずだぞ)

道を塞ぐ枯れ木やクモの巣を掃いながら数十メートル下ると、極わずかだが地面から水が湧き出ているところを見つけた。

が、辺りは漆黒の闇。登山用のヘッドライトと手に持ったマグライト、ふたつあっても足りやしない。

健太は恐怖に体を震わせていた。

(おい一火、早く来てくれよ)

『ずっといるぞ、さっきから』

(だったら何で黙ってるんだよお)

『いろいろと準備がある』

(えーっ、何の準備?)

『………』

一火からの返事が途切れた。

(おーい、カーズヒー)

健太は心の中で叫んだがそれでも返って来なかった。

『おい、ライトを消せ』

(……なに言ってんのさ)

『準備が整ったから消せ』

(嫌だよ、だって消したら、あ――っ)

健太が従わないので業を煮やした一火が消してし

まった。

空間がゆらぎ出した。王の間で経験した感覚に似ている。目の前の景色に歪みができ、健太は倒れぬようにと木の幹をつかんだ。

次の瞬間空間の歪みは健太の体を吸い込むように広がり、短い時間だったが大きな力に捩《ねじ》られた。

「わーっ、カズヒー」

だがすぐに捩れは収まり、気がつくと体が異様に軽くなっていた。

(何この感覚。まるで体がなくなっちゃったみたいに楽チンだぞ)

当り前だ。肉体を抜け出したんだから。

『おい見てみろよ』

(うわー、きれい……けど何か変)

目の前に広がる景色はまるで魚眼レンズで撮影した風景写真のように全体が丸味を滞びていた。

しかしよーく見るとやっぱり変だ。


地上世界は地球が丸いため、いわばボールの表面に世界が広がっている。引力に引っ張られているので海水は外へ逃げ出すことなく地面の凹凸《おうとつ》を埋めて美しい弧を描いているし、人工的建造物も地球規模で見れば地面から空へ向かって、放射状に建っている。

空は地表のどこから見上げようが外へ外へと宇宙空間に広がり、遥か彼方にまで無数の星が存在している。

なので水平線に向かえば真正面が一番高く、離れていくほど左右は低くなる弧が確認できるが、いま健太が目にしている景色は逆だ。

真正面が低く、左右に行くほど高くなっている。まるでボールの裏側に世界が広がっているようだ。

空を見上げればたしかに太陽が輝いており、地球から見る太陽ほど眩しくはないが地表を遍《あまね》く照らしている。

が、ボールの中心からボールの裏側を照らしているような状況なので、どこから見ても真上に太陽は存在し、なので影は真下にしかできない。

三次元世界で物理的に考えれば海の水なんて引力によって空へ落ちてしまいそうだし、人も太陽がある中心に向かって引っぱられそうなのだがちゃんと立っていることができる。引力の反対、斥力《せきりょく》が働いているのだろう。

なので海はきれいに逆弧を描いている。

（ここはどこなの？）

『シャンバラだ』

（え――っ、シャンバラ――ッ？）

『そうだ。根の国は真っ暗な世界だと思っていただろう。実は違う。地上に幾つも出入り口はあるけど、今日は時間がなかったから水脈を使った。泉や井戸は通じやすいんだ、この世界と。ただ、正規のルートじゃないから時空を越える瞬間は少し苦しいけどな』

（何でシャンバラなんかにいるんだよぉ）

『見せたいものがある。来い』

一火はそう言うと森の中へスーッと入って行った。健太も肉体が半霊半物質状態なのでわざわざ歩かなくとも意志だけで移動できた。

三次元での移動は労力か、または機械とエネルギーによる移動手段の力を必要とするが、それでも科学の進歩と共に高次元世界に近付いてきている。今後はその発展においてデメリットが限りなく少ない開発のしかた、使い方を心掛けていくことが最も必要なことだ。

『おい、聞こえるか』

（えっ、何が）

『シーッ、よく聞いてみろ』

健太も耳を澄ますと微かに歌が聞こえてくる。声のする方へゆっくり移動すると、聞こえてきたのは日本語だった。しかもその歌詞は健太のよく知っているものだ。

みーず　うるわし
とうとしやー
みーず　うるわし
みーず　うるわし
とうとしやー

「言《こと》っ。言だろ、おい、オレだよ」

だが返事はなく、歌は続いた。

「言納──っ、お──い、聞こえないのか──。言──っ」

健太はありったけの力を振り絞って叫んだが、やはり返事は返って来なかった。

『やめておけ、無駄だ』

（何でだよ。言もいるんだろ、ここに）


『ああ、いるにはいる。だが通じない』

（どうして）

『存在している次元が異なる。ここは多次元世界だからな。本来は歌声もお前には聞こえない。特別な計らいがあってのことだ』

（特別な計らいって……）

『奥の院開きの大行事、神々はお前の力を頼ってる分、気にもかけてもらえるんだ。今の彼女は完全に自分を失っている状態だ。強い守護があるからいいようなものの、もしなければ入り込まれて乗っ取られるぞ、邪のモノたちに』

（じゃあどうすればいい）

『彼女にいま、最も必要なものは何だか判るか』

（……神々の助け……）

『違う。愛だ』

（愛？）

『そうだ。お前の愛……あっ、ちょっと待て、誰か来た』

健太と一火がいるその場に、何か強大なエネルギーが現れた。オレンジ色のエネルギーを放出するその力は、健太が龍に乗って連れて行かれた鞍馬山の空中神殿に現れたサナートクマラのエネルギーに匹敵する。

シャンバラということもあってまたまたサナートクマラかとも思われたがエネルギーの質が違う。なので放たれる色も違う。

『うっ』

一火がその正体に気付いた。

『おい、健太。スサノヲ様だ』

（えーっ）

二人の前に現れたのはスサノヲ尊の想念体であった。そして健太に意識を合わせた。

『剣を磨け』

白山山頂で菊理媛から授かった剣のことだ。心がブレた分、剣を曇らせてしまったのだ。

剣を輝かせるのは健太の想い、行いによる。スサノヲ尊はそれを指摘したのだ。

『ここは何処《いずこ》も赤道直下
　通ずるは、整えることぞ』

以前、北回帰線と南回帰線内を整えよと言われ、それなりに学びとなる解釈をしてきたが、そのひとつはシャンバラと通じた自分であれということだったのだ。シャンバラと通じるため、内側を整えておけと。

実際はシャンバラに赤道はないが、真上に太陽があるということにおいては同じなのだろう。

『〝81〟に　シンはあり
　〝41〟に　ブツはある
　揃い揃いて働くぞ

七福神の宝船』

これはちゃんと説明しなければいけない。

まず「シン」と「ブツ」だが、神仏というだけではなく、空海の教えにもあったように「心」と「物」だ。

〝81〟は光なのだが、国際番号81の国日本のこと。では国番号41の国はどこだ。

スイスだ。

この二国、国旗を重ねてみれば判るが、「日の丸」と「白十字」によって〝⊕〟だ。

しかも色は両国とも紅白だ。

さて、

『〝81〟に　シンはあり』

は、「日本にその精神（心）があり」で、

『〝41〟に　ブツはある』

は、「スイスに物はある」ということだ。

スイスに何があるのか。


それはおそらく「金《キン》」だろう。

〝スサノヲ資金〟と呼ばれるそれは、世間ではとてつもない金額にふくらんで噂されているが、額はともかく２００９年９月９日に向けて世に流通される流れにあるのだろう、神々の世界では。

その資金が世界経済を立て直すとあらば、９・９の日の宝船こそが人類の救世主となるのだ。

建御名方神や徐福もそれに乗っていると思うと、楽しくって仕方ない。だから呪を解かねばならないのだ、建御名方神の。

そして貨幣社会は、無責任な変動相場制から金本位制的なものに移行していくのかもしれない。

それほどまでに七福神の乗った宝船を降ろすことは重要な意味がある。

ただし、そうはさせまいと躍起になっている勢力は、あらゆる手段にて阻止してくるであろう。

だからこそ〝光の国日之本〟から嬉し楽しのエネルギーを爆発させて臨界点までもっていかないとい

けないのだ。それで世界中の人々の意識に変化をもたらす。

２００９年９月９日が世界経済を立て直す鍵となり、その鍵を握る人こそが日の民なのだ。

そして迎える２０１０年10月10日の〝天地大神祭○祭り〟と、２０１１年４月10日の〝□祭り〟にて三次元的高次元の第一歩を踏み出す。

それにしても〝81日本〟と〝41スイス〟の関係、数霊的にも色霊的にも形霊的にも実によくできている。恐れ入りました。

関係ないけど、41×81＝369×９でもある。

健太が言納のことを尋ねようと思うと、

『誓約《うけい》をせよ』

（えっ、誓約を……）

健太はスサノヲ尊が神話の中で行った誓約を思い浮かべた。

アマテラスの前で剣を噛み砕き、女が生まれたらスサノヲ尊の心は清らかでないが男であれば澄んだ心だと。それで男ばかり五柱の神が生まれたということになっているあれだ。

大直禰子命《オオタタネコノミコト》もお望みであろうから書いておくけど、スサノヲ尊は剣を噛み砕いたりしてないし、できない。

それに、五人の息子にはちゃんと母がいる。

で、話を戻す。

健太はスサノヲ尊のように何かカタチを示さなければいけないのかと思っていたら一火が仲介に入り、その必要はないという。

スサノヲ尊にとって願掛けのような「誓い」など、どうでもいいのだ。

『おい、過去に誓った約束事をいま果たせとおっしゃてるぞ』

（過去の約束って何だっけ）

すると健太の脳裏にトゥトアンクアモンが、いや失礼、ツタンカーメンが現れた。

（過去の約束って、エジプト時代の……憶えてない、そんなこと……）

『よもや忘れた訳ではあるまいなあ』

いや、忘れた。すっかり忘れた。きれいさっぱり忘れてしまい、とんと覚えてない。

けどそんなことは言えないよなぁ、スサノヲ様に。

『汝《な》が愛する者の頭
　厳《いつく》しみ　敬《うやま》いつつ　撫《な》でてみよ
汝が愛する者の魂《たま》
誓いの継承者ぞ
帰命頂礼《きみようちようらい》　忘るるな』

やっぱりすごいね、スサノヲ尊は。たったこれだけだけどズッシリ重い。

それで内容だが、健太に対し『汝が愛する者』といえば言納だ。言納の頭を厳しみ、敬いながら撫でればエジプト時代の誓いを思い出すというのだ。

それは、言納の玉し霊が健太の誓いを受け継いだ、法統同じくする仲間だからなのだと。

「法統」というのは、たとえ「血統」「霊統」共に繋がりがなくても、同じ教えや考えのもとで共に歩む者達のことだ。

言納の場合「誓いの継承者」ということなので、おそらくはかつての健太の誓いを、後から生まれてきた言納が知った。それでその思いに強く賛同した言納は健太の志《こころざし》を受け継いだ、ということなのだろう。エジプト時代だ。

だとすると玉し霊の跡取り。だから「帰命頂礼」なのだ。

また広辞苑。
(1)帰命して自分の頭を仏の足につけて礼拝する最敬礼。
(2)仏を礼拝する時に唱える語。「南無帰命頂礼」
そのような敬う思いで言納に接しなければいけないのだ、健太は。

意地を張ってメールを無視しているようでは恩知らずということになる。

ずいぶん成長したと思っていたけど、まだまだ判ってないということか。

『真名井の水
四本の柱の呪を解く』

(真名井って、籠神社奥宮の真名井のことでいいのだろうか)

健太が疑問に思っているとまた一火が、

『米子の真名井らしい。美保関へすすきを採りに行くときに寄ればいいとのことだぞ』

と伝えてきた。

米子市淀江町に渾渾と清水が湧く泉があり、それが「天の真名井」だ。きっとそこもシャンバラに通じているのだろう。

とにかく天の真名井の水が建命名方神の呪縛解放に必要であることが判っただけでも健太は心強い。

(ありがとうございました。剣を磨き、心して和睦の神事にあたりますので、よろしくお願い致します)

在《あ》り来《きた》たりの挨拶になってしまったがそれが精一杯だった。

するとそのとき健太の胸元で太陽が生まれた。朱色に輝き放つその太陽、出現したときは野球のボール程度だったが、みるみるうちに巨大化して健太の姿を消した。

「うーっ」

また体が歪められ、強い圧迫感が数秒間続いたよ

うに思えたが、

「あれ、ここは」

気が付くと戻って来ていた。

真っ暗な中、ちょろちょろ湧き水が流れる音だけが聞こえてくる。一火の名を呼んでみたが、彼もいなかった。終わったのだ。

言納のことも心配はなかろう。

健太はしばらくその場に腰をおろし、スサノヲ尊からのものだろうか、耳に残ったそれを何度も何度も反芻《はんすう》した。

『慈光《じこう》　いよよ輝きて
　集むる功徳　一切が
　開きたまえり　開きたまえり』

後々一火が伝えてくれたことによると、「慈光」とは健太の過去の名前のひとつで、その名で生きたときはどうやら活躍していたらしい。


でなきゃわざわざスサノヲ尊が伝えてはこないだろうし。

そのような過去があってこそ今生で用意されるんだろうね、晴れ舞台が。

そういえば以前大神神社で言納も受けていたぞ、そんな言葉を。

あった、これだ。

『守護者の喜び他ならず
　守護する者の育ちし姿
　それが晴れの日　晴れ姿
　日月　神仏　親先祖
　報恩披露の晴れ舞台』

それで言納は木曽御嶽の〝橋渡しの儀〟で大役を果たした。

さあ、次は健太の番だ。

みーず　うるわし
みーず　うるわし
とうとしやー

完全に外部との接触を拒み、ショックのあまり心の岩戸を閉じた言納は、池に映る木々の枝を見つめ「水を尊ぶうた」をくり返していた。もちろん健太が近くにいたことも知らないし、知ったとしても心は動かなかったかもしれない。

それほどに健太の行為は言納を傷付けていたのだ。

『人伝《ひとづ》てに
聞きしことなら心して
吟味されるがよろしいと
信ずるは
あなたの魂《たま》よ　心して
コトノ真実知りなさい
響きこそ
すべて現す　その響き
言葉の裏の響きの中の
真《ま》コトを知るが　肝要です』

如円言納を案ずるあまり、如意尼真井御前が来てくれた。須弥山や霊鷲山もシャンバラへ通じているようだ。

結局言納にしても健太にしても、相手のことを大好き・愛してるはいいが、信じるということができてない。自分を信じきれてないからだ。だから、何かを信じようとするときに、それを信じる自分を信じることができない。

如意尼の伝えた内容からすると、言納が思っているようなことは起きてないようにも受け取れる。健太と小夏の仲は言納にとってそれほど悲観せずともよいものだったのだろうか。

水面に神棚が現れた。現れたと言うよりは写ったと言うべきか。

如意尼は言納に問いかけた。なぜ、〝92〟だけはふたつあるかを知っているのかと。

『143　308　92　92　518　22　8』のことだ。

するとすぐさま言納には〝92〟が意味する言葉が浮かんだ。

「鏡」「かごめ」「因果応報《いんがおうほう》」「父《ちち》・母《はは》」「公平無私《こうへいむし》」「志操堅固《しそうけんご》」「悠久《ゆうきゅう》」……

公平無私は、少しも私心がないこと。

志操堅固は、志を固く守って変えないこと。

『鏡です』

〝92〟が鏡に写って向こう側にも〝92〟。なので〝92〟のみがふたつ出たのは「鏡写し」を表していたのだ。

『鏡開きの真なる教え
　お伝えします
わたくしの霊脈
あなたがお受け継ぎをして下さい』

２００８年、立春の2月4日。福岡から鏡が開いた。なぜ福岡かは以前に書いたので省くが、その教えとしては、目の前に起こる出来事はすべて我が内なる想念の鏡写しであり、鏡が開いたことで写る速度が増したこと。つまり、思ったことがすぐにカタチになって現れるのだ、喜ばしきことも悪しきことも。

それから、鏡は左右反対に写る、ように見える。なので、今まで大切にしていたものは実はそれほど大切でなく、おろそかにしていたものの中に本当に大切なものがあったことも気付かせてくれた。
また、天の恵みは地からカタチになって現れるので、天に感謝するのと同じく地にも感謝すべきだし、西はそのまんま東の役割を担い、裏日本と呼ばれる日本海が実は表の働きをするようにもなる。
まあそのように解釈していた。
が、それではまだ真なる意味が判ってないのか。

『神棚の中に
あなたは何を見ますか』

（お札《ふだ》に宿ったどなたか神様がいらっしゃるのではないでしょうか）

『開けてみなさい』

（この神棚をですか）

如意尼がうなずいたので言納は思いの中で観音開きの扉を開けてみた。
すると池に映った神棚が開いた。

『中をご覧なさい』

言われるがままに水面の神棚を覗き込むと、それは三面鏡だった。
神棚の奥も、開けた扉の内側も鏡。
そこに映るのは、もちろん言納だ。
そして、三面鏡はどこまでもどこまでもあらゆる角度から言納を映している。

『おわかりですね
それが神です』

鏡開きの真なる教えとは、神棚を開けたらそれは三面鏡であり、神がいるはずのその中はどこまでいても自分だった。いろんな角度から神を探し求めていたが、結局は自分であったということなのだ。したがって、自分にとっての神はどこまでも自分。その自分を信じられないので、何か悪しき事が起こるとすぐに神を疑うのだ。

　自分を信じきった者のみが神を信じることができる。なぜなら、どこまで行っても神は自分次第。それを気分次第で信仰しているのでいつまでたっても気分に応じて外の神を追っかける。

　なるほど。神棚開けたら三面鏡。それを判らずして鏡開きを語るなかれということだったのか。すばらしい。

　その教えが『わたくしの霊脈』、つまり弁財天から瀬織津姫、如意輪観音、真井御前と続き、いま言納が意志を継いだ。

　あとはどこまで伝えられるかだ。


『よかったわね、元気になって。言リン好きよ、ギュー&チュッ』

　如意尼去りし後桜子が現れた。それに〝言リン〟になっている。

『駄目ねえ、もう。言リンは下手くそなのよ』

　いきなり桜子が恋愛塾を始め、言納に熱く語り始めた。なかなか可愛い。

『あなたに浮気心がなくても彼氏は心配するに決まってるでしょ。彼の知らない男とあっちで旅行したりこっちで食事行ったりしてたら。私だって怒るわよ、そんなことされたら。ちゃんとね、先に伝えておかなきゃ。誰とどこへ何しに行って、何時ごろ帰るから帰ったらすぐに電話するねって。場合によっては電話を代わってもいいのよ。相手の人には〝これ、私の彼氏の健太〟って大きな声で彼氏にも聞こえるように言うの。それでさ、相手の人が彼氏にちゃんと挨拶して、何時には終わりますからって言ってくれれば〝べリーングゥー〟なーんちゃってエドはるみやっちゃったけど、私の話は判った？言リン』

よーく判りました。あんたは偉い。

ひと通りしゃべったから気が済んだのか、今度はシャンバラを案内すると言い出した。

言納はどうしようか迷ったが桜子はもう先へ行ってしまった。追っかける他ない。

森を抜けると草原が広がっており色とりどりの花が咲いていた。

『あそこへ行きましょ』

草原のずーっと先に大きな建物が見えるが、街というよりはモン・サン・ミッシェルが丘の上に単独で建っているような感じだ。

桜子はためらうことなく建物の中へ入って行った。言納も恐る恐る入口に近付くと、突然声を掛けてきた者がいた。

見た目は西洋人っぽいが、どことなく地球の人間と違う。と思ったらやっぱり宇宙人だった。

「君はどこから来たんだい。僕はカノープスから来てる。地球では〝りゅうこつ座〟の中に入ってたはずだ。で、君は？」

「えっ、私は、私は地球人です」

「なんだそうかい。じゃあ家は近くなの？」

カノープス人は言納をシャンバラの人だと思っている。

「いえ、あの、多分遠いです。どう言えばいいのかしら。んー、ここではなくて、地上に住んでるから……」

「え――っ、君は地上の肉体人間なのか。めずらしいね、地上の人間がここに来るなんて。ねぇ、君。この星の地上はどんな世界？」

どんな世界って聞かれても困る。

言納が悩んでいると桜子が引き返してきて代わりに答えた。

『ゴキブリと蓮《はす》の花が同居する世界よ』

それを聞いたカノープス人は大笑いしながら〝ぜひ行ってみたい〟と言った。

どうやら高次元世界はそれぞれ似た者同士、同程度レベルの者同士で社会形成をするらしく、なのでゴキブリと蓮の花の同時存在が信じ難いようだった。


『あっ、ヤバヤバ。そろそろ帰らなきゃ。明星天子に叱られる。行こ、言リン』

今度は勝手に帰ると言う。

帰りすがら言納は桜子に聞いてみた。

「桜子ちゃんは明星天子の133番目の眷族さんって言ってたわよねぇ」

『そうよ』

「それと私とどう関係があるの？」

『西宮』

ガシャッガシャッ。

「そうか、西宮が133なのね。そうすると、如円が縁で桜子ちゃんが来てくれたんだ」

『独立』

「えっ、独立？」

『言リン、そろそろ独立して龍の道を歩む時期が近付いてるから』

「へー、そっか。独立も133か」

『セシウム133』

「何それ。まだあるの？」

『いっぱいある』

セシウム133は、現在人類が使用している時間の基準になっている鉱物だ。放出される波長が一秒の長さの基準になっているからで、その波長が約92億ヘルツだ。

出た、また92だ。

つまり桜子は、言納に対して人々の基準になれと言っているのだ。

『明星天子』

「……もう判んなくなってきちゃった」

『いいのよ、別に。諏訪で言リンの彼が気付くから。それより帰らなきゃ。超ヤバヤバだ』

というわけで桜子は帰って行き、言納も肉体へ戻って来た。


「あれ、ここは……」

「よかったぁ。気が付いたのね」

「小夏さん。勇人君は?」

「家へ帰ってる。のど乾いてるでしょ。お水持ってくるから待ってて。それとも何かジュースにする」

言納は首を横に振った。


玉し霊は気分爽快になっていても三次元へ戻ると手放しでは喜んでいられない。小夏は今後どうするつもりなのだろうかも気になる。


コップの水を飲み干した言納が再び横になると、小夏はすぐ脇に椅子を持ってきた。

「気分はどう?」

「うん」

「そう。よかった」

会話はそれだけで途切れてしまった。やはり気まずい空気が流れている。

小夏が言納に目を合わせた。

が、言納はそれを逸した。

一秒、二秒、三秒、四秒、
すると微かに口元に笑みを浮かべ、言納は小夏に目を向けた。

これで氷解だ。

氷解は81になる。つまり〝光〟に戻ったわけだ、二人は。

小夏も少し微笑んでから静かに話し始めた。

「私が名古屋で泊った夜、健太君何もしなかったよ」

言納の表情が変化した。そりゃそうだろう。

「〝世界の山ちゃん〟へ連れてってもらったの。それからホテルへ帰ったんだけど、健太君私の背骨触って〝何でこんなに緊張があるの〟って。よっぽど辛い思いに耐えてなきゃこんな背骨にならないって言うの。だから言うつもりなんてなかったけど、小雪のことを話したの。そしたら一緒に泣いてくれて、ずっと我慢してきたものが崩れちゃった。それで一晩中泣いてた。たった一人の妹なのに守ってあげられなかった自分を責め続けてきたし、私だけが幸せになることが申し訳ないって思ってたの。だけど、健太君は〝そうじゃないよ〟って言ってくれた」

言納は天井を見つめ、その様子を想像しながら聞いていている。

「あの夜、本当に気持ちが楽になった。小雪が死んじゃってから初めてよ。あんなに心が安らかになったのは……それで、朝早く健太君は仕事に行ったし、私もそのまま新幹線で帰ったの。本当よ。だから健太君は言納ちゃんのこと裏切ってないのよ」

言納が小夏をチラリと見ると、小夏は両手で言納の右手を握りしめた。

「神戸に来てくれたときはね、廣田神社でで色々と判ったことがあったから早く帰りたがってるのは知ってた。けど私が引き止めた。無邪気にはしゃいで、まだ帰らないでって。それで、最終の新幹線が来ちゃうから駅まで送ってったときにね、聞いちゃった。気になってたことを」

「……何を聞いたんですか」

「本当は他に好きな人がいるんでしょって」

「…………」

「そしたら健太君、何も言わなくて……しばらく沈黙が続いたんだけどね、改札口の前で〝ナッちゃんのことも好きだよ〟って。判る？　私のことも、だった。だから私、その人よりも好きになってもらえるよう頑張っちゃお、なんて思っちゃった。へへへ、バカみたい。その相手が如円だったとは」

二人が初めて笑った。

「私さ、健太君の気持ちがこちらを向くまで待っていようと思ったから、その日以来私からは電話してないの。健太君から掛かってくる日を信じて。でも、結局掛かってくる前に言納ちゃんと会っちゃった」

言納は小夏が言っていることをすべて信じることができた。信じた分だけ自分も楽になり、内から愛があふれてくる。

「廣田神社で写真を見せたのもね、別に見せびらかそうと思ってやったんじゃなくてさ、勇人のためにやったの」

「勇人君のために?」

「そう。あいつクールな態度取ってるけど、小雪のことずーっと引きずってるでしょ。私には口で偉そうなこと言うけど、本当は私のことも心配してくれてるのよね。自分の両親には電話一本しないくせして、私には小雪の月命日にいつも葉書きを送ってくれて。だからね、イスラエルへしばらく行くって聞いて、せめて私のことは気にかけなくてもいいように健太君の写真を見せたの。いかにも言納ちゃんに見せるフリをしてね。〝私は幸せよー〟って思わせることで勇人の負担も減るでしょ。こんなことになっちゃったけどね」

言納は布団から左手を出し、小夏の手に重ねた。

「小夏さん、会えてよかった」

「うん。そうだね……そうだ、あの日言納ちゃんもカイロ博物館にいたんだってね。知らなかったわ」

「あの日って?」

「私が健太君と初めて会った日よ……あっ、判んないか。とにかくあの日私たちは同じところにいたのよ。ニアミスしてたのね、如一と如円は、エジプトで」

今度こそ二人は爆笑した。

なーんだ。誤解ってわずかな〝気持ちのすれ違い〟がタイミングというものを狂わせて生じるのね。

健太のしたことだって、それを浮気と呼ぶ人もいるだろうけど、決して言納を心底裏切った訳ではない。

言納は言納で全く悪気はないけど、桜子が言ったように少々無防備すぎる。「李下《りか》の冠《かんむり》正さず」だ。判らなければ調べてくれ。

小夏だって言納の存在を知りつつ健太を奪おうとしたのではないし、聞いてみると何とも健気ではないか。

やっぱり三次元って超楽しいし美しい。

どうしてこの著者の本ってこうも素晴しいのだろう。ひょっとしたら天才なのかもタタタ、痛い、苦しい、熱い、やめてくれ。

ジイが来たのでちゃんとやる。

いよいよクライマックスだ。

その5　〝和睦の祭典〟と〝光の遷都〟

「八雲立つーう　出雲八重垣、あれ、出雲八重がぁき　妻ごみにー、妻ごみぃに、妻ごみにぃ……」

健太は例の和歌にメロディーを付けながら夜の帳《とばり》の中、高速道路を西へ西へと向かっていた。

8月26日の和睦の神事並びに建御名方神の呪縛解放まであと一週間。健太は美保関へススキを、大山へは水を汲みに一人で出掛けたのだ。

約二ヶ月前、同じルートを生田と通っているので時間と距離的なことは大体察しが付く。

だがあの時は皆生温泉で一泊できたが今回はそうもいかない。明日も仕事だ。

それでも健太は不安を抱くどころか、むしろワクワクした気持ちでこのお役を楽しんでいた。ただ、メロディがなかなか決まらないことには頭を悩ませていたが。

大山のパーキングエリアで仮眠を取り、米子市内のコンビニでおにぎりを買うとあとはそのまま境港を通り抜けて美保関まで行った。

近くを国道181号線が走っているので通ってみたかったが、遊んでる時間はない。

それにしてもまた181。しかもその道は〝出雲街道〟という。つくづく181に縁がある土地だなあ、出雲は。名古屋の52と一緒だ。

さて健太だが、いきなり出端をくじかれた。

境水道大橋を渡って美保関先端へ向かっているのはいいが、峠越え県道181号線への入り口が見つからないのだ。

「おっかしいなぁ」

この辺りだと思われるところを二往復したが判らない。が、すわ妨害かと本気で思い始めたころやっと見つかった。どう見たって民家の入り口に見える。

(大丈夫だろうか、この道で)

ちょっとばかし自分が信じられずに走っていたら対向車が来た。崖ギリギリに寄せて待ってくれている。

片手を上げ、合図しつつ擦れ違うときにナンバープレートが視界に入った。

〝138〟

(何だ、この道で合ってたんだ)

健太の疑問が確信へと変わった。

〝138《イチノミヤ》〟だ。

この先に諏訪の一の宮があるんだ、と。

山を下りきると視界が開け、小さな漁村と日本海が見えた。村全体がU字型の湾のようになっていて、右手側の先端に鳥居が見える。きっとあれだ。

網を修理する老人に尋ねるとやっぱりそうだった。

「ああ、あれが諏訪神社だよ。建御名方さんはここから諏訪へ行ったんじゃ。諏訪大社もなあ、この村の諏訪神社から分かれとる」
ということは「元諏訪」じゃんか、美保関町雲津の諏訪神社は。いきなりかよ。
のどかな海沿いを進むとすぐに境内に入った。社の裏はもう日本海の外海だ。
健太は力いっぱい鈴を鳴らした。
ガランガラーン、ガラガラーン。

『よくぞおいで下さりました
　身の犠牲　いとわぬ姿に　心打たれ
　ここに小槌を授けます』

大黒天さんだけじゃなく、エビスさんも持ってるんだね、打出の小槌。
来週の神事に感謝してのことだろうが、建御名方神ってソフトでやさしい。
　が、この後は例の守護者の通訳入りでの教えだった。

『日の民よ
父母ありてこそ　今ここに
己れ生きたるその真を
つくづく心に受け止めよ
父なかりせば生ぜず
母なかりせば育せずなり
父母の恩
山より高く　海より深し

日の民よ
十月十日《とつきとうか》の長き日を
子の宮の中　育《はぐく》みて
己れの不自由　なんのその
ただひたすらに　子の生の
無事を祈りて暮らす日々
ようよう月満ち陣痛の
長く果てなく思ほえど

辛き痛みのありとても
ただただ我が子に会いたやと
耐えて産みたる　ありがたや
この母の恩　忘るるな
母ありてこそ　今ここに
己れの生は輝きぬ

日の民よ
世の荒海に船を出し
もまれもまれてひたすらに
船をあやつり　妻まもり
いとしき我が子　守るため
日々働きて　おる父を
いかに思うか日の民よ
父ありてこそ　日々の糧
恵まれおるを　知りたるか
雨・風・嵐　ありとても
父のまもりがありてこそ
雨露しのげる床もあり

日の民よ
92の恩　限りなし
あげて数えてみればよし
涙なしには語れぬわ
朝な夕なに手を合わせ
父母《ふぼ》の平安祈られよ
慈父母に感謝　捧げよのう』

長かった。そして、なぜ今ここで父母の恩なのか。この時は判らなかったが、来週諏訪で判る。

〝92〟は「鏡」にあらず。「父《ちち》・母《はは》」なり。


社の横手から山側へ登るとすすきがうまいこと生えている。が、時期が早いため穂は出てない。

これでは「すすきの穂」を携えてきたことにはならないが仕方ない。

軍手をはめてすすきの物色をしていると、海面が騒《ざわ》めき出し、キラキラと光り出した。

しゃがんでいた健太はそれに気付き立ち上がると、あれまあ、驚き。海面に弘法大師が立っておられるではないか。

「えーっ、空海様」

健太は思わず合掌した。

『南無大師遍照金剛
南無福寿光無量
鈴々《りんりん》と
鈴の音響《ね》き　一歩ずつ
歩み進めるその先に
和睦の光　広がりて
光はやがて海となり
南無福寿光無量
呪縛解放をせよ
汝《な》が心の呪縛を
無量光こそ　汝が心
気付きておるか』

はっはー。建御名方神に対してだけでなく、各自が心の呪縛を解けということだった。

マイ岩戸、開けたつもりでもまだまだ引きずっているのだろうか、過去のとがを。

もしどうしても許せない過去を忘れることができず苦しんでいるのなら、和睦の神事の後に桜子が予想外の答えを伝えてくる。もう少し待ってて。驚くよ、きっと。


すすきは刈り取るとすぐに丸まってしまうため、濡れた新聞紙で丁寧にくるんだ。

「よし、これですすきはオッケー、と」

健太が次に向かったのは美保神社の末社、地主社《じぬし》だった。本殿から追いやられた御穂須須美尊がこちらに祀られているらしいのだが、行ってみるとあまりお世話事がされてない。

健太は大きく拍手《かしわで》を打ちながら社を一周して清めた。ほんの小さな社なのですぐに済む。

次に御神酒を供え、和睦の神事と呪縛解放を諏訪大社の前宮で行うことを報告した。

『知られざる
古きヤシロに参られし
人の真心　ありがたや
真心あらば　言葉はいらぬ
いかように
思いつのらせ　参りしか
すでに知りてはおるものの
真心　うれしや　有賀たや』

普段は参る人もいないのだろう。民家が並ぶ路地を抜け、やっと見つけたこの社。

本来ならば美保神社本殿に主祭神として祀られるべく御穂須須美尊がこんな小さく古びた社に押し込まれ、それでも不足を言うことなく健太の真心に喜びをあらわされた。

「これが和睦の精神なのか……」

健太の心にズシリと響く御言葉であった。

6.8次元の存在ともなると、うらみつらみなどはどうでもよく、受けた恩のみに心が向くようになるのだろうか。

途中ガソリンスタンドに寄った際に缶コーヒーを買っただけで次の目的地へ向かったが、気が付けばちょっと腹が減っていた。

こんな時、誰かが一緒にいると無理にでも喫茶店へ入ったり食事を取ったりもするが、一人だとそれが面倒くさく、結局は簡単なもので済ませてしまう。

それに、全国の多くの地域では名古屋界隈のように喫茶店がない。

カーナビが付いてないので地図と標識を見比べながら走っていたら、この米子という街はアイヌ語が元になっているような地名が多いことに気付いた。

健太はそれについて非常に興味を持ったが生憎《あいにく》調べている時間はない。

なのでお腹をすかせたまま天の真名井へと向かった。

米子の真名井も籠神社の真名井も「天意《まない》」であり、真井《まない》御前との言霊繋がりもあるし建御名方神の真の名を世に出す力を宿す井戸でもあるので、言霊繋がりがあればその裏には共通する、あるいは共有するエネルギーがちゃんと流れているんだね。

車を降り、案内に従って畑を抜けると水車が見えてきた。その横を通り過ぎると美しく澄んだ池があり、すぐその先が天の真名井だ。

予想していたよりも水量が多い。

健太は水が湧いてくる上流部に向かって一礼してから空のペットボトルを満たし始めた。

「みーず　うるわし　みーず　うるわし　とうとしやー。みーず　うるわし　みーず　うるわし　とうとしやー。誰がうるわし女を出すのやら　いざないに　どんなこ……と……ばを……」

上流からキラキラ光る雲母片のようなものがたくさん流れてきた。よーく見ると雲母ではない。

（えーっ、金《きん》？）

『いつの日も　どんなときにも微笑みをたたえて
　生きてくださいな
　いまわの極みにありとても
　心満たされ　至福のうちに
　笑みをたたえていてくださいな

人の世で
すべて受け入れ　善悪の
はかり手離し生きますと
すべてが糧《かて》と得心《とくしん》します
泣けどわめけど糧は糧
あなたの玉し霊　その真を
深く感じてくださいな

いかなる道も　ご自身が
お選びなりし　坂道も
登り下りや悪路でありても
あなたの地図にあるならば
進んで歩め　宝道
笑みをたたえて　我が龍の道
功徳あふるる　和睦の道を
お役目　ご苦労でした

たとえ今は清くても
驕《おご》りの汚れは一滴で
玉《たま》し霊濁《ひにご》してしまいます

謙虚さ忘れず　恩かみしめて
事にあたれば必ずや
導かれます　光の遷都

玉し霊の奥の院開き
謹しんでお祝い申し上げます

無量光寿遍満大菩薩
十一面観世音菩薩』

ありゃりゃりゃ。言納がエジプトでうたった〝水を尊ぶうた〟は〝十一面観音を呼ぶうた〟でもあったから本当に十一面観音さんがお出ましになられちゃった。

そして、いかなるときにでも、それがたとえ忌わの極みであっても微笑んでなさいと。

いかなる悪路でも自ら歩めば宝道、必ず自分が成長するための糧となるのですよ。だから微笑みを絶やしてはいけませんよ、とのことだ。

最後は健太、お祝いの言葉までいただいてしまった。

それにしても今日は寄る場所すべてで教えが続く。しかも普段とやや趣が異なるものまで。

それだけ神界仏界も一緒に動いておられるという証拠だ。次は誰だろう。

*

「ここも駄目だ、降りられない」

健太は焦っていた。以前指定された、建御名方神が幼きころに魚やさわ蟹と戯れたであろう川は見つかったのだが、沢が深すぎて降りて行けないのだ。

もうここで四箇所目。どうしたものかと思いあぐねていると、柴犬を軽トラの荷台に乗せた地元の老人が健太の脇に止まった。

「このあたりから川へは降りれんなあ」

地元の人でも無理らしい。

健太が訳を話した。

「川の水が汲みたいのか。それなら地蔵滝が一番えな」

というわけで、教えられた地蔵滝の泉へ行ってみると、あるわあるわ大量の清水が。

天の真名井同様日本名水百選に入るここ地蔵滝の泉は、滝なんてどこにもなかったけどとびっきりの水だった。

(ここでいいや)

それぞれのお地蔵さんの前に置かれた灯明台には途中で消えてしまったローソクが残っていたので、健太はそれに火を点けた。

軽く挨拶をしてから水を汲み始めたが、汲んでる最中は特に何もなかった。

ペットボトル二本分に水を満たして満足した健太が、水を両脇にかかえたままお地蔵さんに礼を言うと、

『トルコの国旗を持って行きなさい』


と伝わってきた。

車のトランクに水を積み、再びお地蔵さんのところへ戻ったが、もうそれからはウンともスンとも言わない。

気持ちとしては〝ナンデヤネン〟だが、とにかく諏訪にトルコの国旗を持って行くことにした。

それにしてもだ、ツタンカーメンとエビス天とか、お地蔵さんとトルコの国旗。つくづくますます判らんようになってしもおた。

川が見つかるかどうかが唯一不安だったが、それも何とかなったので、健太は上気嫌で米子自動車道へ入った。

「八雲立つ　出雲八重がぁき　妻ごみにー　八重がぁきつくるー　その八重垣をー。んー、ちょっと違うかなあ。八雲立つー　出雲八重垣　妻ごみにーぃ……」

こんな調子で走っていたら突然あることを思い出した。

（あっ、昼飯食べるの忘れてた）

時計に目をやると二時半だ。

と、ちょどそのとき前方に蒜山《ひるぜん》インターの出口が見えた。

（そうだ、そうしよう）

健太は昼食にありつくことと、もうひとつ思うことがあってインターを降りた。

というのも、元諏訪ではなぜか父母の恩について悟されたので今日は両親に何かお土産を買って帰ろうと決めていたのだ。

蒜山に行けばプリンとかシュークリームとかがありそうだ。

インターを出てすぐに交差点があり、蒜山方面は直進と案内がある。なのでそのまま交差点を突き切ろうとしたら突然一火が現れ「左折しろ」と言う。

(なんでだよ)

『いいから左へ曲がれ。挨拶に寄るところがある』

(腹減ったー)

『あとにしろ』

健太はよっぽどモンクを言おうと思ったが和睦の神事の前だし、先ほども十一面観音から笑みを絶やすなと言われたばかりだったので仕方なく一火に従った。

連れて行かれたのは高速道路を挟んで蒜山とは反対側。結局両親へのお土産は高速道路のサービスエリアで買うことになった。

さて、一火に言われるまま走っていると大きな鳥居が見えてきた。日本一の石鳥居とある。

奈良県の大神《おおみわ》神社や三重県の多度大社にも巨大な鳥居が建っているが石ではない。

それらに比べれば大きさとしては見劣りするが、近付いて見ると絶妙のバランスで石が組み合わされていた。

鳥居からさらに細い道を登って行くと、弥生時代のものを模して造られたのだろうか、大きな櫓《やぐら》が建てられていた。どうも櫓のまわりが駐車場らしい。

(何て読むの)

『カヤベだ』

山門の入り口に茅部神社と書かれている。

あたりには民家などないため境内は静かなものだ。緑も豊富で気持ちいい。

いくつも建物があるが目的は本殿でよさそうだ。

入口の戸に手をかけると、ガラガラガラ。開いた。

御神酒も何も持ってきてないが、靴を脱いで中へ

入ると、
「天磐座大神宮《あめのいわくらだいじんぐう》」と大きく書かれている。
さらに健太を驚かせたのは御祭神だった。

主祭神

天照大神

御年神

その他二十一柱

このアマテラスはニギハヤヒ尊に間違いない。なぜなら御年神《みとしがみ》はニギハヤヒ尊の末娘高照姫《たかてるひめ》だからだ。飛騨の国の一の宮、水無《みなし》神社へ行くと主祭神としてこの御年神が祀られている。

『だから言っただろ、挨拶するところがあるって』

（うん）

一火に逆らわなくてよかったと、健太は本気で思った。

『トン』

つづみがひとつ鳴った。

そして本日の〝駄目押し〟だ。

『恐れこそ

恐れ引き寄せ　恐れ生む

恐れの連鎖　今ここで

気付き放してほしきもの

長き時空の旅の果て

積年の

思い持ち越し　今ここで

出会いし魂は多かりき

精算を

してこそ新《あら》た世　明けぬると

知りたる魂ぞ　いとほしき

出会いとは

己れのためか　のみならず
相手のためにも仕組まれて
完全無欠の神はかり
その真実を知りたもう

避けて通れぬ神はかり
ならば進んで引き受けて
和睦の道に進まんと
魂は知りたる　生き通し
和睦の道こそ新た世の
進むべく道　明《あ》くる道

〝明けるかし
地平線より光はもれて
今こそ昇らん和睦の朝日〟

剣より　尊き光　地を照らし』

途中の『相手のためにも仕組まれて　完全無欠の神はかり』のところ、相手とは人間同士においてのことだけでなく、神々に対してでもあった。何が完全無欠かはこれも諏訪で判る。

それと、『避けて通れぬ神はかり』だが、和睦の神事はその一部。結局は一番目が「イ」で二番目が「ス」で三番目が「ラ」で四番目は「エ」で最後が「ル」の名前の国へと結ばれるんだろうなあ。

で、最後の一行の『剣より　尊き光　地を照らし』は、健太が白山で授かった剣が今は輝きを放って人々を照らしてるということ。

シャンバラで〝父〟スサノヲ尊に剣を磨けと指摘され、内面と行いが整ってきたところで〝息子〟ニギハヤヒ尊から先の御言葉。

出雲・白山の神々は、人を育てることを最優先する。これぞまさに王道なり。

以前も出てきたが、「天下無敵の法」は王道の中のみにしかない。

奇を衒《てら》った教えや、技術の伝授により力を望むは王道から外れた道。カタリ神が憑《つ》く道。魑魅魍魎《ちみもうりょう》が待ち受ける道。

そして、日之本古来の正統な神々が嫌う道。

いよいよ始まる和睦の神事。

＊

8月25日、夜8時過ぎに仕事から帰った健太が玄関で靴を脱いだ瞬間に電話が鳴った。生田からだ。

「いよいよ明日だね。9時には前宮に行ってるからね」

生田も参加してくれるという。

「ところでさぁ、何か尖ったものを作らなかったかい？」

妙なことを聞く。が、ひとつだけ心当りがあった。

今朝仕事に出かける前に健太は、隣家に暮らす祖父に手伝ってもらい裏の竹藪から太い竹を一本切ってきた。

この竹を門松のように斜めに切り、二本の筒を作ったのだ。和睦の神事でこの竹筒にすすきを立てる。一方には美保関のすすき、もう一方には諏訪のすすきを。

二本の竹筒を健太は麻ひもで括《しば》りたかったが、祖

父は農作業用の黒いひもで結んでしまったためやり直そうかとも思ったが、

（和睦、和睦）

と心の中でつぶやいて、それも受け入れることにした。

（じいちゃん、ありがとう）

意に反したことでも受け入れると心が楽になる。その竹筒を金銀の水引《みずひき》で巻いて祝いのしるしとした。

生田はそのことを言っているのではないだろうか。

「それだ。あのさ、健太君。せっかく作ってくれたのに悪いけど、竹の先を尖らせたものは武器にもなるから和睦の神事には相応しくないらしんだよ」

と、戸隠の天狗が伝えてきたという。

なので健太は斜めに尖った部分の一部を、再度切り揃えた。

なんでそんなことまで判っちゃうのかしらねぇ。


風呂から出た10時半ごろ、今度は大学時代に久しかった友人からの電話があった。

「私、向日葵《ひまわり》。ごめんね、遅くに」

「ああ、ヒマちゃんか、いいよ別に。うちは何時だって」

向日葵は大学時代にいろいろと健太を助けてくれた女性で、特に厳龍の葬儀のため数日学校を休んだときなど健太が担当するパートのレポートまで全部仕上げてくれた。

まぁ、そのお礼にと新しくオープンしたスウィーツの店へ連れて行ったのを言納に見られて大変だったけど、あのときは。『臨界点』での話だ。

その向日葵は卒業後地元の諏訪に帰った。それで先日、8月26日に諏訪大社へ行くことを伝えたくケータイを鳴らしたが出なかったので留守電にメッセージを残しておいた。

が、それから何の連絡もなかったため彼女のことは忘れていたが、明日前宮に行くという。

「嬉しいよ、ありがとう。前宮はすぐ近所なの？　家から」

「ごめーん、言ってなかったっけ。私、松本に引っ越したのよ。松本って言ったって街から少し離れた田舎だけどね、田んぼと森に囲まれた。すぐ近所に須々岐水《すすきがわ》神社っていうのがあるだけ」

健太は全身総毛立った。

ニギハヤヒ尊から伝えられた
『完全無欠の神はかり』

とはこのことだったのかと。

そうだよ。けど、まだまだこんなもんじゃない。が、いいや、今は。


「その神社の境内にすすきは生えてないかなあ」

「あるよ」

いやにあっさり言い切った。

「注連縄で囲んだ小さな聖域で育ててるよ、すすき。たしか片葉のすすきとか何とか言ってたよ、宮司さんは」

「宮司さんのこと知ってるの？」

「うん。だって引っ越して来たとき挨拶に行ったもん、〝真澄〟っていうお酒持って」

またまた健太はブッ飛んでしまった。それに忘れてた、御神酒のことを。

神はかりだ、まさに。

それで健太は訳を話し、明日、須々岐水神社のすすきを持ってきてもらうよう頼んだ。

「判った、宮司さんに話してみる。もし駄目だったら薄川《すすきがわ》の川原のすすきでもいい？」

いい、いい、いい。完璧です。

＊

8月26日、諏訪地方は晴れ。昨日までの雨も上がり、夏らしい日になった。

大社では御射山祭《みしやまさい》も始まり、街全体が活気付いているようだ。

ゆうべ寝付けなかった健太は家にいても落ち着かないので予定よりもずっと早く家を出た。

だが前宮では御射山祭の神事が終わるまで勝手なことができないため、守矢史料館のミシャグチ神に挨拶したり「真澄」を探したりしており、10時少し前になってからやっと前宮に向かった。

神社下の駐車場は祭りのため満車。どこにもスペースが空いてない。

なので社のすぐ脇にある駐車場まで登って行くと、いるわいるわ、大勢の参拝客でごった返してた。

駐車場入口でこちらに向かって日の丸を振っている男がいる。生田だ。なんでやねん。

向日葵もススキを大事そうに抱えて立っている。隣りには那川に戸隠で紹介された麻理もいる。

健太が車を停めると彼らが近寄ってきた。

「来《き》ーちゃった」

「言…………」

言納だ。

「へへへ、驚いてくれた？」

「変だと思った、ゆうべの電話。なーんか言いたいことを我慢してるなと思ってたんだけどこういうことだったんだ。犬山にいたのか、ゆうべ」

「ううん、違うの。名古屋。みんなで名古屋に大集結。健太、紹介する。温ちゃんと召使いのヒロさん。北海道から来てくれたのよ」

ヒロがペコリと頭を下げた。

「それからこちらは静岡の聖《ひじり》君」

聖が手を差し出した。

「会いたかったよ。オレと同じ暦を作ってる奴がいるって聞いたときから。今夜ゆっくり〝○〟と〝□〟の話をしようぜ」

小夏が聖の後ろからニンマリと顔をのぞかせた。

「あっ」

健太は一瞬怯んだが、別に心配ない、如一と如円は姉妹以上の仲になっている。

言納が続けた。

「ナッちゃんの隣りは勇人君。イスラエルへ行っちゃうんだけと出発を延ばしてくれたの。この日のために。それから……」

「あっれー」

琴可と和也がいる。しかも和也は胸にジュニアを抱いていた。

「お久しぶり、健太君。健太郎っていうのよ」

そう言って琴可はジュニアの手を取り健太に向けて振った。

「和也がね、どうしても健太君の名前をもらいたいって言うの。だから健太郎なの」

和也が琴可へのプロポーズを決めたのは健太と飲んだ飛騨高山の夜があったからだし、ノルウェーでアメリカの謀報機関に監禁されたときも救ったのは健太の力が大きかった。それぞれ『日之本開闢』と『臨界点』での話だ。

和也にしてみれば健太は命の恩人。なので息子に健太郎と命名した。


その他、噂を聞きつけた人たちが次々と健太に挨拶をした。かなり遠方からも来てくれているようで、福島や徳島からの人もいた。

福島県でも諏訪信仰が根強く残っていて、一部の地域ではあちこちに諏訪神社があるし、徳島をはじめ四国でも諏訪の神は大切にされている。

さらに驚いたことに、大勢の参拝客はてっきり御射山祭の参加者と思っていたが、いま残っている人たちはすべて和睦の神事のために集ってきた人だと生田が話した。

木曽御嶽の「橋渡しの儀」も当初は二〇人か三〇人程度で行うつもりだったが、蓋を開けてみたら百人を越す人が集まってくれた。

今日はそれ以上か。

「生田さん、さっき数えてたのよ」

「はっきりは判らなかったけど、健太君入れて152人」

ほら出た。152だ。

前宮の前を走る国道は152号線だ。

すると言納が、

「今日の152は〝はごろも〟ですって」

と独り言のようにつぶやくと、それを聞いた麻理が忘れてたことを思い出した。

「健太君、はい、これ」

麻理が差し出したのは〝はごろも〟ではなく麻布だった。

長さは約一・五メートル、幅は三〇センチぐらいのショール状の布だ。

「何かに使うかなと思って持って来たんだけど、いらない?」

健太は武者震いをした。やばい。完全無欠だ。なぜなら麻理の持ってきた麻布こそが「比礼」なのだ。本日健太が言霊で揺り動かす「蛇《おろちの》比礼《ひれ》」のカタとなるものだ。

「麻布といえば健太君の衣装も麻でしょ」

麻理が健太の服装について触れた。実はこれも訳があり、いいところに気付いてくれた。

ナイル年表では〝日之本神宮奥の院開き〟の際に、〝お札《ふだ》は「日之本大麻」〟と出ていた。なので健太はそのようなお札を作ろうと思っていた。

だがつい数日前、師匠黒岩の知人で麻の衣装を扱う女性が仕事場へ訪ねて来たとき、健太をひと目見るなりこう言った。

「夢で見たのはあなただったのね。これ、着て下さい。お代はいりません」

それで差し出したのがいま着ているものなのだが、その衣装を見た健太も驚いた。

白の上着に紺色に染められた袴のようなパンツ。西宮えびす神社で七福神祝詞をうたいながら踊っていたエビスさんの衣装と同じだったのだ。

なので、「日之本大麻」のお札の代わりに自らが大麻に身を包み、神の宿るお札になったわけだ。

「大麻《たいま》」も52になる。

祭壇の用意が始まった。社のすぐ前だと他の参拝客の邪魔になるため、少し下った位置に台が置かれ、白布が掛けられた。

御神酒は二本。諏訪の酒「真澄」ともう一本出雲の酒が用意され、朱塗りに金文字で「寿」と書かれた盃も並べられた。

各地から集められた清水《せいすい》は大きな寿司桶に集められ、徐福サミットの準備のために来られなかった那川が送ってきた岩石パークの湧き水もそこに混ぜて和合と調和のシンボルとした。

竹筒にも水が注がれ、いま二箇所のすすきが立てられようとしたそのとき、健太の祖父が結《ゆわ》えたひもが切れた。

「わー、どうしよう」

不吉なことでも起こるのだろうか。健太はそんな不安を想い浮かべてしまったが、そうではなかった。

東京から来たという女性がハンドバックから麻ひもを出し、どうぞお使い下さいと言う。

なんでも、今朝出掛けに、どうしてもこれを鞄の中に入れておきたくなったからそうしたのだそうだ。

ここでも出たぞ、完全無欠の神はかり。

「そうだ」

生田がショルダーバッグから布の包みを取り出した。

「糸魚川《いといがわ》の翡翠《ひすい》だよ」

手鏡ほどの大きさがあるその原石は、カッターできれいに切断され、断面が美しく光っていた。本当に手鏡のようだ。

「先日糸魚川へ用があってね。たまたま食事に入った店の女将がすぐ隣りで勾玉を売る店もやっててさ、そのご主人はもう三十年ぐらい糸魚川から拾ってきた翡翠で勾玉を造ってるって言うんだよ。あの辺りにも諏訪神社がたくさんあるから、ご主人に今日の神事のことを話したらこれを持って行けって」

健太の心臓が高鳴り出した。

「いただいてもいいんですかって聞いたらそのご主人、息子さんの汚名が晴らされてお母さんもきっと喜ばれるだろう。持って行きなって」

そうか。そうゆうことだったんだ。

糸魚川には翡翠の神、奴奈川姫《ぬなかわひめ》がいる。建御名方神の母だ。

姫は大山の麓で他の王妃たちとは離れひっそりと暮らしていたが、出雲の国奪いによって御穂須須美が領土を奪われたのに合わせ出雲の地を離れた。夫大国主命は殺され息子御穂須須美も追放されたとあってはその地に留まる理由などない。

そこで姫は、渡来した後に越《こし》の国を築いた祖父と共にかつて暮らした糸魚川の地に戻って来たのだ。

すでに祖父も父も他界していたが、この地だけは奪われまいと、出雲を支配した勢力から越の国を護った。諏訪大国を発展させた息子建御名方神と共に。

元々は糸魚川に暮らす奴奈川姫を出雲の大国主が見《み》初《そ》め、后《きさき》として迎え入れた。同時に出雲国は翡翠の原産地である高志《こし》（越）を我が領土とすることに成功し、それで糸魚川産の翡翠が出雲へと流れている。

が、歴史は歪められた。御穂須須美の名は消され、他の出雲の神々もその名を封じられた。

古事記・日本書紀成立から千三百年弱。やっと我が子の名が日の目を浴びるとあっては母が喜ばぬはずがない。

だからそれはいい。

逆に考えれば、千三百年間母は我が子を不憫《ふびん》に思い、案じ続けてきた。

そして建御名方神はそんな母の想いや、殺されてもなお我が子の復権を望む父、大国主命の想いこそが我が宝ということを伝えたく元諏訪であのようなことを健太に語ったのだ。

健太はそれに気付き溢《あふ》れる涙を堪えるのに必死だった。

なお、人々は気付いてないが、生田が持ってきた翡翠は我が子を想う母、奴奈川姫の分霊として姫自らの意志で持ち込ませたものであって、日之本の正統な神々を立たせまいとする勢力から祭壇を護る働きをしていた。

そんな想いが作用したのか、健太は無意識にその翡翠を竹筒の前に立てた。

子を想う父母の想い、永遠なり。

なんだか、いい話をしちゃってるな。

さて、ほぼ準備が整ったのだがひとつ気にかかることがあった。

「ねえ、生田さん。さっきから気になってたんだけどさぁ、何で首に日の丸差してんですか」

生田は健太が到着して以来ずっと日の丸をポロシャツのうしろ襟に差し込んでいたのだ。

「すっかり忘れてた。はい、日の丸」

そう言って健太に手渡した。

「何すんですか、これで」

「知らない。戸隠の天狗が持って行けって」

「あー、そう言えばぼくも」

神事に必要なものがまとめてある段ボール箱からトルコの国旗を出した。

あのときお地蔵さんに言われたので運動会の飾り付け用のものを探して持って来たのだ。

トルコ国旗は赤字に白で月と星。それと日の丸がどう関係を……。

健太は頭がクラクラしてきた。気付いてしまったのだ、その訳を。

スイス国旗と日の丸が紅白で〝丸〟に〝十〟であったように、このふたつの国旗が揃うことで〝日〟〝月〟〝星〟が紅白で表れる。

太陽神殿ピラミッドの頂と同じだ。

そして諏訪の七不思議のひとつ「穂屋野の三光」が見られるとされているのも今日、8月26日だ。

「白い恋人」と「赤福」を潰した勢力、ザマーミロだ。いかんいかん、和睦だった。

『それだけじゃないわよ』

桜子が言納に語りかけた。

『日・月・星をひとつにしなきゃ』

言納は意味が判らなかったが、それを健太に伝えた。

「ひとつにする？　……もしかして、日と月と星とくっつけて〝明星〟だったりして。わーァ、何、何」

健太が突然左腕を祓った。そして次の瞬間、

「うわっ、うわっ、何かいる」

今度は左の頬を祓った。

何が何だかさっぱり判らない。

ところが、その様子を見ていた言納が大声でゲラゲラと笑い出した。

「あのね、あはははっ。それさぁ、あはははは」

笑えて話すことが不可能らしい。

それでもしばらくすると収まってきたようで、

「それね、桜子ちゃんよ、きっと。健太も〝ギュー&チュッ〟されたのね。あーあ、可笑しかった。あはははは……」

笑いが再発した。言納、故障中。

『ほらね、言リンの彼が気付くって言ったでしょ、シャンバラの帰り道に。日と月と星が揃うと明星天子が動けるの。今日、ここへ来てるよ。けど、あっちへ行っちゃった』

桜子が指したのは前宮の裏山だった。太陽神殿が建つ場所である。

明星天子は虚空蔵菩薩の応現ともされているが、ここではそっち方面のことについて触れるのは止め

ておく。さっぱり判らないからだ。

詳しく知りたい人は「明星天子　後援会会長」竜三氏のホームページに出ているかもしれないので、そちらを。

竜三氏はとても親切な先輩なので、面倒なことは全部そっちへ振る。


さて、日・月・星が揃ったことで明星天子が動くということは、金星の働きも何か始まるということ。ナイル年表に出て来た、

〝2012年6月6日
「77――107――171」祭典〟

に向け、いま動き始めた。

そして健太もトルコと日本の融合の必要性に気付いた。

日本の国番号は81だが、トルコのそれは90だ。81と90、合わせて171。

〝171〟こそ天地大神祭。


よろしいですか。

日の丸とトルコ国旗で紅白の日・月・星が揃い、それが太陽神殿ピラミッドの頂に同じものを出現させる。

ピラミッドはエジプトから。

エジプトの国番号は20で、81と合わせると101になる。〝101〟は和合だ。

さらに、日・月・星が揃って明星天子と金星の働きが地球上に作用し、さらには2012年6月6日の「77――107――171」祭典への準備も始まった。

それでもって日之本81とトルコ90が合わさることで天地大神祭が世界規模で動き出したということ。

2009年9月9日に向けての〝81〟の国日本と〝41〟の国スイスの話もすごかったけど、今度のもすごか。がばいすごかとよ。そう思いんしゃ。

＊

生田の友人で磐笛の名手が奏でるその音は、それまでの磐笛の概念を覆すほどの迫力で参加者たちを圧倒した。
その後静かにゆったりとした篠笛が流れる中で健太は祭壇の前に立ち、御題目に続き「和睦の神事」用祝詞を読み上げた。

「日之本神宮奥の院開き　和睦の祭典」

まずは神から人への御言葉だ。西宮の廣田神社と産土諏訪神社で受けたものである。

「すすきの穂
携え参れよ　諏訪の地へ
長き時空の旅の果て
いよよ始むる和睦の神事
支配の連鎖　次々に
重なり合うて　今やここ
からまり合うて　四本の柱
何をかの
とじこめ合うてきたのかと
人よ判りて欲しきもの

君臨する者　権力の
すべて手に入れ　他の者を
押さえ　押し込め　閉じ込めて
怨念は
積まれ　隠され　秘められし
身動きとれぬ年月を
人よ判りて欲しきもの

明るき心　清しき心
光に満ちて人々よ
ますぐにますぐに一心に
祈り届けよ　和睦の祈り
深き謝罪と感謝とともに

神々の
世界と人は言うなれど
長き時空のその中で
互いに押し合い引き合いて
強き力が君臨す
互いに押し込め　閉じ込めて
長き時空を何としよう

人よ心のあるならば
清き水にてすべてを流し
清き心で解き放て

四本の柱に込められし
封印解いてほしきもの

たしかにお受けいたしました」

健太は巻き紙を別のものに持ち替え、神々への返答となる祝詞を読み上げた。
一礼し、

「お返しいたします

父母と神より生受けて
今日の佳き日を迎えしも
人々の
腹に積った恨み　つらみ　わだかまり
神々集う諏訪の地で
水に流し　洗い流し
自らが　清き社となりますゆえに
神もお人も和睦の神事
神々が　お人のカタであられるように
人々も
お一人ひとりが神界の
神人《かみびと》ヒナ型あらわすように

心し　つとめてまいります
諏訪《すわ》大神《おおかみ》建御名方刀美恵美須《たけみなかたとみえびす》　尊《のみこと》
にかけられた
事代主の名を解き
御柱立ちた喜びを
謹しんで
御祝い申し上げます
おめでとうございます

建御名方神の名により
忘れ去られし須須岐の氏神　先人たちと
古《いにしえ》より諏訪の地に　鎮座まします
モレヤの神々　ミシャグチの神
大祝《おおはふり》　上社・神氏《みわ》　下社・金刺氏《かねさし》

皆々様が本日これにて
和睦していただけますよう
魂《たま》の奥より　お祈り申し上げます

本日の

一、日之本神宮奥の院開き
　並びに　信濃国開闢
　加え、人々の玉し霊の奥の院開き
二、諏訪大神建御名方刀美恵美須尊の呪縛解放
　並びに　古の神々様の祭典復活
三、エジプト国アスワンからの
　太陽神殿建立
四、諏訪開門
　イスラエル国より〝光の遷都〟

謹んでお慶び申し上げます
おめでとうございます
ありがとうございます」

これでひとまず祝詞代わりの挨拶が終わり、健太は深々と一礼した。

続いて打ち合せしたように健太が金銀の鈴を振ると、例のうたが始まった。

鈴はエジプト全土で振ってきた例の鈴だ。

♪八雲立つー　出雲八重垣　妻ごみに
　八重垣つくる　その八重垣をー
　　八雲立つー　出雲八重垣　妻ごみに
　　八重垣つくる　その八重垣をー
八雲立つー　出雲八重垣　妻ごみに……

二手に分かれた参加者の声が揃ってきたので健太は首に掛けていた「比礼」を両手に被せ、蛇比礼の印を組んだ。

最も緊張する瞬間だ。建御名方神の呪縛が解けるか否かはこの言霊に懸かっているのだから。

大きく息を吸い込むとそれを腹に溜め、丹田に力を込めた。


「うぉ――おう――

トホ――　カミ――ィヱヰ――　タメ――」

大山でカエデに教わったように「ィヱヰ――」で何かを切り裂くような気を込めている。

「トホ――　カミ――ィヱヰ――　タメ――

トホ――　カミ――ィヱヰ――　タメ――」

印を組んだ両手を胸の前にもってきた。

「ヒトーフターミー　ヨーイツームユーナーナ　ヤーココノタリー」

天の数うたに合わせ印を組んだままで水平に円を描く。

「ヒトーフターミー　ヨーイツームユーナーナ　ヤーココノタリー

ヒトーフターミー　ヨーイツームユーナーナ　ヤーココノタリー

モモーチーヨローズー」

比礼の中で別の印に組み換えさらに続く。

「フルヴェー　ユラユラー

フルハセー　タマーエー

モモーチーヨローズーニー

フルハセー　タマーエー

フルヴェー　フルヴェトー

フルハセー　タマーエー

ムゥ――ン　ィヱヰ――」

最後は組んだ印を地面に付き刺すようにした。

「諏訪大神建御名方刀美恵美須尊　呪縛解放

八坂弥栄」

すると参加者たちも後に続いた。

「八坂弥栄」と。

続いて七福神祝詞なのだが、これは参加者にプリントが配られているので全員参加できる。カッコ内が参加者たちのための部分だが、健太と共にエビス役に加わる人が何人かいたがそれも賑やかでよろしい。

参加者が判りやすいようにと少しだけアレンジしてある。

「めぐりて天龍　昇りしは
花たちばな　匂《にお》い香《か》の
天地《あめつち》開けし　開闢《かいびやく》に
弥栄八坂《いやさかやさか》　ひふみ世《ゆう》
（弥栄八坂　ひふみ世）
めでためでたの　みろく世《ゆう》
（めでためでたの　みろく世）
弥栄八坂　ひふみ世
（弥栄八坂　ひふみ世）
めでためでたの　みろく世
（めでためでたの　みろく世）
あっぱれ　あっぱれ　えんやらや
（あっぱれ　あっぱれ　えんやらや）
（あっぱれ　あっぱれ　えんやらや）
（あっぱれ　あっぱれ　えんやらや）」

健太は調子に乗ってエビスさんの台詞まで付け加えた。

「そろいそろいて　あな手伸《たの》し
そろうたそろうた　八重手伸《やえたの》し
天晴れ」

続いて〝すすき祓い〟と称して四本の御柱《おんばしら》が各地から集めた「和合と調和の水」で清められた。

『……
清き水にてすべてを流し
清き心で解き放て

……』

を実行に移す。

幾人かが代表に選ばれ、小分けにされた桶の水と柄杓《ひしゃく》を持って一の御柱から四の御柱まで順に清めるのだ。

まずは健太が「和睦のすすき」で御柱を祓い、その後に四方から水をかけて回る。

「みーず　うるわし
みーず　うるわし
とうとしやー

みーず　うるわし
みーず　うるわし
とうとしやー」

声を揃えてうたいながらそれぞれの御柱を四方から清めの水で濡らしていった。

と、そのころ桜子が言納の耳元でささやいた。

『あっ、ほら、龍神さんが目覚めた。聞こえるでしょ、湖の底から』

言納が意識を合わせると、たしかに聞こえてくる。

『でしょ。スーハー、スーハーって。もうすぐ出るわよ』

〝スーハー〟とは龍神の呼吸であって、これも「諏訪」なのだ。龍神がラマーズ法で出産しているのではない。

「みーず　うるわし
みーず　うるわし
とうとしやー……」

水掛け隊が祭壇に帰ってきた。

健太はすすきを二本の竹筒に戻すと、再度深く一礼した。すると神々から礼の御言葉が降りてきた。

『すすきにて
すすき祓いたまひて
清水にて
浄《きよ》め流したもう種人の
真心　うれしや　ありがたや

これまでの
長き年月　争いの
辛き歴史の積み重ね
人々は
君臨するもの正しやと
あがめ祀《まつ》りてきたれども
光　当たれば　影は泣き
押さえ押し込め　閉じられし
その真実を　種人よ
知りて判りてここに立ち
和睦の祈り　捧げんと
集いたること　ありがたや

真心は
何よりの糧《かて》　光の伝え
湖《うみ》に山にと光の波は
広がりてゆく　ありがたや
木々に草にも生きものの
すべてに伝わり輝きぬ

種人よ
おひとりひとりが真心と
和心保ち　次の世に
つないでゆけよ　種人よ

◯ゝ　開門』

〝◯ゝ〟の〝ゝ〟は「須」であり、ここでは「ス」を表す。〝〇〟はそのまま「輪」なので「ワ」だ。大神神社でも出てたっけ。

なので『⦿　開門』とは「諏訪開門」である。

『日之本41の
59開きて
祝　日之本神宮奥の院開き』

続いてのものを説明すると、〃41〃はヘソだ。へ＝29、ソ＝12で41。これは諏訪湖のことだ。〃59〃は「真ん中」と「諏訪」双方を表すもので、共に言霊数は59になる。

なので、日本のヘソであり真ん中に位置する諏訪が開いたことでとうとう日之本の奥の院が開かれたのだ。

さらに続いた。

『日之本81の
32となり
祝　〃光の遷都〃』

この〃81〃は日本の国番号でもあるが、「光」そのものだ。〃32〃は「遷都」なので、続けると「光の遷都」になるが、それだけならそのままが出る。ということは他意があるということだ。

『数霊』（たま出版）の巻尾に〃81方陣〃が載っているが、81×81のまん真ん中が3281だ。

81方陣は地球上の言語の種類と同じ6561の数字で成り立っていて、それはイコール地球人類の文化の数を表している。

そのまん真ん中の3281の位置に日本が入ることになった。

つまり〃光の遷都〃によって日本が世界の中心になったのだ。しかも〃81方陣〃だ。

〃光方陣〃の中心なのでこれはもう日本が人類全体の行く末を左右するという何よりの証拠。そして中心になる文化を築いてゆく。

ならば2009年9月9日、七福神の宝船飛来及び日本とスイスによる世界の経済の救済は絶対に成功させねば。

前宮で和睦の祭典が続けられているころ、諏訪湖の湖面に変化が起きていた。強い風が吹いているわけでもないのに波が大きくうねり、湖の中央部が盛り上がってきた。湖畔の観光客もそれに気付いているようだ。

水中がキラキラと光りだし、それが10秒ほど続くとやがてエネルギーが臨界点に達し、ブワーッと上空に放出された。とてつもないエネルギーだ。

一旦大気圏から飛び出したエネルギーは宇宙空間で鋭角な放物線を描き、再び地上目がけて加速した。目ざすは前宮の御柱。

龍体の姿を現さぬままのそのエネルギーはわずか数秒で前宮上空に達すると瞬間的に四つに分裂し、それぞれが四本の御柱《おんばしら》を突き抜けた。

「バ――ン!!」

閃光と共に爆音が轟き、直後に地面が揺れた。だが、あまりに瞬時の出来事だったので健太をはじめ参加者たちは何が起こったのか判ってない。

それでも次に上空から強裂な突風が吹いてきたときには、ただならぬ何かが起きていることだけは感じた。

「キャ――」

その突風ですすきが立てられた竹筒が吹き飛んだ。中の水も飛び散り、何人かにかかったようだ。

「わー、大変」

飛んだすすきを拾い上げようとした向日葵が驚きの声をあげた。

「何でよ、えー、どうして」

別々で二本の竹筒に立てられた美保関のすすきと

須々岐水神社《すすきがわ》のすすきが、筒を結んであった金と銀の水引にしっかりと結《ゆわ》えられているのだ。

風で吹んだ瞬間に水引は筒から外れ、そのままふたつのすすきをきつく結んだというのか。

向日葵は拾い上げたすすきの束を健太に手渡した。

その瞬間、

『和睦　成せり

太陽神殿　建立』

健太は嗚咽《おえつ》を堪《こら》えそれを皆に伝えた。

人々の祈りが神々の心を動かし、数百年、千数百年に渡っていがみ合い、争ってきた先人たちを和睦させた。

まさに『人を生かすは天なれど、天　動かすは人なるぞ』をやってのけたのだ。

参加者たちは見知らぬ者同士が抱き合ったり、また涙を流し社の前で祈ったりして喜びを表現していた。

祭壇横では一筆龍を見事に描く青年が、やや緊張した面持ちでデモンストレーションを始め、一の御柱の前では健太の晴れ舞台のために駆け付けてくれたボロンがうたい出した。

すでに何十人かは輪になって踊っている。

初めは遠巻きに眺めていた人たちも一人、二人と輪に加わりだし、やがては約一五〇人の大きな大きな輪ができあがった。

「めぐりて天龍　昇りしは」

ボロンに続き、皆もうたう

「めぐりて天龍　昇りしは」

「花たちばな　匂い香の」

「花たちばな　匂い香の」

「天地開けし……」

健太は一人輪を抜け出して社の前にひざまずいていた。

本当にこれでよかったのかどうかは今でも判らない。しかしここ数週間、この日のため、神々のため、人々のため、そして自分自身のために精一杯やってきたことだけは間違いない。それが大勢の仲間たちのお陰でこのようなカタチにすることができた。

いくら神々が『完全無欠の神はかり』で人を動かそうが、人間側にしてみれば不安がなくなることはない。

健太は安堵すると共に参加者一人一人も奥の院が開くよう祈っていた。

すると太陽神殿が現れ、頂の日・月・星がそれぞれ金・銀・白金に輝き健太の意識がピラミッドのすぐ正面に飛んだ。目の前には一番背の高い太陽ピラミッドがある。

『入りなさい』

しかし入口はどこにもない。月ピラミッドも星ピラミッドも同じで入口などないのだ。

『〝平安と真澄の心〟

それがあればどこからでも入れます』

そうか。だから御神酒は「真澄」が指定されたんだ。しかし健太は自分の心が平安でもなければ〝真澄の鏡〟のように澄んで清らかなものではないということを自覚していた。

（オレは入ることができないや……）

それでも気付くと健太はピラミッドの中にいた。外からは中が見えなかったが、中からだと外の様子がよく判り、前宮では歌と踊りが続いているのが見える。

（あれっ、どうして入れちゃったんだろう）

『たとえ心を汚しても
魂《たま》は汚れておりません
魂は穢れておりません
病いにかかるは身と心
魂は病んでおらぬこと
知らしむためにお呼びしました』

太陽神殿内部は中央に八角形の透けた柱が立っており、ゆっくりと回転している。

柱のまわりには虹色の二本の螺旋がそれぞれ上から下へ、下から上へと回りながら流れていた。床屋の入り口にある赤・白・青の回転しているあれのように。

健太が柱の近くに寄ろうとしたとき、自分がそこに意識だけでなく霊的肉体を伴っていることに気付いた。

そして虹色の螺旋に触れると体が胸まで床の中に沈んだ。

（うわっ）

驚いた健太が胸の高さまで迫る床をよく見ると、下が透けて見える。そして床を対称にして反対側、つまり地中側にも同じピラミッドが存在していた。

エジプトでも同じだった。ギザのピラミッド群も地面の中に同じくピラミッドの形をしたエネルギー体があった。


健太は無意識に両手を水平に広げており、胸を中心にして大きな無限大マーク形に気が流れていた。その気というのが色付きで、右手の場合は上側が金色で、先端まで行って下側を流れるときには銀色に変化している。左手はその逆で、右下から流れてきた銀の気はそのまま左上を流れ、先端で金に変わり下側を流れる。

しばらくその様子を眺めていると、今度は上下にも無限大マーク型に気が流れていることに気付いた。胸を中心に頭部と下半身側にそれがあり、やはり金と銀が交互に流れている。つまり胸が中心になって無限大マークの十字架がつくられ、体はその中にすっぽりと収まっているのだ。

このとき健太は自分の意識の中に「孤立感」という恐怖がなくなっていることを発見した。

意識が宇宙空間そのものと同化し、何もなくても足りないものはひとつもなく、誰もおらずともすべてと一体感があり、まさに大安心の境地だ。

そんな安らぎに浸っていると、喜びが増すにつれ無限大十字が分離し始め、分離した十字が胸を中心に45度傾いた。8枚の花弁を持つ花のようだ。

廣田神社で出た〝✤〟と〝✴〟はこのことだったのだ。〝✴〟の中に8枚花弁がぴたりと収まる。

健太の意識がさらに進化し、すべての人々が自分の分身であり、あらゆる環境においてもそこに喜びを見い出せるようにと送り出した自分自身であることがはっきりと認識された。それは人に限ったことでなく動植物も、そして鉱物に至るまでそれを感じることができたのだ。

すると8枚の無限大マーク花弁がまた分離し16枚になった。

16枚の花弁の持つエネルギーから生み出される意識が、いま健太が体感したそれで、それはつまり創造主の意識そのものなのだ。

このとき健太の脳裏には、まだまだ上の意識があることが認知されたが、32枚の花弁になると肉体人間に収まっている玉し霊には耐えられない次元になるため、進化の体験はここで終わった。

32枚の花弁は神としての存在が持つ最高位のようなものであり、人の意識ではまだ入れない。

その上に64枚という世界もあるらしいのだが、ウ＝3、チ＝20、ユ＝38、ウ＝3、で64になるように、宇宙の全体意識となるため〝個〟としての存在が一切なくなってしまう。

128枚というのもあるのだろうか。

さて健太だが、次第に人間としての意識に戻ってくるとやや頭痛を感じていたが、全く見えず感じずの存在から小さな石を渡された。

脳裏が微かに受け取った感覚を信ずるとすれば、それは「ゼオライト」という鉱物で、そこから出ている周波数の複合波か何かが時空を越えるためのエネルギーとして人を助けるという。ただ、受け取った想念があまりにも微細だったため、健太が理解できたのはそこまでだった。

そして大切なことは、太陽神殿ピラミッドは生命エネルギー転換装置であり、中へ入るためのパスポートになるのが〝平安と真澄の心〟であるということ。

また、それさえあれば諏訪の地まで来ずとも、その場で装置の内部に身を置けるということ。

なぜなら、どこにいようが両手を水平に広げて体のまわりに無限大十字を創造すると、頭上と足先の花弁がピタリと頂点に合わさる三角形が上下に生まれ、意識することでその三角形は立体へと成長するのだから。

つまり、自身のまわりに上下合わさるマイピラミッドを造ってしまえるというわけだ。

それを可能にするのが、何度も言うが〝平安と真澄の心〟なのである。

そして、桜子が伝えたように、日・月・星が揃って明星天子が動くのならば、このピラミッドエネルギーは金星の影響が大きいのかもしれない。

健太の意識が肉体に戻ると、約一五〇人の参加者は完全にひとつになっていた。

それはいわば「自他一体の認識」とも呼べるものであり、健太が8枚花弁次元で体感したものに近い。

例えが適切ではないが、8枚の一歩手前の7枚次元といったところか。

しかし地球三次元にはそれが必要なのだ。その7

枚次元と表現した状態こそが〝三次元的七次元〟で、七福神と同調できる精神状態なのだから。

これで日之本神宮奥の院開きの〝和睦の祭典〟が終わった。

神風により金銀の水引で結ばれた美保関と須々岐水神社のすすきは向日葵が持って帰り、須々岐水神社で報告を済ませた後に薄川に流された。

そして参加者たちも大きな喜びと満足感を胸に各々帰路に着いた。

健太は、帰って行く参加者の後ろ姿に手を合わせずにはいられなかった。

〝和睦の祭典〟　無事終了。

その6　祭りがすんで陽が暮れた……けど

「ドーン」

「ドドーン」

鮮かな花火が夜空を彩り、湖面にもその美しき姿が写っている。まるで山下清画伯の作品そのものだ。

和睦の祭典も無事終わり、温泉で汗を流した泊り組の面々はホテルのビアホールに集結していた。

生田のテーブルには和也と琴可が同席しており、当時の話を生田に聞かせていた。

生田と和也たちは初対面なのだが、和也がノルウェーでアメリカの諜報機関に捕まったとき、スカンジナビアの天狗が動いてくれたのは生田の力があったからこそだった。

なので当然話題は健太や言納のことになる。

が、健太と言納はホールの一番隅っこのテーブルに陣取っており、言納にとってはやっと念願叶って健太と聖を引き合わせることができた。

「改めまして、健太です。今日はわざわざ遠いところまで来ていただきましてありがとうございました」

「いやー、会いたかったんだけどさあ……」

聖は健太の目の奥を覗き込むように注視した。

「……会ってみたら……久しぶりだね」

「えっ」

「一緒だったよ、マヤで。だから健太君もそのころの記憶があって地球暦使ってるんだよ」

以前「球暦」と呼んでいた全円カレンダーを聖は「地球暦」の名に改め、さらに進化させていた。そしてその最新版を健太の前に差し出した。

「あげるよ。今度はこれも使ってみて」

手渡されたそれが濡れぬようにとビールの入ったジョッキと枝豆の皿をテーブルの端に追いやり、健太はまざまざと地球暦に見入った。

「これはすごい」

暦に必要なあらゆる情報、それは月の満ち欠けや二十四節気、土用という〝季節〟が一目で判るように表されており、さらには水星、金星、火星と地球との関係性まで細かく記されており、その完成度は健太にとって涙モノであった。しかもシンプルだ。

だが地球暦で最も重要な情報は、太陽に対して現在地球が何度の位置にいるかであった。

もちろん基準日は全世界真東から太陽が昇る〝春分の日〟だ。

「今日は8月26日だろ、だから大体153度の位置だな。健太君、誕生日はいつだっけ」

「11月22日です」

「とすると、240度の位置だ。ぐるーっと地球が太陽を一周して、また240度地点に戻ってくるとひとつ歳をとるわけさ」

「あー、なるほど」

「240度地点ってのは二十四節気の「小雪《しょうせつ》」に当た

る日でさ、120度の「大暑《たいしよ》」、0度の「春分」とで一年を三等分する日なのさ。反対側は60度地点。そこを地球が通ると健太君は0.5歳ぶん歳をとる」

240度に対し反対側の60度地点、数霊でいう「年対称日」だ。やはりベースには共通した過去の意識が残っているためだろうか、表現は異なるがモノの捉え方が同じだ。

「この〝度〟ってのが大切なんだな。これからはさぁ、〝今日あたりはそろそろ135度か〟とか〝180度、おめでとう〟なんていう会話ができたら楽しいよな。何月何日かなんて知らなくても今日は何をすべき日かが判るんだから」

「うんうん、そうですね」

「〝度〟だよ、健太君、これからは」

〝度〟＝ド＝62。

花火が終わり静寂が戻った夜空を見上げ、健太はツタンカーメンを思い出していた。

健太にとって〝62〟はイコール彼だ。


『いつも一緒さ』

（トゥト……）

確かに聞こえた彼の声。

すると言納が叫んだ。

「健太、あれ見て」

諏訪湖畔に建つホテルから見てちょうど諏訪大社の本宮や前宮が建つ方角を指差している。

「おー」

生田テーブルや小夏・温子組テーブルのメンバーも立ち上がり、金網フェンスに駆け寄った。

そこには三角に尖った三つのシルエットが夜空に浮かび上がって見えた。

「太陽神殿」

「本当にできたんだ、この地に」

それは守屋山と重なっており、その山こそが今後非常に重要な意味をなすことになる。

金網に両手の指をかけてシルエットに見入る言納

の目にはうっすらと涙が浮かび、隣りでは温子が手を合わせて祈っていた。

そして健太は、天空を見上げ心の中でこう叫んだ。

（トゥトーッ、ありがとー）

＊

ビアガーデンを出た後、如一小夏は如円言納や勇人を引き連れてカラオケに行ったが、健太は部屋に戻って〝消された〟諏訪王朝について書かれた本を読むとはなしにペラペラめくっていた。

そして、全国に影響を及ぼした諏訪王朝というものが、出雲王朝以上の力を持っていたのではなかろうかとさえ感じ始めた。

それは、例えば「牛に引かれて善光寺参り」の善光寺はその昔、実は諏訪社であっただとか、名古屋が名古屋と呼ばれる以前は上諏訪野、中諏訪野、下諏訪野といった地名で発展していったりだとか、他にも大阪は名古屋以上に「諏訪」だったり、三重県の四日市は現在も市の中心が諏訪町であったりとか、京都市内にも諏訪として栄えた地域があり、現在も御射山の名前でその面影が残っているなど、挙げればキリがないのだ。

ということは、２００８年2月26日の「日之本開闢」は女性性の湖の琵琶湖で行われたが、8月26日の「諏訪開門」があってこそはじめて日之本の開闢に繋がるということになる。諏訪湖が男性性の働きを担い、合わせて陰陽太極が完成する。

諏訪開門、そして諏訪大神建御名方刀美尊の復権こそが「真なる日之本開闢」だったのだ。

そして72年前、この年と同じねずみ年で一白水星の１９３６年2月26日に国を揺るがした「二・二六事件」の真相こそが今後の人類の行く末を担う鍵となるのだが、それについては残念ながら明るみに出る可能性は低い。

日本国政府がそれを発表することなど考えられないし、バチカンとの密約もあるだろうから。

そんなことをぼんやり考えていたらドアがノックされた。生田だ。聖も一緒にいる。

「小腹が空いたからラーメン食べに行くけど、一緒にどうだい」

それでホテルから徒歩で二分程のところで遅くまで開いてる店へ入った。

「聖さん、それにしてもあの〝地球暦〟、感動しました」

「健太君も大昔、オレと一緒にやってたんだぜ、地球の反対側で」

「そうなのかもしれないですね。あれをぜひ広めましょうよ、全国に……あれっ……そっかー」

健太は唯一繋がる子機ケータイで言納を呼び出した。大きな歌声が聞こえてくる。

「ちょっと待って、外へ出るから」

まだカラオケの真っ最中のようだ。

「ごめんごめん、お楽しみのところ。あのさ、ちょっと教えてもらいたいんだけどさぁ……」

健太はナイル年表についてを聞き出した。

「うん、出てた。あれはね、たしか『２０１０年春分、球暦元年――地球暦始動』だったはずよ」

そうなのだ。ビアガーデンでは気付かなかったが、すでに〝地球暦〟のことはナイル年表に出ており、健太が聖とこの時期に出会うのも「完全無欠の神はかり」だったのだ。

ただし、健太の嫉妬心が聖との出会いを三ヶ月ほど遅らせてしまったが。

「オレもさ、こいつを世には出しているんだけど、本格的に普及させるのは２０１０年の零度に目標を決めてたんだ」

「零度っていうと……」

「春分」

「すごい。完璧だ、ナイル年表」

ということで、かつて長野県出身の高野辰之《たかのたつゆき》と鳥取県出身の岡野貞一《おかのていいち》が出会うことであの名曲「故郷《ふるさと》」ができたように、聖も健太も諏訪の地で出会った。2010年が元年となりいよいよ地球暦が世に普及する。

そして意識を向けた者たちは〝暦とは何か〟を知ることになるであろう。

現在の日本で、マヤの文明が蘇るのだ。

祝　球暦元年──地球暦始動

2010年　春分

ところで日本人の〝玉し霊のラブソング〟である「故郷」の作詞・作曲が長野県と鳥取県出身者だったとは。諏訪のある長野、大山の鳥取。ひょっとしたらお二人も建御名方刀美尊による「完全無欠の神はかり」の中にいたのかもしれない。

閑話休題。

「聖さん、言から聞いたんですけど、暦の奥義っていうのは……」

「ああ、〝○〟と〝□〟のことか。健太君もそれがテーマだって言納ちゃんから聞いてたんだ、オレも」

「全然判らないんですけど」

「うん、まぁオレも最初は判んなかったよ。けど、簡単さ、地球暦を高校生のころに考えて実際に使っていた君ならね。じゃあ教えるから目を閉じてみてよ」

健太は目を閉じた。ビール片手に餃子をつまんでいた生田も箸を置いて健太と同じようにした。

「宇宙空間に太陽があることをイメージして……それで、地球がそのまわりを一年かけて一周している……美しーい弧を描きながら回っているよね。その〝弧〟は一周が一年だろ……判るかなあ、大きな円が一年。つまり……」

健太がハッと目を開けた。

「時間、ですか」

「おお、正解。さすが健太君。フンバッツ・メンが言う〝○〟っていうのは地球の軌道を表していて、つまりそれは〝時間〟を意味してるんだ」

「そっかー」

「だったら〝□〟もすぐ判るはず」

「〝○〟が時間のことだとすれば〝□〟は〝空間〟ってことですか」

「当たり」

「でも……〝□〟が空間を表すとしても、それと暦がどう関係してくるんですか」

「オッケー。じゃあもう一度目を閉じて。太陽の回りに弧を描いて進む地球が今どこにいるかを知るためにはどうすればいいかを考えればいいんだ。地球が描いた弧を巨大な方眼紙に乗せてみて。って言うか、宇宙空間に縦と横のマス目をイメージした方がいいかもしれないね」

　健太は地球の軌道面にたくさんの縦線と横線をイメージした。なので地球は今、宇宙空間に広がる方眼紙の上を進んでいる。

「そうすればだよ、地球は今どの位置にいるのか、マス目を計れば判るわけじゃん。それが〝弧《こ》を読む〟暦《こよみ》さ」

「ええ、そうですね」

「だろ。それを表す単位が〝度〟さ。〝度〟っていうのはもともと〝計る〟っていう意味だからね」

　健太はその説明を聞いて鳥肌が立つほど奥深く腑に落ちた。

〝⊕〟と〝◈〟から始まり、コム・オンボ神殿の壁に残された暦を前に与えられた〝○〟と〝□〟の謎が、ここですべて解けた。

「度」を知り、暦の本質を理解することこそ健太に必要な太古の智恵だったというわけである。

　暦、それを理解することは人が大宇宙に呼吸を合わせて生きるための最良の手段なのである。

そもそも、宇宙の「宇」とは空間のことであり、「宙」は時間のことなのだから。

したがってこれからは「□○」と書いて〝ウチュウ〟と読むことにしよう。

そして新たに判明したことがある。ナイル年表に出ていた、

『２０１０年　10月10日
「１７１」　○祭り
２０１１年　４月10日
「１７１」　□祭り』

なのだが、「１７１」は〝天地大神祭〟のこと。そして○祭りと□祭りはそれぞれ〝時間祭り〟と〝空間祭り〟。

地球の運行と軌道空間に感謝する祭りである。

皆が寝静まったころ、健太と言納は湖畔沿いのベンチに腰掛け祭りを振り返っていた。

「〝平安と真澄の心〟なんて程遠いもんなぁ、オレ」

「私だってそうよ。もう、健太が他の人のところへ行っちゃったのかって思ったら乱れっぱなしだったんだから。平安なんて心のどこ探したってありゃしないわ」

「ごめん。けどさぁ、初めは言が他の男と……」

「ちょっと待って、健太」

「ん、どしたの」

「桜子ちゃんが来たみたい。〝ギュー&チュッ〟されたから」

だったら間違いない。桜子だ。


『あのね、言リン。健チッチ、ちょっと勘違いしてるわ。〝平安と真澄の心〟のこと』

〝言リン〟の次は〝健チッチ〟ときた。


『いまね、お友達連れてきたから紹介するね。寿老人の寿っぴーおじいよ』

ちょっと待て、桜子。寿老人って、七福神のあの寿老人か。すごい友達いるな、君は。

しかもだぞ、そんなお方つかまえて〝寿っぴーおじい〟とな。ただ者ではないな、桜子とやら。

『おのおの方
心の葛藤　影刻む
お胸の内のもやもやが
しだいに大きく広がりて
真黒き影を刻むのぞ
深く影を刻むのぞ
消えぬ影を刻むのぞ

おのおの方

心の淀みなき者　強し
葛藤持たぬ者　強し
葛藤持たぬが平安の者
葛藤なきが真澄の心
物事すべて
かんらかんらと笑い飛ばして
淀みつくらず流れる川よ

おのおの方よ　お聞きなされ
心配は
命じりじりちぢめるのぞ
恐れは空間狭めるのぞ
おおらかに
たおやかに
流るる大河のようにたゆとうて
日々お暮らしなされよ』

一度心に思った程度では真黒き影は刻まれない。たとえ刻まれたとしても浅いものなので消すことが充分に可能だ。

くり返し「葛藤」することが〝平安と真澄の心〟から遠ざかるのであり、瞬間的に思い浮かべた悪しき想念などどうでもよいというのだ。

問題は、たとえそれが正義と判断されることであろうが、くり返される心の「葛藤」だったのだ。

おりこうさんでも「葛藤」ある者影刻み、おバカさんでも「葛藤」なき者〝平安と真澄の心〟なのだそうだ。

寿っぴーは、いや失礼。寿老人は続けた。

『心に〝御託《ごたく》〟を並べるな
心に何を反芻《はんすう》するか
反芻こそが心に刻む元なりて
ああうれしや　ありがたやと
反芻せんでは呼べんぞよ
七福神の宝船

ああ楽しや　面白や
反芻せんでは消えんぞよ
昔々のうらみ　つらみ　わだかまり

再生したとき何が流れる
何が聞こえる　心のレコード
何を刻んできたことか』

心の中に御託並べていつまでも言い訳するでない。何を心の中でくり返しているか。
それが心のレコードになるんだから「うれし」「楽し」「ありがたや」をくり返し、再生したときに七福神が寄ってくるような想いを刻め、まあそうゆうことでしょう。

『祈りは扉　開くぞよ
〝光一元〟の扉
そのむこうに何が見えるかいな

空間に光　刻みなされ
一瞬一瞬光なり
一瞬一瞬光であれ
恐れも不安も刻みなさんな
明るく楽しくおおらかに
弥栄手踊り　しなされや

トントントトン　トトントトトン
トントントトトン　トトントトトン』

太鼓だ。寿老人が何か始めたようだ。

『ほーれほれほれ
ほーれほれほれ
ほかしときい
しょーもないこと

ほかしときい

何悩むん
何沈んでまんねん
しょーもないこと　いつまでも
お胸の中に持ち込んで
ぐぅずぐずぐずぐず
何してはるの
お胸の中は〝光一元〟
一元ゆうたら一元や
〝光一元〟そんだけや

やーれやれやれ　踊りなされや
天保《あほう》の手踊り足踊り
心のうさは消えてゆく
イヤサカ　イヤサカ　イヤサカカサー
天の気保つは

天保なり
天保が踊ればにっこにこ
天保でなければ　わしゃ好かん
むつかし顔は　わしゃ好かん
そーれ　よいよい』

笑ってしまう。寿老人が関西弁になった。一火も健太にあきれて関西弁をしゃべった。

ということは、関西の〝恥ずかしーい自分の失敗〟も笑いにしてしまう文化こそが現代の荒廃した社会を救う潤滑油になるということか。やったぜ関西。もっと笑わせてくれ。


それと、いま思い出したんだけど、この弥栄踊りって以前にも出てきてたような気がする。どこだっけ……あった、これだ。

那川が佐賀の巨石パークで徐福から同じものを受けていた。

『手踊りせぃよ　天保なり　天保は福呼ぶ吉兆ぞ……』と。

えっ、寿老人って徐福？　「徐福」も133だし。

そうか、徐福は不老長寿の秘訣が仙薬や金によるものでなく、天保《あほう》に生きることって知ってたんだ。

なーんだ。てっきり名前が徐福なので福禄寿かと思っていたけど寿老人だったのか。まだはっきり判んないけど。

というのも、健太も近いものを西宮えびすでエビス天から受けているので断言できないのだ。

で、いま必要なのが天保になることなんだって。しょーもないことはほかしといて天保になる。

難しい顔はもういらへん。天保でええから心に葛藤なき者こそが福を呼ぶのだ。

だーからいま〝おバカブーム〟なのか。

そっか。ちょっと見直してしまったぞ、おバカキャラの彼ら彼女ら。見下しててごめんなさい。

『ねっ、面白かったでしょ、寿っぴーおじい。私はもう少し上品な人の方が好みなのよ、ホントはね。でも寿っぴーおじいといると楽しいから大好き』

言納は返答に困ってしまった。そりゃそうだろう。七福神のメンバーが突然やってきて関西弁で踊るんだから。スマップのメンバーがやってきて目の前でそんなことしたって驚くんだから、七福神ともなればなおさらだ。

『それとね、金のファラオからのメッセージ。健チッチの親友みたいね、あの人』

あの人、って。おいおい、それってツタンカーメンでしょうに。

桜子が伝えるツタンカーメンからのメッセージは「和睦」についてのものだった。

それは、
「和睦」とは対立している相手を許すことではなく、相手を恨んでいる自分とそんな自分を咎《とが》めている自分の「和睦」こそが目的であるというものだった。

相手に「和睦」を求めるのは自分が「和睦」していない証拠であり、相手と「和睦」という名の取り引きをしようとしているのだ。

〝私もあなたを許すから、あなたも私を許し、私を認めなさい〟と。

「和睦」とは、相手の想いやあり方は一切関係ない。自分自身のみの問題。だから「和睦」なのだと。

『ねぇ、言リン。言リンは恨んでる人って誰もいないの？　あの人だけは許せないとか、傷付いたあの言葉をいつかはあいつに言い返してやりたいとかって、全然思ってないの？』

初めは特に恨んでる人なんていないと思っていたが、桜子の言葉で蘇った感情があった。

それは札幌での高校生時代、言納の特殊な能力を一部の生徒が妬み、全くでたらめな噂を校内に流したり持ち物にいたずらされた悔しさが今でも心の片隅みに残っており、精神状態が不安定なときなどに時々顔を出していた。そして当時の悔しい感情が再現されて腹を立てたり心の中で相手を攻撃するのだ。

それは言納だけでなく、多くの人が抱える感情ではなかろうか。その感情が顔を出すと、いつも自分の中で〝相手を許さなきゃいけない〟となだめる自分と、それでもなお攻撃をくり返す自分の葛藤が続く。

許したい。許さなきゃいけない。いつまでも人を恨んでいる自分が嫌だ。なのに許せないでいる自分は穢れている。ああ、きっと神様はこんな私なんて救って下さらないわ……。

と、まあこんな葛藤をくり返す。

それで、そんな自分が嫌だもんだから愛の言葉に満ちた本を読んだり各種のセミナーに参加して自分を高めようとする。

いいよ、本を読んだ直後やセミナーから帰った二日間ほどは。

日常生活に戻ると、許したつもりになっていたあの人の態度が、言葉が、行いがまたメラメラメラと怒りを私の中に呼び戻し、そんな自分をさらに自ら嫌になって苦しむ。

違いますか。

ところが桜子はとんでもないことを言い始めた。

『あのね、言リンリン。悔んでる相手を許さなくってもいいのよ。だってそうでしょ。許しなさいって言われて簡単に許せたら誰も苦しまないわよ』

(うん、そうだよね)

『許そう許そうって努力しても許せないいんでしょ。だったら許さなきゃいいじゃない』

(えーっ、いま何て言ったの?)

『許さなくていいって。恨み続けていいのよ、ずーっと』

(えーっ、えーっ)

『その代わりにね、恨んでる自分を誉めてあげるの。責めちゃ駄目。誉めるの』

(えーっ、えーっ、えーっ)

『なんで恨み続けるのかは知ってるでしょ。私のこと傷付けたから。私を悲しませたから。私を苦しめたから。だから恨むんでしょ』

(まぁ、そうね)

『自分で自分に言うのよ。私を悲しませたあの人を恨み続けてくれてありがとう。当然よね、恨まれたって。だってあの人、私をいつも見下してバカにしたんだもん。私、誓ったの、絶対に許さないって。そんな私の誓いをあなたはずっと忘れずにあの人を恨み続けてくれたのね。嬉しいわ、本当にどうもありがとう。長い間ご苦労様って、恨み続けてくれた自分にお礼するのよ』

桜子の話はまだ続いたが、要するに〝人を恨むことがやめられない自分を責める〟んではなく、〝私を悲しませたあいつを頑張って恨み続けてくれた自分を誉める〟というのだ。

これには反論があるかもしれないが、大きな目的がある。

「判ってあげる」のだ、自分を。たとえそれが自分であっても「判ってくれる」人がいるとものすごーく嬉しく、判ってくれる人がいることによって恨みの感情に変化が出てくるのだ。やってみるといい。許してあげられない自分を責めなくていい。私を苦しめたあいつを恨んでくれた自分を誉め、礼を言えばいい。祝福しちゃってもいい。

そうすると、フーッと肩の力が抜ける。

何度も何度もくり返せばいい。気が付くと、

『ほーれほれほれ
　ほかしときい
　しょーもないこと
　ほかしときい』

ができるのだ。

桜子、偉い。

それが『和睦』への道だったのか。

東の空がオレンジ色の光を放っている。夜明けだ。

「言、いつ帰るの？　福岡へ」

「一週間の夏休みもらったから……」

言納が健太の腕にしがみついた。

「……今日は健太に送ってってもらいたいな、犬山まで。それとも二人でもう一泊する？」

健太は腕にからまる言納を強く引き寄せた。

「いいよ、そうしよっか」

「わーい、うれぴー。健太だ――い好き。ギュー&

チュッ」

「オレだって大好き、ギューギューギューギュー&チュッチュッチュッチュッ」

「キャー、やめてー」

うーっわっ、やってくれるわ、この人たち。ちょっと羨ましくないか、えー？

Tシャツ短パン姿でジョギングをする男性が二人の前を過ぎて行ったが離れもしない。

「あーん、ケーンター。生まれてきてくれてありがとう。健太のお父さんお母さん先祖さーん、みーんなありがとう」

「言、名古屋へ来てくれてありがとう。北海道神宮のニギハヤヒ尊様、ありがとうございまーす」

「もう私、健太が大大だーい好き」

「オレなんて言のこと、その一〇倍大好きだぞ」

「私なんて一〇〇倍大好き」

「オレは千倍」

「私は一万倍よ」

「オレは百万倍だってば」

おっ、いきなり二桁増やした。

「フンッ、私は百兆倍大大大大だーい愛してるんだもーん」

すごい。八桁増えて、しかも〝好き〟から〝愛してる〟に進化した。

だが健太はそれ以上言い返さなかった。

鳥のさえずりは蝉の大合唱にかき消され、人々の活動が始まった。

が、二人はまだベンチだ。

「私さ、今すごく充実してるし楽しいから、何でも嬉しく思えちゃう」

「うん。例えば？」

「そうだなぁ………んー、天気」

「天気？」

「晴れの日も、雨の日も、曇りの日も、だーい好きだし、雪なんて超好きよ。それに、雷や台風だって何かワクワクしちゃう」

「オレはねぇ、季節。春と秋はメッチャ好きだけど、冬なんてすんげー嬉しいし、夏も……夏もまあまあ好き」

言納が笑った。健太は暑いのが苦手だからだ。

「私さぁ、朝って大好き。夜明けって何か胸がキュンってなるの。昼間は明るくて人や街が動いているから楽しいし、夕方ってね、何かほっとするから好きよ。それに夜。夜はドキドキするよね。何が起きるかなーって」

「オレはぁ、東京や名古屋みたいな都会も大大大好きだしぃ、何もないような山ん中もすんげぇ好きだしさぁ、松本とか岐阜みたいな地方都市もどえりゃあ好きだぞ。白馬とか戸隠のような村もぜーんぶ好き。南の島も北の大地も、食べちゃいたいぐらい好きだーっ」

犬を散歩させる老いた女性が不思議そうな目で見ていたが、もう止まらない。好き好き合戦はエスカレートの一途をたどった。

「私なんてもっとすごいのよ。私はねぇえ、精進料理からジンギスカンまで死ぬほど好きよ。それにねぇえ、マクロビからファーストフードまで何でもござれよ。だって、ぜーんぶ美味しいんだもん。香辛料はちょっとだけ苦手だけど。あー、お腹すいた。モスバーガー食べたーい」

「オレもさぁ、西洋医学だろうが東洋医学だろうが民間療法だろうが、いいとところしか見てないから、どれもこれも好きだぞ。それにだぞ、最先端の科学から風土に残るおまじないまでみーんな好き好き大好きー」

健太がおどけた口調で叫んだので言納は大笑いした。

「でもねぇ、健太。いちばーん大好きなのはぁ、いろんなものが大好きでいる私。あーん、スペシャル大好きよ、この私」

健太も笑いながら対抗した。

「オレはね、スペシャル大好きな自分自身よりもっと好きなウルトラ大好きがあるんだ」

「えー、なになに？……あー、私も。私なんてウルトラ大好きより大好きよ。スーパー大好きだもーん」

「オレなんてハイパー大好き、ロイヤル大好き、爆裂大好きだもんね」

「ねぇねぇ、何がそんなに好きなの？」

「言が先に言えよ」

「健太が先」

「言が先」

「…………判った。その代わり、ギューーしてくれる？」

「いいよ」

「私がスペシャルウルトラスーパーハイパーロイヤル爆裂宇宙一大好きなのはねぇ………ケーンータ。はい、ギューーして。だーめ、もっと強く。やったー。次は健太の番よ。何がそんなに好きなの？」

「オレはねぇ……」

「早く言ってよ」

「オレが超好きなのはねぇー……三次元」

「やーん」

言納が健太をポカポカ叩いた。

「でも、私も三次元だーい好き」

「ありがとう、三次元」

「愛してるわよ、三次元」

「もっと成長しようぜ、三次元」

「最高ね、三次元って」

「お手を拝借、三次元」

「三次元バンザーイ」

「八坂弥栄三次元ー」

「八坂弥栄三次元ー」


こうして和睦の祭典後、初めての夜明けを人類は迎えた。

ホントに本当に、玉し霊の奥深くからお祝い申し上げます。

祝　日之本開闢

祝　日之本神宮奥の院開き　並びに〝和睦の祭典〟

祝　諏訪大神建御名方刀美恵美須尊　呪縛解放

祝　太陽神殿建立

祝　〝光の遷都〟

♪ユディドゥノワッチュワー　ルッキンフォー
ティルユハードザヴォイシズ　インヨーイァー

ヘイ
イッツミーアゲイン
プレイーン　トゥシーアゲイン
プリーズキャナイシーユーエーブリディエィ

エンディングテーマが流れてまいりました。前回はやらなかったけど復活です。

テーマソングですが、たぶん知らないと思うけどチープトリックの名曲『ヴォイシズ』。


あっ、けど、今回女子高生の回想シーンはやめます。もう飽きた。

なので〝言納と健太、その後〟をBGM付きでお届けしましょう。


言納は数日犬山のお屋敷で過ごした後、元気に福岡へ帰って行った。

秋になり、旬の素材を使った調理法を西野のお母《かん》から伝授され、少しずつ一人前になりつつある。

『時が来た　カナンの地へまいれ』

『二本の御杖を　一本に束ねよ』

についてはすぐに動けるものでもなく、なので忘れてしまったことにしている。

とはいっても「完全無欠の神はかり」の中にいるのだから、もがいても無駄。なるようにしかならんでしょう。


そして健太だが、一度福岡のむすび家を訪れようかと思っていた矢先のこと、あのロバートから国際郵便が届いた。開けてみると、全部英語だ。やれやれ。

なので翻訳を琴可に頼むためにファックスした。

するとすぐに琴可から電話があり、ファックスで送り返すのは危険なので郵送すると言う。

ファックスの場合も盗聴というのか知らないが、またロバートが何かヤバいことを持ち込んだようだ。

二日後、琴可からの封筒の中身には一番最初に赤字でこう記してあった。

「※今後、彼からの情報は電話及びファクシミリで伝えないこと」

おいおい、そんなにヤバいのか。

で、手紙の訳だが、

「親愛なるケンタへ。

いよいよ日本の時代が来たようだな。

おたくの国のプリンスがベネルクスの王家を訪ねたことで、本格的な動きになったことが判ったよ」

ベネルクスとは、ベネルクス三国のことで、オランダ、ベルギー、ルクセンブルクをいう。

「ついにジャパニーズ・スサノヲ・ファンド・マネーが動き出すんだな。バチカンの動きも慌ただしくなってきているぜ。国内においてはフクオカに動きがあるようだが、ミス・コトノは大丈夫だ。心配するな」

まず、琴可があえて訳さなかったジャパニーズ・スサノヲ・ファンド・マネーについてだが、これはスサノヲ資金のことだ。

言納が福岡にいることは、さすが元諜報機関員、よく知っている。

「ミスター・ケンタ。

もしイスラエルに行くようなことがあれば、必ず連絡をするんだ。信頼できる仲間を紹介する。

それから、これだけは知っておいた方がいいだろうから知らせておく。

今、ミスター・ケンタに、双方が接触の機会を窺《うかが》っている。どちらも監視してあるので動きがあればその都度知らせる。が、用心しろ。ソナエアレバ、ウレイナシだ。

そうそう、ついに本物のエンク（円空）さんを手に入れたぜ。あるルートを通してマニアから譲ってもらったのさ。ちょっと高かったけど、エンクさんが手に入るなら、いくら払っても惜しくないからな」

健太は読み終わってあきれてしまった。
（なんで言が福岡にいることまで知ってるんだよ。それに、イスラエルへ行くかもしれないなんて誰にも言ってないのに……。けど、双方って、何と何のことだろう……）

健太にはまだ課題が残されていた。
シャンバラでスサノヲ尊から指摘された「過去に誓った約束事」を果たすという。

しかし言納の頭を撫でてみたところで、忘れてしまったもんはやっぱり思い出せなかった。
したがって、健太にしても少し先になることであろう、あの国に行くのは。
なので、このシリーズがこれで終わりになるのか、それともさらに続くのか、今はまだ判らないのである。

そうだ、忘れてた。ロバートの手紙にあった「双方」というのは、アシュケナージ・ニセユダヤと古来正統ユダヤ霊統のことだ。

♪ヨーヴォイシーズ
クールヴォイシーズ
ワァームボィイシーズ
ジャスワッラ　ニーディトゥ
ジャスワッラ　ニーディトゥ
ジャースワーッラー　ニーディードゥトゥ

ユディドゥノワッチュワー　ルッキンフォー
ティルユハードザヴォイシズ　インヨイァー
ユディドゥノワッチュワー……

以上をもちまして、『弥栄三次元』を終了いたします。

またお会いいたしましょう………

………と、一度はここで原稿を書き終え、まとめて出版社へ送った。

しかしすぐに新たな動きが始まり、どうしても書き足しておかなければならなくなってしまった。動きが速すぎてフィクションが追いつかないぞ、現実！

＊

10月末、信濃の山奥は紅葉真っ盛り。健太はロバートからのメッセージについて生田に相談するため、紅葉見物がてら鬼無里の一竹庵を訪ねることにしていた。

ところが約束の日の直前に生田から電話があり、日にちを変更してほしいと言う。

生田によると、今朝、夜が明けきらぬ時刻に眠っている生田の元へ戸隠の天狗がやって来て、「建御名方の呪縛を解いた男を連れ、11月7日の11時に戸隠神社の奥社へ来い。奥社の〝奥の戸〟が開く」と伝えてきたそうだ。それで急遽健太の一竹庵行きは11月7日ということになった。

7日、午前9時半に約束の仁王門屋へ行くと、すでに生田は来ており、おいしそうにそばソフトを食べていた。そばソフトは仁王門屋が元祖だ。

人類の行く末を左右することになった梅干の天ぷらは帰ってからの楽しみにすることにして、総勢7名は戸隠神社の奥社へと10時前に出発した。今回は地元の人たちも一緒だ。

暖かい。昨日までと比べると10度以上気温が高いこの日はまさに小春日和で、誰もが上着を車に残したまま大鳥居をくぐった。

しばらくは皆と足並み揃えて歩いていた健太だが、随神門を過ぎたあたりからもう我慢ができない。生田を振り返り「先に行きます」と言い残すと、そのまま走り出した。何だか嬉しくて仕方ないのだ。

どうしてこんなに高揚しているのか本人も判らない。だが敢えて表現するなら、玉し霊が喜んでいるということか。頭でもない。心でもない。玉し霊だ。

それで健太はそのままの勢いで奥社まで突っ走って行ったのだった。


めずらしく奥社前には白人の団体がおり、地元の人たちもこんなことは初めてだと言っていた。海外との岩戸が新たにまた一つ開くのだろうか。

団体の中を通り抜け、社の前へ来ると、生田がいつものように磐笛を鳴らした。

すると生田はただならぬ気配を感じ、それを健太に伝えた。

「健太君、えらいことになってるぞ。天狗も九頭龍も勢揃いしてる。奥社の〝奥の戸〟が開くって本当みたいだ」


ドーン。

山が鳴った。

その瞬間、健太の体がブルブルっと震え、社を通して背後の山に封じられ続けてきたエネルギーのようなものが伝わってきた。

(うーっ)

眉間が痛い。

(何だこれ、痛い痛い)

すると、

『諏訪のうみ
めぐりめぐりて何思ふ

彼の地より
流浪の民は時を越へ
今ここまさに　集いてし

各地各地に足跡残し
流浪の民は流れ入る

お日の国こそめざす国
長き年月流浪の民は
お日をめざして歩を進め
同胞ふやし　進み来ん

モリヤこそ
神との邂逅《かいこう》果たす地なりと
定めし〝光の都〟なり
スワの神こそモリヤ山
神体山なり　知りたもう』

そして数字の「81」があちこちから山の頂を目指して集まってきた。数えたらそれらは12あり、すでに山頂に漂う「81」を含め合計13になった。

その山こそが諏訪の守屋山である。

途中に出てきた「邂逅」とは、めぐり逢うことを言う。メグ・ライアンではなく、めぐり逢いだ。

なので守屋山が約束の地だということなのだが、誰がそこで出逢うのか。健太にもこのときはまだ判らなかった。

だが判ったこともあり、山中から吹き出したエネルギーは、それまで隠されてきたイスラエルとの関係がいよいよ明るみに出るということだったのだ。

健太は心の中でつぶやいた。

（またイスラエルか）

すると低い声でひと言、

『イスラエルと呼べ』

と。〝イスラエル〟ではなく〝イズラエル〟なのだそうだ。

その後参拝した九頭龍社では上空から船が降りてきて、

『9・9・9』

の数字が現れたが、これはすぐに判った。

２００９年９月９日、ここにも七福神の乗った宝船が降りるということである。

奇しくも11月７日は数年前に麻理たちが九頭龍のための101日間の行をした、その満行の日であった。

*

11月７日、長崎。

市内の鎮西大社諏訪神社の本殿で、見事に屋根を突き抜けて光の御柱が立った。

それまで三度失敗してきたのだが四度目の挑戦のこの日、ついに成功したのだ。

それを健太たちの知らないところで玉し霊の同胞たちがやり遂げた。

すると出たのだ。ここでも封じられてきた神が。

それが恵美須神だった。

その恵美須神に導かれるままに向かったのが摂社の一つ、蛭子《ひるこ》神社であった。やっぱりあそこだ。本文中気にせず書いてきたけど、こうゆうことだったのね。

蛭子神社の祭神は少彦名神。

いよいよ謎が解かれるか。


その後、長崎では11月24日、日本初の列福祭が行われた。バチカンから枢機卿《すうききょう》が来日し、キリシタン弾圧による殉教者を称えたのだ。

慶長元年（一五九七）、秀吉により教徒26人が極刑に処された二十六聖人殉教事件から四百十一年。二十六聖人だけでなく、この日はペテロ岐部と他187名の殉教者たち一人一人の名がパンフレットに載せられ、数万人が彼らに祈りを捧げた。

いかなる境遇に立たされようとも、我が信ずる神への信仰を抱き続けた殉教者たちの御心が晴れ、玉し霊が平安に満たされんことを。

そしてこの日を境に長崎が変わった。つまり長崎開闢だ。

2008年11月24日、長崎開闢。謹んでお祝い、お慶び申し上げます。

原爆投下を経験した街は世界中で広島と長崎の二都市だけ。

また、エルサレムのように複数の宗教が隣り合わせで共存している街には長崎も名が挙げられる。キリスト教、神道、仏教、そして中国仏教の寺院も並んでおり、この二つの条件を満たす都市は世界で唯一長崎のみだ。

開闢を機に長崎が世界平和の聖地になれば、殉教者や原爆で亡くなった方々は喜ばれるのではないだろうか。

そういえば一九八一年にヨハネ・パウロ二世が長崎を訪れたことがあった。

あの日はとんでもない大雪で、まさに清めの雪だったのだが、日之本開闢と同じで2月26日のことである。これって偶然なの？

それで健太だが、戸隠から帰ったその日の夜、〝飛んで来た「81」〟とイスラエル、じゃなかった、イズラエルについてを調べていておっ魂消てしまった。「たまげる」って、〝魂が消える〟って書くのか。今知った。

まず、集まって来た「81」が12。これはイズラエルの失われた10部族だけでなく、失われてない2部族も含む12部族すべてを表わしているようだ。

それらが、〝81＝光〟となって『お日の国』を目指してやって来る。『お日の国』とはもちろん日本のことで、約束の地が諏訪の守屋山なのだと。

『モリヤこそ
　神との邂逅果たす地なりと』

それが『定めし光の都なり』。

〝光の遷都〟のことだ。本当に諏訪が光の都になったのだ。

健太が魂消たのはここからだ。

「81」が12集まったので掛けてみた。

81×12＝972

「うわーっ」

真夜中にもかかわらず大声で叫んでしまった。この〝972〟こそがイズラエルの国番号なのだ。

初めから守屋山山頂にいた「81」は国番号81の日本のことかとも思っていたが、それだけではない。もう1部族いるのだろう。

そこで972にもうひとつ「81」を加え、

81×13＝1053

その瞬間、健太の脳が動いた。

〝1053〟が〝10〟と〝53〟に分裂し、〝10〟は〝十〟になった。いつぞやの〝東谷山＝１０５９３〟によく似ている。

〝十〟は〝縦と横の組みたる数〟であり、縦（│）は火、横（―）は水なので合わせて火水＝神と解く。

〝53〟はこの場合「日本」

ニ＝25　ホ＝27　ン＝1　合計53

と、「日光」

ニ＝25　ツ＝18　コ＝7　ウ＝3　で53

を表わしている。「日光」は地名でもあるだろうが、健太はとりあえず〝太陽の光〟と解釈することにした。

太陽の光。

（ん？………アキナトン？）

出たぞ、アキナトン。

『天地大神祭』に散々書いたのでやめておくが、多神教国家を一神教の国にしてしまったのがアキナトンだった。日本ではイクナートンとも発音する。アメンヘテプ四世のことだ。

そもそも聖書はメソポタミアの歴史などではなくエジプト史である。それを人名・地名その他もろもろを改ざんして現代まで人々を翻弄させてしまっているのだ。

『天地大神祭』にはアダムとイブが誰のことでエデンの園がどこかも出てくる。すべてエジプトに答えがあり、アキナトンに付けられた名も書いた。アブラハムと。

彼はカナンでそう呼ばれるようになった。

もっともアキナトンは、ミイラとしてカナンの地へ連れて行かれているため、生前その名で呼ばれたわけではないが。

なので〝1053〟が表わしているのは二つあり、一つは〝神の国日本〟。そしてもう一つが〝神アブラハム〟だ。

（あー、どうしろって言うんだ）

健太は机に顔を伏せた。

（次から次へと。もうイヤ。気が付かなかったことにしてよ）

とその時だ。ケータイが鳴った。ということは言納だ。

「ねぇねぇ健太、今日何かやらかしたでしょ。〝来い〟って言ってるわよ、どこへかは知らないけど。いい？　メモしてね。

『ヒソプの小枝　携えて
いよよ参れよ我が元へ

長き時空を今や越え
思い出したか約束を
今こそ時ぞ　誓約を
果たさんがための封印を
己れ自身で解くことぞ』

だって。判る？」

「判るわけないだろ、そんなこと」

「ねぇ、ところでどこへ来いって？」

「…………」

「健太、聞いてるの？」

「…………」

「もしもし、どうかしたの？」

健太はカレンダーを眺めていた。どこかへ行くことを決めたようだ。

あとがき　干し柿　ためし書き

何を言ってるのかよく判んないけど、あとがきです。

いつもならここでふざけた著者紹介をするところだけど、それももう飽きた。

というよりも、元々根が真面目なので冗談一つ言えないのだ。

だから今回はお世話になった方々への謝意を述べることにした。


えー、『天地大神祭』からのことですが、宇宙人はせくらみゆき姫からの宇宙情報と、東京の游子お姉さまからいただく〝神々の教え〟。それがあったからこそ本作七〇〇枚を書き上げることができました。心より感謝しております。ありがとうございました。

また、実は先輩でありながら後輩に扱き使われて何でも調べて下さった京都の竜三大阿闍梨《だいあじゃり》にも感謝。今度ビール御馳走させていただきます。

不平ひとつこぼすことなくこちらの欲求する無理難題をすべて解決してしまう「数霊屋本舗」の番頭森蔵氏。いつもありがとうございます。

著者のアシスタントとして面倒なことを一切合切引き受けてくれた兵庫のまみちゃん、本当に助かりました。

二月の琵琶湖、八月の諏訪湖での祭りの何もかもを段取りして下さった〝いきいきくらぶ〟

のみなさん、大変お世話になりました。初めは〝イケイケくらぶ〟だと思っていました。よかったです、変なお姉ちゃんが出て来なくて。でも本当はちょっと期待してたりして。

彗星探索家の木内鶴彦さんにもお世話になりました。

そうそう、諏訪での祭りで衣装と比礼を提供して下さった「うさと」ブランドのうさぶろうさん、お心遣いは涙が出るほど嬉しかったです。

その他にも大勢の皆様からお力添えをいただくことができ、心から感謝するとともに、ますます三次元が好きになってしまいました。

楽しすぎるぞ、三次元。

本当にありがとうございました。


それと、信じられないようなことですが、空海&真井御前、出口ナオ開祖やツタンカーメンまでもが実際に働いて下さり、驚きと感激で爆発しそうでした。

特に出雲系・白山系の神々からは絶えず気に掛けていただき、言葉では言い尽くせぬ喜びを実感する毎日でした。

そのお礼として最後にもう一度叫びます。


弥栄三次元‼

■参考文献

『諏訪神社　謎の古代史　隠された神々の源流』清川理一郎　彩流社
『まぼろしの諏訪王朝』増澤光男　あーる企画
『神社と古代民間祭祀』大和岩雄　白水社
『日本の神々を知る「事典」』菅田正昭　日本文芸社
『仏尊の事典』関根俊一　学研
『出雲の神々』谷川健一　平凡社
『マワリテメクル小宇宙　暮らしに活かす陰陽五行』岡部賢二　ムスビの会
『世界はなぜ、破壊へ向かうのか』中丸薫　文芸社
『広辞苑』岩波書店

■暦についての指導

「地球暦」作者　杉山開知氏より

■著者紹介

知らない方がいいので中止。

数霊《かずたま》　弥栄《いやさか》三《さん》次元《じげん》

二〇〇九年二月二十六日　初版発行
二〇〇九年十二月二十五日　第二版発行

著　者　深田剛史　ふかだ　たけし
装　幀　宇佐美慶洋
発行者　高橋秀和
発行所　今日の話題社　こんにちのわだいしゃ
東京都品川区上大崎二・十三・三十五ニューフジビル２Ｆ
電　話　〇三・三四四二・九二〇五
ＦＡＸ　〇三・三四四四・九四三九
印　刷　互恵印刷
製　本　難波製本
用　紙　富士川洋紙店

ISBN978-4-87565-588-6 C0093